移植医　万波誠の真実

閉ざされた修復腎移植への道

麻野　涼

えにし書房

目次

プロローグ　臓器売買

切り立った山の斜面には、無数のミカンの実が宇和海からの反射光を浴びて黄金色に輝いている。すでに収穫が始まっていた。ミカンの糖度は日照時間によって決まるようだ。患者から初物だと分けてもらったミカンを一つ頬張ってから万波誠は宇和島徳洲会病院へ向かった。

宇和島市は愛媛県南部に位置し、人口は約七万五千人。市立宇和島病院と宇和島徳洲会病院の二つが宇和島市の中核病院だ。山口大学医学部で学び、一九七〇年に市立宇和島病院に着任し、二〇〇四年、宇和島徳洲会病院開設と同時に万波は移籍した。半世紀を宇和島市で送り、泌尿器科の医師として勤務してきた。徳洲会は日本で最大規模を誇る民間病院グループとして知られる。

愛媛県の臓器移植普及推進月間の取材をＮＨＫから依頼された。万波は少しでも移植への理解が進むのであればと思って取材を快諾した。臓器移植法が施行されて間もなく十年になるというのに、心停止、脳死からの腎臓提供は一向に増えない。移植手術現場の映像を撮影したいというディレクターの注文も、万波らの指示を厳守するという条件で許可した。

ディレクター、カメラマン、音声のスタッフが手術室に入り、移植手術の現場を撮影した。宇和島徳洲会病院の手術室は二つ並んでいて、同時に二つの手術が可能だ。いつものように手術室前にある洗面台で、殺菌消毒用ハンドソープで手を洗った。爪は深爪になるくらいまで切ってある。それでも爪の間のゴミまでかき出すようにして洗った。同じように弟の廉介、西光雄、光畑直喜の三人の医師も無言で手を洗っている。

移植手術は毎週水曜日の午後とほぼ決まっている。左側の第一手術室に廉介と西医師が入り、ドナーの腎臓を摘出する。右側の第二手術室に万波と光畑医師が入る。摘出された腎臓をレシピエントに移植するのだ。

ドナーにもレシピエントにも麻酔医がつき、手術台に寝かされていた。NHKの取材スタッフが万波の後をついてくる。ドナー、レシピエントの手術はほぼ同時に開腹手術を始める。取材クルーはドナーから腎臓が摘出される場面はほとんど撮影しなかった。万波につきっきりで、万波の移植手術シーンばかりを撮影していた。不思議なのは、移植手術の取材なのに、摘出された腎臓がレシピエントに移植される場面でもカメラマンは万波の顔ばかりを撮影していた。

移植手術を終えて控室に戻ってくると、若いディレクターが唐突に聞いてきた。

「万波先生は臓器売買をしたことはありませんか」

あまりにも突拍子もない質問に、ディレクターの真意がわからず、聞き返した。

「臓器売買……」

「そうです。臓器売買に関係したことはおありになりませんか」

強い口調というより威圧的な印象を受けた。

「そんなことに関係するわけがなかろう。何を言っているんだ、君は？」

不躾な質問に腹が立ったが、ディレクターからはそれ以上は何の説明もなかった。

それから四日後の日曜日、雨が降り出しそうな気配だった。気温は二十度以上あるようだが、秋の到来を感じさせた。自宅の庭で鶏と犬を飼っている。愛犬が尻尾を振りながら近寄ってじゃれついてくる。

二人の娘は嫁ぎ、長女は商社マンと結婚し香港に、次女はフランス人と結ばれパリで暮らしている。万波は熟年離婚で一人暮らしも板についていた。

明け方に雨がぱらついたせいか、地面はぬれていた。晴れている日はいいが、雨の日は犬がじゃれついてきて、ズボンがあっという間に泥だらけになってしまう。

鶏にエサを与えていると、いつも胸のポケットにしまっておく携帯電話が鳴った。

「すぐに病院に来てください」

貞島院長からだった。

日曜日なのに何の用だろう。入院患者の中に容体が急変するような患者もいない。急患が運び込まれたのだろうか。貞島院長の声はいつになく緊張し、苛立った声でまくし立てた。

エサを庭に放り投げ、万波は宇和島徳洲会病院に車を走らせた。病院に着いた頃、雨は本格的に降りだした。

いつものように病院裏手にある職員専用駐車場に車を止めた。万波がそこに止めるのを知っていたのか、車から降りるとストロボが一斉に光り、テレビカメラが迫ってきた。

「何を取材しているのだろう」

訝《いぶか》る万波に記者の一人が質問を浴びせかけてきた。

「臓器売買に関与していませんか」

マイクが突きつけられる。

四日前にもＮＨＫのディレクターから同じ質問を受けていた。

――いったい何が起きているのか。

万波にはまったく想像もつかなかった。

職員専用の出入口から病院内に入ったが、しかし記者たちは病院内には立ち入ろうとはしなかった。中に入ると、見知らぬ男たちが病院から次々に段ボール箱を運び出し、正面玄関に止めてあるワンボックスカーに積み込んでいる。ワンボックスカーのボディには愛媛県警と書かれていた。段ボール箱を抱えているのはどうやら県警の捜査員のようだ。

院長室に入ると貞島が青ざめた表情で万波に言った。

「臓器移植法違反の容疑で家宅捜索を受けています」

「臓器移植法違反……」

万波が執刀した手術の中に、臓器売買による移植があったと貞島から説明を受けた。それでも万波には思い当たるふしはなかった。

しかし、思い返してみるとすでに予兆はあった。

万波医師周辺の内偵捜査が開始されていたようだ。その年の夏、万波医師は不審車両に尾行された。自宅近くで不審車両から音声が流れた。

「運転手さん、停車してください」

不審車両だと思っていたが、警察の覆面パトカーだった。万波は指示に従った。私服の警察官が覆面パトカーから降りてきて、警察手帳を提示した。

「スピードの出し過ぎです」

万波は警察官から注意を受けた。しかし、自宅付近の道幅は狭く速度を上げることなどできない。いつもブロック塀にこすって左右のボディは傷だらけだ。

昼のNHKニュースには、四日前に撮影された映像が流れた。取材を許可した頃には、すでに臓器売買の容疑者逮捕が間近だという情報がマスコミ関係者には伝えられていたのだろう。この日のためにNHKの取材班は、移植推進月間を口実に、万波の映像を撮っていたのだ。

愛媛県医師会の一部にも、ドナーから謝礼を受け取っていると万波医師を誹謗中傷する噂が流れていたが、万波は何も知らなかった。

その日から宇和島徳洲会病院だけではなく、万波医師の自宅も二十四時間マスコミに取り囲まれた。

何を証拠に捜査を進めているのかさっぱりわからないが、臓器売買に万波も深く関与していると思われているらしい。愛媛県警は任意だが、万波からも事情聴取したいと言ってきた。それで疑いが晴れて、いつも通り患者の治療に専念できるのなら、と思って万波は聴取に応じた。宇和島警察署に呼ばれ何度も同じことを繰り返し聞かれた。

宇和島警察署三階にある取調室に案内された。任意の取調べということもあって、対応は丁重だ。温かいコーヒーを勧められたが断わった。部屋は狭いし、空気がよどんでいるように感じられた。いつまでもこんな部屋に閉じこめられたくない。

万波の聴取を担当した刑事は四十代半ばだろうか。机を挟んで向かい合うように座った。柔道で体を鍛えているのか、肩幅も広く、椅子に座り直したり、両手を組んだりした拍子に鍛え上げた筋肉がワイシャツの上からでも見てとれた。

捜査官からドナーとレシピエントがまったくの他人である事実を知っていたのではないかと、くどいくらいに聞かれた。

「知っていれば手術などするか」

言葉を荒らげる時もあった。

死亡したドナーから提供された腎臓の移植手術は極めて少なく、ほとんどが家族から摘出した臓器を移植する生体腎移植だ。万波はそれまでに生体腎移植を何百例と執刀してきた。しかし、ドナーとレシピエントに戸籍謄本を提出させ、家族関係を確認するようなことまではしてこなかった。手落ちと言われればそうかもしれないが、果たしてそこまでやっている病院がどこにあるというのか。

何度聞かれても、万波の答えは同じだった。患者を信じたことが罪というなら、いくらでも罰したらいいのだ。臓器売買容疑で、内縁関係の夫婦とまったく他人のドナーが逮捕されていた。三人の関係を知っていただろうと追及されても、知らなかったものは知らなかったとしか答えようがない。

宇和島警察署がもう一点こだわったのは、万波が診療報酬以外に金品を受け取ったかどうかだった。患者から金をもらったことなど一度もない。それどころか透析を終え、ぐったりして待合室で休んでいる患者から、タクシー代を貸してほしいと懇願されたことも一度や二度ではない。自慢ではないが見るに見かねて万波は財布からタクシー代を立て替えた時もあった。

宇和島市内や近郊の郡部から車で通院できる患者はそんなことはしない。しかし、透析を受ける患者の中にはバスに一時間以上も揺られてくる者もいる。瀬戸内海の島から一日数本しかない連絡船に乗ってくる患者も少なくはない。

目の前の刑事には慢性腎不全で透析治療を受けている患者の苦労など、何もわかっていないのだろう。

「あんた、体格はいいが、柔道でもやっているのか」

万波が世間話でもするような口調で聞いた。刑事は万波の雑談に応じた。

「一応三段です」

「試合には？」

「若い頃には、県対抗試合に出たことも」

「階級は」

「八一キロ以下の階級です」

「減量に苦労したことは」

「一キロ落とすのは大変です。九〇キロ以下に階級を上げることも考えましたが、私の体重は八五、六キロで、試合前に絞って体重を落とし、八一キロ以下のクラスの方が有利なんです」

「四、五時間で五キロ落とせと言われたらどうするかね」

万波は真顔で刑事に聞いた。

「到底無理です」

「その無理な減量を透析患者は一日置きにしているのをわかっているのか」

腎不全に陥った患者は透析を受けなければならない。腎臓は腰のあたり、脊柱の左右に一個ずつあるにぎりこぶし大のそら豆形の臓器だ。腎臓の役割は血圧の調整、ホルモンの活性化、塩基バランスの調整など、たくさんの機能がある。最も大切なのは体内の老廃物および水分の排泄だ。

この大切な役割を担っている腎臓が腎炎、糖尿病などで障害を受けると、その機能が失われて、最後には正常な日常生活が営めなくなる腎不全に陥る。腎不全の最終段階では、尿が出なくなり、体内の老廃物やミネラルが排泄できずにやがて死に至る。

腎不全に陥った患者を死から救う治療法が人工透析療法だ。透析療法とは、排泄機能を失った腎臓のかわりに体外のろ過装置を用いて血液を浄化する治療法だ。

体の血管に二本の注射針をさして、その一本から血液をろ過装置に導き、ろ過器で血液の汚れをこし取って、きれいになった血液を、再びもう一本の導管から体内に戻すのだ。これを週三回、一回四、五時間続けて、生命を維持する。

この療法の問題点は、血液のろ過といっても腎臓が休む間もなく常時働き続けているのに対し、透析では週に十数時間程度しか働かないことだ。腎臓とは質的にも機能が異なっている。

こうした理由で、透析患者の血液は健康な人の何倍も濁っているといえる。

また、腎臓は常時働いて体を安定した状態に保っているが、透析は二、三日分の汚れと水分を短時間で排泄する。一時的に体の恒常性が崩れ、これを調整するため、体のエネルギーを大量に消耗する。

そのため透析患者は、健常者の二倍のスピードで年を取るともいわれている。また、透析患者によって症状は様々だが、全身に症状が出る。

血圧低下あるいは高血圧、むくみ、だるさ、関節痛、動脈硬化、頭痛、頭重、不眠、骨粗しょう症、そしてこれらの症状の延長として、脳出血や心不全、ガンなどで死亡するケースが多くなる。

宇和島市より南の地域に住む人工透析患者の中には、山道を越えたり、海を渡ってきたりする者がいる。雪の日や海が荒れた日には、病院に通うことさえできなくなる。

透析による痛み、倦怠感を訴える患者は多い。働くこともできなくなり、結婚もできないと嘆く患者も少なくない。

「患者の中には、片道三時間以上もかけて病院に通ってくる者もいる。悪天候の日には通院することが困難になる。どれくらい不安であることか。異所性石灰沈着症といって、骨以外の軟部組織にカルシウムが沈着し、耐えられないほどの痛みや痒みに患者は苦しみ、何とかしてほしいと訴えてくる。でも透析で命を長らえるしかない」

患者は透析治療を受けて、予め決められた体重にまで落とす必要がある。水分や老廃物を透析器で除去するのだ。ほとんどの者がぐったりして、その日一日は仕事にならない。根治的治療は移植しかないが、移植用の腎臓は圧倒的に不足している。捜査官はまるで他人事のように聞いている。仕方ない。健康な人間には透析患者の苦痛は理解できない。

欧米では透析の苦痛から逃れたくて、透析治療を拒否し、「自然死」を選択する患者が一〇％程度いるといわれているくらいだ。

「だからといってですよ、万波先生、法律で禁止されている臓器売買で移植をしたらいかんでしょう」

「それは私ではなく、あの三人に言ってくれ」

臓器売買事件が大きく報道された。

自らの腎臓を「売った」とされたのはＡ子。Ａ子に金品を渡したのはＭ子。腎臓の提供を受けたのはＭ子の内縁の夫Ｓだった。三人とも五十九歳だった。

「腎臓を提供してくれれば、三百万円を支払う」

とＡ子はＭ子から持ちかけられた。この話を承諾したＡ子から腎臓が取り出され、Ｓに移植された。実際に三十万円と百五十万円相当の乗用車がＡ子に贈られた。

移植手術から一年後、約束の金がＭ子、Ｓの二人から払われないと、Ａ子が宇和島警察署に相談したことから事件が発覚した。

Ｓと内縁の妻Ｍ子の二人が逮捕され、日本初の臓器売買事件に発展した。Ａ子はＭ子の妹と偽って移植手術を受けていたのだ。

臓器移植法はその十一条で臓器売買を禁止している。この違法な移植手術を執刀したのが万波医師だった。万波にはいつまでも刑事の質問に答えている時間の余裕はない。診察しなければならない外来患者もいるし、入院患者もいる。

「診療報酬以外に金は受け取っていないんですね」

四十代の刑事は雑談の時とは違い、万波の心を覗き込むような視線を向けてきた。

「くどい。私は戻ってこないのを承知でタクシー代やタバコ代を患者に貸したことはあっても、患者から金をもらうようなまねなどしたことはない」

「そうですか」

刑事は再び穏やかな口調に戻った。しかし、すくい上げるような目で万波の表情をうかがっている。疑っているのは明白だ。

「では、それを確認するために銀行の通帳を見せてくれませんか」

不正な金を受け取っていないのなら、それくらい協力してもいいでしょう、と額に書いてあるような口ぶりだ。万波はあまりにも愚かしくて言い返す気力もなかった。その日の聴取はそれで終わり、宇和島警察署から病院に戻った。

宇和島警察署を出た時も、病院に帰った時も、報道陣が陽だまりのオタマジャクシのように万波の周囲に集まってくる。

「患者からいくら受け取ったのか、ここらですべてを明らかにしたらどうですか」

車から降りた万波に記者の一人が質問を浴びせかけてきた。無礼な質問をしてきた記者をにらみ返した。記者は薄ら笑いを浮かべながら続けた。

「いつまでもだんまりを決め込んでいないでさ。早く楽になりましょうよ、万波先生」

記者は標準語で話しかけてきた。地元の記者ではないようだ。東京からも多くの記者が派遣されてきているのだろう。

テレビドラマの刑事役のようなセリフを記者は平然と言ってのけた。相手にする気にもなれない。万波バッシングはこの日から始まった。

万波は宇和島警察署の要求に応じて聴取にも応じたし、預金通帳も見せた。不審な金の流れなど何も見つからなかった。当り前だ。金品など受け取っていない。

報道陣は宇和島徳洲会病院と万波の自宅を張り込み、離れようとはしなかった。彼らは万波が逮捕される瞬間を取材しようと待ち構えていた。

しかし、万波が逮捕されるはずもなかった。報道陣に苛立ちが蓄積していくのが、万波にも感じられた。狭い車内で仮眠を取って待機しているのか、目は充血し、無精ヒゲを伸ばした姿で、万波が自宅を出る時と、病院に着いた時には集まってくる。取り立てて話をすることもないし、万波の姿を見て落胆している様子さえうかがえる。内心では逮捕されるのを願っているのだろう。

そうした状況に置かれた報道陣が再び息を吹き返すきっかけになったのが、宇和島徳洲会病院の十一例の「病腎移植」発表だ。これらの移植手術は、ドナーとレシピエントとの間にはまったく血縁関係はなく、臓器売買ではないのかと疑われるのは時間の問題だった。

彼らはすぐに記者会見を求めてきた。

とりわけガンに侵された腎臓を移植したことに彼らの関心が集中した。記者の多くは社会部記者でほとんどが医学的な知識はなかった。日本人の二人に一人がガンにかかり、三人に一人がガンで死亡しているという現実に、ガンに侵された腎臓を移植することに対して潜在的なおそれを抱いたのだろう。

万波医師は宇和島病院の大会議室に記者を招き入れた。万波は白板の前に立ち、黒のマーカーで腎臓と尿管、そして膀胱のイラストを描いた。

「腎臓に四センチ以上のガンがある場合、腎臓の全摘が世界のスタンダード、教科書にもそう書いてある」

しかし、八〇年代半ばからCT、MRI、エコーなどの診断技術の進歩によって、早期にガンが発見されるようになった。四センチ以下の小径腎ガンの場合は部分切除をして、腎臓を残すのも可能になってきた。

そうしたケースではガンの部分を楔形に除去し、その後で切除部分を縫い合わせる。

「今までにそういった手術を何度もしてきたが、いまだかつてその腎臓にガンが再発した症例に遭遇したことはない」

しかし、患者の対応は様々だ。たとえ小さなガンであっても、一度ガンを発症した腎臓は摘出してほしいと、患者が強く要望するケースも出てくる。

「残しておいても大丈夫だと何度も説明する。それでも再発、転移を考えて全摘にしてほしいという患者がかなりいる。腎臓は二つあり、一つなくなっても、日常生活には困らない。今でもそういう患者の方が多い」

腎ガンが小さくても、再発の可能性を危惧し、患者自身が全摘を強く希望するのだ。

「こんなにいい腎臓をもったいないな、と思った。この腎臓をあの患者に移植できれば、助けられるのではないか。それが『病腎移植』の始まりだ」

だからといって最初から腎臓摘出を考えているわけでは決してない。患者の治療が当然優先される。

「残念ながら全摘が最善策であったり、あるいは患者がそれを強く望んだりした時に、初めてその腎臓を使った移植を考える」

ガンが腎動脈、腎静脈、尿管が集中する腎門部にできたケースでは、四センチ未満であっても部分切除の手術時間は長くなる。患者が高齢の時は片方の腎臓が健全であれば、全摘にした方が患者に与える肉体的な負担も軽くなり、リスクを考慮すると全摘の方がベネフィットが大きくなる場合もある。

「そうした時、患者に、摘出した腎臓を透析で苦しんでいる人のために使ってもいいですか、と確認を求めた上で、移植を望む患者に移植してきた。本来ならそうした腎臓は廃棄されてきたんだ」

摘出された腎臓のガン部分を切除する。最近では医療技術の著しい向上や、すぐれた腎保存液により七十二時間は臓器が保存できるようになった。今まで廃棄されていた腎臓が有効に再利用されるチャンスが出てきたのだ。

レシピエントに対しても、ガンに侵された腎臓であり、将来ガンが再発する可能性が数%あると伝えている。

「病変の周囲は完全に切除しているが、ガンに侵された腎臓である事実を告げて、その上で移植をするかどうかを患者ととことん話し合って移植に踏み切った。そのどこに問題があるというのか。レシピエントに何も話さずにこんなことが私の独断でできるはずがないだろう」

万波はガンに侵された腎臓を慢性腎不全の患者に移植するまでの経緯を、可能な限りわかりやすく説明した。しかし、すべてが無駄だった。記者会見の翌日には万波の説明はまったく無視され、どの新聞も日本移植学会幹部のコメントで埋め尽くされていた。

いくら切除しているとはいえ、ガン疾患の腎臓を移植していることがクローズアップされた。どの新聞にも「無謀だ」「禁忌だ」という言葉が躍っていた。

マスコミは日本移植学会の言い分をそのまま報道した。

――人体実験だ。

後は何をどう説明しても、万波の言い分は報道されなかった。

名古屋駅から名鉄線で二十分ほどのところに社会保険中京病院がある。愛知県内では中規模の病院だ。国立名古屋大学を卒業した大島伸一は医師の第一歩をこの病院から踏み出した。

大島医師は午後の診察を終え、院長室に戻った。ドアノブに手をかけると、部屋から電話のベル音が聞こえてきた。窓際の机の電話が鳴りっぱなしだ。慌てて部屋に入った。

「先ほどから新聞各社から院長のコメントをもらいたいと、次から次にかかってきています」

秘書は自分の机に置かれた電話に対応中で、その受話口を手で塞ぎ、早口でまくし立てた。

「コメント……、何のだ？」

「各社、宇和島徳洲会病院で行われていた腎臓移植についてだそうです」

それならば宇和島病院の院長にコメントを求めればいいのではないかと訝りながら、大島は自分の机の電話を取った。

「愛媛県の宇和島徳洲会病院で行われていた腎臓移植について、大島先生の意見をお聞かせください」

相手は朝日新聞社会部の記者だった。これまでに医療問題を扱う科学部記者の取材を受けたことはあったが、社会部記者から取材を受けたのは初めてだった。

大島は日本移植学会の副理事長を務めていた。理事長の田中紘一は肝臓移植が専門で、それで各社大島のところにコメントを求めてきたのだろう。

記者は宇和島徳洲会病院の万波誠医師らが行っていた奇妙な腎臓移植について、大島の意見を聞きたいと言った。

宇和島徳洲会病院の万波医師は、日本移植学会に加盟はしていないが、大島はかなり前から万波の名前を耳にしていた。大島自身、大学病院、大病院に所属する医師ではない。規模的には愛知県内の中堅病院の泌尿器科医としてスタートし、そこで腎臓移植の道を切り開いてきた。腎臓移植の先端を走り、移植を医療として確立させた医師の一人でもある。

七〇年代前半、移植は大学病院など設備、スタッフの整った大規模病院だけで行われる手術だった。万波も宇和島市の中核病院とはいえ、市立宇和島病院、その後移籍した宇和島徳洲会病院で移植実績を積み上げてきたすぐれた医師だと大島は高く評価していた。地方の一病院で移植を進めることの困難さは、大島には容易に想像がついた。

しかしこの数週間、万波というか宇和島徳洲会病院について世間を騒がせる報道が続いていた。臓器売買事件の捜査は続いている様子だったが、万波は患者やドナーの申告をそのまま信用して移植を行っただけで、臓器売買にはまったく関与していないことが次第に明らかになってきた。

宇和島徳洲会病院はいずれ明らかになることだと判断して、二〇〇四年四月の開院以降に万波医師が行った腎臓移植手術は七十八例で、このうちの十一ケースに病気に侵された腎臓が用いられた事実を明らかにした。

移植に用いられた腎臓はガン、尿管狭窄、ネフローゼ症候群などの病状を持っていた。朝日新聞社会部記者は十一例のケースについて、大島のコメントを求めてきた。

大島には記者の説明が事実だとはにわかには信じられなかった。事実かどうかもわからずに安易に答えることはできない。

「ガンにかかったドナーの腎臓を移植するなんて、私は見たことも聞いたこともない。だからといってそうした医療のすべてがいけないとも言えない。どんな医療にも最初の一歩というものはある。実験的な医療を行うには、それなりのルールがある。厳密な臨床研究遂行のための手続きが決められている。それを踏まえた上で行われたかどうかが重要だと思う」

大島はそう答えて電話を切った。電話を切ると同時に次の取材を受けなければならなかった。その日は自宅に戻ってからも電話は鳴り続け、何回となく同じコメントを出す羽目になった。

翌日、騒動はさらに拡大した。予想もしていなかった事実が次々に明らかにされていった。

宇和島徳洲会病院には、新たな医療の取り組みを審議する倫理委員会そのものが設置されていなかった。倫理委員会の審議を経ずに新たな移植医療を試みたことは、日本移植学会の倫理指針に違反するのは明白だ。さらにレシピエントに対して十分な説明が行われ、納得が得られたとするインフォームド・コンセントを示す書類がまったく残されていなかった。病気を持った腎臓が、レシピエントに万波医師の独断で移植されていたかもしれない。

「無謀だ」

大島はそう思った。信じがたい話で、これまで移植医が長年積み上げてきた移植医療への信頼が失墜する。こんな医療がまかり通っていいはずがない。放置しておけば、ドナーにもレシピエントにも犠牲者がきっと現れる。

事実が明らかになるにつれて、大島への取材依頼はさらに増えていった。午前中の診療を終えるのを待ち構えていたように電話が鳴り、記者が院長室に押しかけてきた。

「移植の倫理以前に、医療として問題が大き過ぎる。他人に移植して使えるほどいい状態の腎臓を摘出していることがまず医学的におかしい」

小径腎ガンは病巣のガンの部位を部分切除し、腎臓摘出ではなく残すのが標準治療だ。腎臓は生検が困難で、良性腫瘍なのか悪性なのか、手術するまでわからないケースが多い。

「ガンの疑いで摘出した後で良性とわかることはあり得るが、それならば本人に戻せばよい」

一度摘出した臓器を再び患者に戻す手術を自家腎移植というが、移植に使える腎臓なら自家腎移植で本人に戻してやるべきなのだ。

小径腎ガンで摘出した腎臓からガンの病巣を切除したからといって、それを移植することにも大きな問題が生じる。

「腫瘍を取り除いて移植したとしても、かなり高い確率でガンが再発する。レシピエントは免疫抑制剤を服用するため免疫機能が低下し、通常よりガンになりやすい。ガンの腎臓を移植するのは常識でもあり得ないし、医師として許されない。患者に対しても十分な説明があったかも疑わしい」

大島のコメントは新聞記者が抱く疑問に的確に答えていた。

移植された腎臓が本当に摘出しなければならない状態にまで陥っていたのか。摘出する必要のない腎臓を移植のために摘出していたのなら、摘出された患者に対する医療行為そのものが問題になってくる。また摘出しなければならないほどの症状を持つ腎臓を移植したのなら、それは医療とは言えないだろう。

新聞社だけではなく、雑誌やテレビまであらゆるメディアから取材依頼を受けた。大島はその一つ一つに取材に応じた。移植医療への信頼失墜という事態だけは避けたいと思ったからだ。しかし、テレビに映し出された自分の映像を見て、口の中が粘るような不快さを覚えた。

ニュース報道には定評のあるA局の番組だった。二時間以上も取材を受け、徳洲会病院で行われた移植の問題点を指摘した。

「新しい医療を切り開いていくためには確かにチャレンジが必要だ。誰かが最初の一歩を踏み出して、医療はそのことによって発展を遂げてきたのも事実だ。だが挑戦的、実験的な医療を行うには、すぐれた技術と十分な臨床経験がある医師が、最新の医学論文を読み、最先端の情報を把握した上で、治験の目的、医学的根拠、治験の方法を明らかにし、適正な手順で行うのが鉄則だ。万波医師は十分な臨床経験をお持ちになっているのははっきりしている。しかし、それ以外は不備があると言わざるをえない」

そう解説した。

しかし、テレビに映った大島は激しい口調で万波医師を非難していた。

「踏むべき手順をすべてすっとばして、病気を持った腎臓を慢性腎不全患者に移植するなんて言語道断。こういうのを人体実験と言うんだ」

最も重要な解説が映像に流れることはなかった。

スタジオには医学的な知識があるとは思えないコメンテーターが大島の映像を見て、それぞれの感想をキャスターから求められた。

「大島医師がおっしゃる通り、問題が大き過ぎますね。ドナーは摘出する必要のない腎臓を摘出され、ガンになる可能性がある病気の腎臓をレシピエントは移植されている。レシピエントにガンが持ち込まれたら、いったい誰が責任を取るのでしょうか。責任の取りようがないですよね」

もう一人の女性コメンテーターがその後に続いた。

「私はいくら移植用の臓器が不足しているからといって、病気を持った腎臓を移植すること自体に問題があると思います。ましてガンの腎臓を移植するなんて、まさに人体実験ですよね」

大島の「人体実験」といった強い調子の言葉が勝手に独り歩きをし、暴走を始めていた。

万波医師は摘出する必要のない腎臓を患者から奪って移植し、ガンなどの病気を抱えた腎臓までも移植してしまう恐ろしい医師というイメージが、砂漠に降った雨のように社会に浸透していった。

宇和島徳洲会病院の続報があるたびに、大島の証言映像がA局のニュースでは何度も繰り返し流された。

大島は二時間も取材に応じたのに、数秒にも満たない映像を切り取られて報道されるとは想像もしていなかった。

「臓器移植を受けたレシピエントは免疫抑制剤を服用するために、低免疫状態に置かれ、そうした環境下ではガンが発生しやすく、ガン細胞が増殖しやすいこと。また、ある種の免疫抑制剤はガン細胞の増殖を促進させる働きを持つことが確認されている。移植医療では、ガンは感染症と同じように忌避されている。万波医師らは尿管ガンや腎ガンの腎臓を摘出、移植しているが、これらのガンを含め悪性腫瘍の取り扱いは良性疾患とはまったく異なる。悪性腫瘍についてはどのようなガンであっても、ガンの臓器そのものを移植することは絶対禁忌であるだけでなく、ガン患者からの臓器の移植も特殊なケースを除き禁忌となっている。死体からの提供では国のガイドラインに禁忌と明記されている」

大島はこう説明した。何故ガンにかかった腎臓を移植してはいけないのか、わかりやすく解説したつもりでいた。しかし、「人体実験」という強い言葉だけが切り取られた。

実際、新聞だけではなく週刊誌、ワイドショーが連日宇和島徳洲会病院を取り上げていた。

「病気を持った腎臓の移植」は「病気腎移植」、「病腎移植」とまちまちだったが、病腎移植という呼び方が定着していった。

日本移植学会にも移植に関するガイドラインがあり、大島自身ガイドラインの作成に深くかかわった。ガイドラインには大島の、いや移植医の様々な思いが塗り込められている。ガイドラインとは、移植に関わる医師と、社会がたゆまない対話を繰り返して作成してきた医師の倫理指針なのだ。

「どう考えても、万波医師の手術は日本移植学会のガイドラインから逸脱しているとしか思えない」

大島は次から次に報道される事実に目を通しながら確信を抱いた。

しかし、日本移植学会のガイドラインは、加盟している医師に対しては拘束力を持つが、加盟していない医師には何の効力も持たない。万波医師は日本移植学会の会員ではない。大声で叫んだところで、実際には何の効き目もないのだ。


万波の患者はいつものように宇和島徳洲会病院を訪れ、普段と変わらずに治療を受けにやってくる。

「先生、必要な時は遠慮なく言ってください。いつでもかまいません」

野村正良が診察室に入るなり言った。五十代半ばの野村は二ヵ月に一度来院し、診察を受け、免疫抑制剤を取りに来る。野村はガンにかかった腎臓を移植し、透析治療から解放されている。

「私が生き証人です」

診察を終えると野村はそう言い残して部屋を出ていった。万波は何も答えなかったが、霧が流され、日の光が差し込んでくるような思いだった。

マスコミの批判というか、万波非難の論調はエスカレートするばかりだった。極めつけは大島副理事長の「人体実験」だった。

倫理委員会を通さなかったと日本移植学会の副理事長や幹部の医師たちは言うが、宇和島徳洲会病院にはその倫理委員会がなかったのだ。ないからといって、移植が可能な摘出した腎臓を廃棄するのが医師としての正しい道というのだろうか。

地方の医療は崩壊寸前といわれている。医師が不足し、医療そのものがほころびかけているのに、倫理委員会を設置し、悠長に審議している余裕など、愛媛県の片隅の病院にはないのだ。

手術承諾書は当然取っている。インフォームド・コンセントを書類として残していなかった。それはその通りだが、患者と相談もしないで病腎移植を勝手に強行すれば、「人体実験」といわれても仕方ない。しかし、患者には平易な言葉で説明している。

それを記した書類がなかったからどうだというのだ。そんな書類は患者と医療側との間でトラブルが起きた時、医師を守るための防衛手段でしかないだろう。書類があろうがなかろうが、手術の全責任は医師が負うべきものではないのか。重要なのは医師と患者との間に信頼関係が築かれ、患者が病腎移植に納得しているかどうかだ。

強風に煽られ、横殴りになって窓に打ちつける雨のように腹立たしい報道がいつまでも続いた。しかし、病院内に一歩入ってしまうと、その喧噪も万波にはそれほど気にならなかった。

1 「人体実験」

年が明けても病院の周囲に新聞記者が張り込んでいた。万波には話すべきことはないが、彼らにも聞きたいことがあるわけでもなく、遠巻きに万波を見つめている。

宇和島徳洲会病院は宇和島漁港の外れにある。そこから先は行き止まりで、海にせり出すように山が迫っている。宇和島病院を経営しているのは徳洲会で、徳洲会の病院が設立されれば、それまで地元の病院に通っていた患者が徳洲会病院に流れる。当然地元の医師会は進出に反対する。

様々な抵抗によって、病院が建てられる地域は辺鄙な場所が必然的に多くなる。万波医師はその日の診療を終えて、潮風でバンパーやボンネット、ドアが錆びついたホンダシビックで家に向かった。

山口大学医学部時代に知り合った妻の篤子《あつこ》とは、もう何年も前に離婚した。患者からよく聞かれた。

「あんなに献身的な奥さんはいないのに、何故離婚したのですか」

そんな質問に答えようがない。最も多い離婚原因は性格の不一致らしいが、あえて言うならその性格の不一致だろう。育児は妻に任せっきりで、万波は深夜であろうが、まだ日が昇らない明け方であろうが、病院から連絡を受けると、駆けつけた。そうした生活に耐えられなかったのだろう。

家事は週二日お手伝いさんが来て、炊事洗濯はしてくれるので、家の中はそれなりに片付けられている。しかし、帰宅時間は毎日異なる。帰宅した時には、疲れ果てていて風呂を沸かす気力もない。

それで宇和島市にただ一軒あるサウナに入ってから帰宅するのが習慣になってしまった。サウナ用のパンツを穿いたまま自宅に戻り、翌日サウナで新しいパンツに穿き替える。

汚れた下着は洗濯機の中に入れておくようにお手伝いさんから言われている。しかし、いつになってもパンツが入っていないのに気づいたお手伝いさんが万波医師に聞いた。

「先生、下着を替えていらっしゃるのですか」

質問の意味がわからずに、万波が聞き返した。

「何のことかいの」

「もう一週間以上パンツが洗濯機の中に入っていません。まさか同じものをずっと穿いているのではないでしょうね」

お手伝いさんは訝る表情を見せている。

「ああ、それなら心配はいらん。サウナのパンツを借りて穿いとる」

疑問が解けたのか、お手伝いさんは腹を抱えて笑った。

その夜もサウナで汗を流し帰宅した。

臓器売買事件は、万波医師も宇和島徳洲会病院も罪に問われることはなかった。しかし、その後起きた「病腎＝病気腎」移植問題で、相変わらず記者が家の前で待ちかまえている。

万波が帰宅したことを知ると、記者は次々にインターホンを押したが、それもある時間を過ぎるとピタリと止んだ。おかげで翌日朝刊の原稿締め切り時間がわかるようになった。翌日は、夕刊の締め切り時間まで追い回された。そのすべてに付き合っているわけにはいかないから、サウナで時間をつぶしていた。

新聞記者が、宇和島徳洲会病院、万波から離れないのには理由があった。

日本移植学会は、三月までには病腎移植を行った病院、医師を調査し、その結果をまとめて発表すると、盛んにマスコミにリークしていた。その調査チームが宇和島徳洲会病院に入り、万波本人からいつ聞き取りをするのか。それが終わるまでは宇和島市から離れられなくなっていた。

それだけではない。市立宇和島病院、宇和島徳洲会病院で行われた移植に関係する保険請求だが、それまで何の問題もなく認められてきた。しかし、臓器売買が発覚して間もない頃、突然診療保険請求に不正または不当の疑いがあるとして、厚労省保健局保険監査室、愛媛社会保険事務局、愛媛県長寿介護課が宇和島徳洲会病院に監査に踏み込んできた。

異様な監査が何度も繰り返された。

監査を知らせる通知書には「監査担当者」の名前が記されている。厚労省から派遣されてきたメンバーの中には、住友克敏というまだ三十代の特別監査官がいた。

万波の顔を見ると、すぐに言い放った。

「この病院をつぶしてやる」

住友は日本移植学会の言い分を真に受け、万波らはとんでもない移植手術をしていたと最初から思い込んでいた。病院ぐるみで不正請求をしていたと信じ込んでいた。徳洲会は、病腎移植手術については社会保険事務局に具体的に問い合わせをして、移植費用の請求をしていたのだ。

しかし、異常降雨で増水し、堤防を破って溢れ出した濁流のようにスキャンダラスなマスコミ報道が新聞、テレビには流れていた。

万波誠医師の弟、廉介医師、西光雄医師、光畑直喜医師は、厚労省によって瀬戸内グループと呼ばれるようになり、万波誠医師と瀬戸内グループの医師らが病腎移植をどのように行ってきたのか、厚生労働省は調査に乗り出した。日本移植学会の医師を中心とした調査委員会が調査を開始した。

彼らが行った病腎移植は四十二例で、移植手術が行われたのは、市立宇和島病院二十五例、呉共済病院六例、宇和島徳洲会病院十一例だった。

この他に腎臓を摘出し、臓器提供のみを行った病院もある。

香川労災病院から四つの腎臓が摘出され、移植に提供された。

この他には三原赤十字病院、岡山協立病院、備前市立吉永病院など六病院から七つの腎臓が提供された。

これらの病院に移植学会から派遣された医師が調査に入った。万波も当然彼らに事情聴取された。調査委員会の医師は、最初からガンに侵された腎臓を移植するのは、タブーだと思い込んでいた。実際そういう教育を移植医は受けてきた。ガンに侵された腎臓や摘出する必要のない腎臓まで取り出し、万波医師はレシピエントに移植していたと、彼らは強い先入観を抱いていた。

インフォームド・コンセントを書類としては残していなかった。落ち度と言われればその通りだが、何の説明もしないで、移植手術ができるはずがない。不思議だったのは、記録が残されていないのならレシピエントに移植までの経緯を聞けばよさそうなものだが、調査委員会はレシピエントから話をいっさい聞こうとしなかった。

レシピエントをどのような基準で選んでいるか、くどくどと同じ質問をされた。レシピエントの選考は、もちろんドナー腎との適合性もあるが、レシピエントの健康状態が悪く、緊急性を要する患者を優先していた。当たり前の話だ。透析が限界に達し、ドナーも現れない。ガンが持ち込まれるリスクよりも、命を救う方が最優先されるべきだと思ったから、患者と話し合って、ガンに侵された腎臓から、ガンの部位を取り除いて移植を始めたのだ。

東京女子医大の寺岡慧教授は、何度説明しても、万波の説明には納得しなかった。異常とも思えるしつこさだった。年齢的には万波よりも十歳ぐらい年下だろう。

最終的に寺岡教授が聞いてきたのは診療報酬以外にレシピエントから金をもらっているかどうかだった。

「万波先生、レシピエントから診療報酬以外の金は受け取っていませんか」

最初は寺岡教授の質問の意味がわからなかった。しかし、執拗な寺岡の質問の真意が理解できた。万波はレシピエントから謝礼金を受け取り移植していると思われていたのだ。臓器売買が明らかになった時、警察もマスコミも万波が賄賂を受け取ったと思っていた。すべてを自供して楽になれと迫ってきた新聞記者と同じだった。

「そんな金は一銭たりとも受け取っておらん」

万波は冷徹な口調で答えた。寺岡はそれでも納得できないのか、信じられないといった顔で質問を繰り返した。

「それは本当ですか。何ももらっていないのですか」

万波は呆れ果てた。

「何度説明したらわかってもらえるんかのう。もらっとらんもんは、もらっとらん」

感情が昂ると、つい生まれ故郷の岡山弁が出てしまう。

通常の診療日に、診察が終わるのと同時に調査が始まり、夜の九時、十時まで聴取が行われた。調査にあたる医師は、宇和島徳洲会病院の近くのホテルに宿泊し、万波の仕事が終わる頃、病院に来ればいいのだから、気が楽だろうが、万波はたまったものではない。それでもひたすら調査が終わるまでは付き合うしかない。

疲れ切って自宅に戻ると、香川労災病院の西光雄医師から電話が入った。

「どうもこうもならんな、調査委員は」

いつも温厚な西が言葉を荒らげる。

「どうした?」

「病院に着くなり、『お前らは犯罪者だ、傷害罪で告発してやる』とわめき散らしながら、診察室に入ってきた」

香川労災病院で摘出したのは腎ガン二例、尿管ガン二例だった。

瀬戸内グループが行った腎ガン、尿管ガンの腎臓摘出手術では、ガン細胞をばらまくおそれがあると主張しているのだ。京都府立医科大学の吉村了勇教授は、最初からヤクザが敵対する暴力団事務所に乗り込んだような口調だった。

「調査が始まる前から怒鳴り散らして、話なんかできる状況ではなかったぞ。そっちはどうだった?」

「同じようなもんだ」疲れ切っていた万波は力ない声で答えた。

「吉村教授のあまりの剣幕に、一緒に来ていた他の調査委員の医師が言い過ぎだと諌めていたくらいだ」

西の声もどこか沈んでいる。

吉村教授は調査が始まったばかりなのに、同行する記者団に調査について聞かれると、ためらいもなくコメントを発表していたようだ。

「四例の摘出について、調査を始めたばかりなのにオーバーサージャリー（不必要な手術）だと平然と話していたよ」

それだけではない。

「瀬戸内グループの腎臓摘出手術は、摘出する必要のない腎臓の摘出で、その手術方法も妥当とは言えない。傷害罪の疑いが濃厚になりました」

吉村教授は記者の質問にこう答えていたようだ。

ガンなどを理由に腎臓を全摘出する場合、腎動脈、腎静脈を結紮してから腎臓を腹膜から剥離し摘出する。移植のために摘出する時は、血流を維持し、先に腎臓を腹膜から剥離し、最後に血流を止めて腎臓を摘出する。この方法だと剥離する時に腎臓に触れるため、血流によってガン細胞が全身に伝播する可能性があり、一連の手術すべてがオーバーサージャリーで、それが傷害罪にあたると主張したいらしい。

一見もっともらしい主張だが、血流によってガンが伝播されるという根拠はないのだ。小径腎ガンは部分切除が標準治療だと日本移植学会は主張している。その部分切除の手術にしても、移植用の腎臓摘出と同じ手順で行われているのだ。それを吉村教授が知らないはずはない。

吉村教授のコメントを信じた記者は、当然、西本人へも非難の色合いの濃い質問を浴びせかける。

「何故摘出の必要のない腎臓を摘出したのですか」

「摘出した方が患者にベネフィットがあるから摘出したわけで、摘出そのものが治療行為です。結果的にドナーになった患者にも不利益はない」

西はこう説明したが、記者は吉村の話を疑いもせずに信じ、冷静な判断力を欠いていた。西はドナーへどのような説明をしたかインフォームド・コンセントについても書類に残していた。

それでも記者からは心ない質問が西に向けられた。

「摘出した腎臓を宇和島病院に送ってですよ、西先生にはどんなメリットがあるんですか」

「ドナーは摘出することによって、手術による肉体的負担を最小限に止めて、健康を回復できる。レシピエントは透析から離脱した生活を送れるようになる」

ドナー、レシピエント双方にとって最善の医療行為だと考えたから実施したのだ。そんなことはわかりきっているはずだ。しかし、記者が聞きたかった質問の真意はそうではない。

〈どんなメリットがあるんですか〉

寺岡教授が万波にした質問と同じだった。記者たちはレシピエントから診療報酬以外の金銭を受け取って、病気の腎臓移植を引き受けていたと思い込んでいた。

「メリットなんかない。そんなものはいっさいない」

西は努めて冷静に答えたようだが、怒りを抑えるのに大変だったのだろう。

「記者会見が終わった後、その記者がにじり寄ってきてだよ、俺に何て言ったと思う……」

万波は想像もつかなかった。

「わからん」

「私、この事件が起きるまで、腎臓が二つあるなんて知りませんでしたとぬかしやがった」

西の言葉に思わず万波は噴き出した。しかし、笑っている場合ではなかった。

「これは放っておくと大変なことになるぞ。新聞記者は移植学会の言う通りに記事を書きよるぞ」

受話器から西の不安が伝わってくる。

万波から聴取している寺岡教授も、記者に事実とは異なることを平然と語っていた。

「病腎移植について論文発表もしないで、万波医師や瀬戸内グループの医師たちは、こっそりとこの異様な移植を進めていた」

秘密裏に移植手術ができるわけがない。市立宇和島病院には愛媛大学医学部の医局から医師が派遣されてくる。市立宇和島病院に勤務していた頃は、万波は移植に関心を寄せる医師たちに、希望するのであれば手術の様子をすべて見せていた。

摘出した腎臓からガンの部位を取り除き、すばやく移植していく様子を、若い医師たちは驚嘆の声をあげながら見ていた。

中国・四国地方の移植学会では、二回論文発表もしている。それがどうして秘密裏に行われていたということになってしまうのか。万波にはいくら考えても理由がわからなかった。

しかし、執拗な調査委員会の聴取を受けて三日目だったか。松山に住む患者が、その理由を説明してくれた。

「愛媛大学医学部付属病院ではとんでもない噂が流れています」

万波がレシピエントから金を受け取っているというものだった。その噂の発信源がどうやら愛媛大学医学部の泌尿器科の医師というのだ。いくらなんでも、そんなことをするはずがないと万波には信じられなかった。しかし、まったく思いあたらないわけではない。そもそも万波が市立宇和島病院から宇和島徳洲会病院へ移籍したのも、愛媛大学医学部医局との確執からだった。

万波が市立宇和島病院の泌尿器科部長として患者の診療にあたっていた頃、京都大学医学部出身の近藤俊文医師が院長だった。近藤と愛媛大学医学部の竹内教授との関係は良好で、市立宇和島病院での移植に愛媛大学は協力的だった。

しかし、竹内の後任に横山教授が就いた頃から協力関係に異変が生じた。万波医師を外せという愛媛大学医局の圧力に、市立宇和島病院は頑として屈しなかった。ところがその院長が定年で退職すると、真っ先に始めたのが万波外しだった。万波が邪魔で仕方なかったのだろう。

それで宇和島徳洲会病院が設立されるのと同時に万波は移籍したのだ。長年、万波医師の治療を受けていた患者は、宇和島徳洲会病院へ通うようになってしまった。それにしても、根拠もなくレシピエントから金をもらっていると噂を流すなんて、まともな医師のすることではない。

万波の周囲には敵しかいないのではないか。そう思いたくなるような記事が、全国紙に毎日掲載された。記者の質問にはわかりやすく丁寧に、誠実に答えていた。しかし、万波の主張が活字になることはまずなかった。一方、寺岡教授や吉村教授のコメントだけが強調され、新聞に掲載された。

同じようなことを呉共済病院の光畑直喜も感じていたようだ。光畑もよほど悔しかったのか、万波がベッドに入ろうとしていた時に電話をかけてきた。

「何もかもがでたらめだ」

光畑は怒る気持ちも失せたのか、力なく言った。

四十二例の病腎移植のうち六例は、瀬戸内グループの光畑医師が呉共済病院で行っていた。このうちの一例は一九九一年三月二十三日の読売新聞に大きく報道されていた。

非血縁　75歳からジン移植――呉共済病院
44歳男性　元気に退院
広島県呉市の呉共済病院で、慢性ジン不全の男性公務員（四十四）に、ジン動脈リュウを切除した七十五歳の患者からジン臓を移植する手術が行われ、公務員は二十二日、術後約二か月ぶりに退院した。高齢で非血縁者のドナーによる手術成功は珍しい。
ジン臓を提供した農業Aさんは、同病院で左のジン臓と大動脈をつなぐジン動脈に三センチ大の動脈リュウが見つかった。普通はジン臓ごと摘出して切除するが、高齢のためジン臓を再び体内に戻すと合併症の危険があり、Aさんの同意を得て血液型の一致する公務員への移植に踏み切った。
公務員は「一度移植がダメになり、あきらめかけていた矢先だったのでうれしい。感謝の気持ちでいっぱい」と、四月からの職場復帰を楽しみにしている。
主治医の光畑直喜・泌尿器科医長は、「切除したジン臓を活用できた珍しいケース。血液型の適合、正常な腎機能など幸運な面もあった」と話している。

「読売新聞の記者はなんとも思わんようだ。十五年前は評価する記事を書いた新聞社が、手のひらを返して非難する記事を書くんだから、もう付ける薬はない」

当時は宇和島徳洲会病院のような騒ぎにはなっていない。移植学会から批判の声も上がっていない。

このケースでは、七十五歳のドナーは八十四歳まで生存し、移植した腎臓は今なお生着し、レシピエントは健在だ。

移植に踏み切った動機について聞かれ、光畑医師は当時こう答えた。

「透析患者は健康を取り戻して仕事へ復帰し、自由に水分を摂り、ラーメンや果物も自由に食べられる普通の生活を望んでいた。しかし、ドナーはいくら待っても現れない。不幸のどん底に置かれた患者、患者の家族の現実を目の当たりにした経験からです」

光畑は透析によって家庭が崩壊していくさまをいくつも見てきた。それは光畑だけではなく、万波自身も、そして弟の廉介や西も同じだ。

一家の主《あるじ》が不幸にして腎不全となり、血液透析を導入した。経済的にも肉体的にも破綻し、学校の教員から塾の先生へ転職を余儀なくされた。さらにその職場も追われ、生活は困窮していく一方だ。

両親から二回にわたって移植を受けたものの、移植した腎臓は廃絶し、再び透析生活へ戻らなければならなかった患者。妻が生活を支えたが、夫婦仲に亀裂が入り、家族全員がストレスを溜め、やがて子供たちは不登校になり、家庭が崩壊していく。中には自殺を試みる患者もいた。

その公務員一家もそうだった。

妻から腎提供を受けて一回目の移植を行った。しかし、拒絶反応のため摘出をしなければならなかった。再び透析生活へ戻った時、将来を悲観し何度も自殺を考えたという。

「彼らの心の叫びを前にして医者は何をなすべきか自問自答した。そして、摘出腎の中で、修復して移植に再利用できるものなら、一定のリスクを許容する腎不全の患者に、移植を切望する人に提供してはと考えました。万波誠医師を中心に瀬戸内グループの医師団が、患者とともに団結して第三の移植に踏み出したのです」

光畑は記者会見でこう説明していた。

十五年前は納得してくれたと思っていたが、読売新聞もその他の新聞と論調を合わせて、万波や光畑らを激しく非難している。

「つじつまが合わないと思わないのだろうか」

光畑は言葉を失った。

呉共済病院でも、香川労災病院と同じでドナー、レシピエントについて、インフォームド・コンセントについて、書面として記録し残していた。しかし、過去の病腎移植報道、インフォームド・コンセントの書類の存在などはいっさい無視され、激しいバッシングを受けた。

「調査委員会が調査なんて言ってるが、これは最初から結論が出ているのと同じだ。実際のデータなど無視され、俺たちは非難されるだけだ」

呉共済病院では、バッシング報道に病院から光畑医師の辞職要求まで出てきた。しかし、それをいち早く知った患者たちは、光畑医師の残留を求める署名を開始し、二週間で三万人の署名が集まった。

しかし、そうした事実は新聞には報道されなかった。バッシングの記事だけが執拗に繰り返された。

日本移植学会は、調査結果を踏まえて「関連学会で原則禁止の統一見解を出す」と繰り返し発言してきた。関連学会とは泌尿器科学会、腎臓病学会、透析医学会、病理学会のことだ。

光畑の予想は間違ってはいなかった。調査結果が出る前に、移植学会は事実と異なる情報をマスコミに次々にリークした。

病腎移植問題は、朝日新聞が火付け役だったが、読売、毎日も移植学会の言い分をそのまま報道するという姿勢は似たり寄ったりだった。

読売、毎日は、朝日に抜かれた腹いせなのか、万波の主張などまったく無視して書き放題だった。

事実とは異なる情報がマスコミにリークされた。
二〇〇七年二月十七日の読売、毎日の両紙は感染症患者から腎移植が行われたことを報じている。
「万波医師　四人にB型肝炎や梅毒」（読売）
「B型肝炎や梅毒で陽性」（毎日）
梅毒の抗体が陽性だったのは三原赤十字病院で、二〇〇三年に尿管ガンと診断された男性。当時の主治医は「疑陽性で、いくつかの検査をしたが、若い頃感染したときにできた抗体で、病原体はすでにないと判断して移植に提供した」と述べている。
ドナーの個人情報などまったく無視され、こうした情報リークが意識的に移植学会からマスコミに向けて流されていた。万波医師、瀬戸内グループの医師、病腎移植への予断と偏見は増すばかりだった。

さらに宇和島徳洲会病院への不当な圧力とも思われるバッシングが続いた。日本移植学会幹部の言うことをそのまま鵜呑みにした厚労省は、市立宇和島病院、宇和島徳洲会病院の保険医療機関の認定を取り消そうと躍起になっていた。あまりにも実態と異なる主張をする移植学会幹部、マスコミもそれを検証せずにそのまま報道した。

そこまでして何故病腎移植の道を閉ざす必要があるのか、大きな疑問が浮かび上がる。

一体何がそうさせているのか。いくら考えても曇りガラス越しに外を見ているようで、万波には何も思い浮かばなかった。

2　レシピエント

日本移植学会とその関連学会は「共同声明」を発表した。この声明は調査を行った各学会の「統一見解」だが、その発表は何度も延期され、最終的には二〇〇七年三月三十一日、つまり年度末だった。「共同声明」に名前を連ねたのは、日本移植学会、臨床腎移植学会、泌尿器科学会、透析医学会、腎臓病学会だった。調査に加わっていた病理学会は早い段階で「共同声明」に不参加を理事会決定していた。

その穴を埋めるかのように移植学会の下部組織である臨床腎移植学会が「共同声明」に名乗りを上げた。何としても万波と瀬戸内グループを叩き潰したいと思っているのだろう。

案の定、五学会の「共同声明」は、万波たちが行ってきた病腎移植を全面的に否定するものだった。病腎移植は非難されるべき実験的医療と厳しく断罪された。

この「共同声明」を受けて、七月十二日、厚労省は「病腎移植原則禁止」の局長通達を都道府県および政令指定都市の首長宛に通達した。こうして病腎移植を切望している透析患者はその機会を失った。ここに至り、万波医師はメスを取り上げられたような状態に陥った。

「正しい道と信じたことが否定され、非常に残念だ。日本は腎臓の提供が少ない。患者が助かる芽を摘むようなことはしてほしくない」

万波はコメントを発表したが、ほとんどのマスコミは無視した。

腎臓移植関連の五学会の声明には、透析で苦しむ患者に対する配慮は一言も盛り込まれてない。また病理学会が声明から外れていることに対して、万波医師は疑問を投げかけた。

「最も感情が入り込まない病理の意見が反映されないのは、不完全ではないか」

万波医師の声はかき消され、さらに窮地へと追い込まれた。

それでも病理学会が共同声明から下りたことは救いだった。

宇和島徳洲会病院で行われた十一の病腎移植ケースを委員の一人として調査にあたったのは、病理学会の堤寛藤田医科大学医学部教授だ。堤教授の役割は腎摘出が適正だったかどうかを検証することだ。

堤教授も、宇和島徳洲会病院が「書面によるインフォームド・コンセント」を残していないこと、「倫理委員会の議を経なかったこと」を批判しつつも、他の調査委員が出した結論に疑問を呈し、病理学会は早々と共同声明に名を連ねることを拒否していた。

万波、そして瀬戸内グループの行ってきた移植に理解を示してくれた数少ない医師だった。

堤は共同声明に加わらなかった理由をマスコミ各社に聞かれ、こう答えていた。

調査は「結論ありきの感があった」と明言した。

「私は万波医師の患者に向かう姿勢に深い共感を持っております。『すごい人がいる』が私の実感です。彼は患者に寄り添っています。よほどの自信と信頼がなければできないことです」

病腎移植を受けた患者の多くが、親族からの生体腎移植を受けた後に病気を再発し、しかも高齢だった。もはや病腎移植以外に手術の機会はない状況であり、透析生活のつらさに耐えられず、移植を強く望んでいた。

現実的には病腎移植を受けたレシピエントたちの生存率は、ドナーの年齢や健康状態のわりには死体腎、生体腎に劣ってはいなかった。

「患者さんの経済状態を考慮し、最小限の検査で診療したことも痛いほど伝わってきた」

堤教授は調査委員会の審議の場でも、自分の考えを主張したが、調査報告書にはいっさい盛り込まれず、「全員一致で全症例が否定された」と記者発表された。

その後、堤教授は自らの意思で自分の意見を公表したのだ。

堤教授以外の調査委員は尿管ガンを除くすべてのケースで「腎全摘の適応なし」という結論を導き出していた。

「四センチ以下の小さな腎細胞ガンや良性腫瘍は、部分切除が標準手術であるため、全摘すべきではない」

この結論に堤教授は異議を唱えた。

「小さなガンでも腎全摘のケースを経験している病理医としては、とても納得のゆく理由ではなかった。良性の尿管狭窄に対しては自家腎移植をすべきとの結論にも異議ありだった。そのような事例を見たことがないためだ。腎動脈瘤は破裂の危険性があるため摘出するのだから、そのリスクを他人に移植すべきではないという意見にも賛成しかねる。リスクはあってもそれ以上のベネフィットをみるべき。

部分切除が標準治療でないことは明瞭である。反対側の腎臓が健常な場合、腎全摘による不利益は事実上ない。多くの泌尿器科医が今回の声明に困惑している」

堤教授はこう主張した。

部分切除は技術的に高い修練度を求められる。手術時間も長くなる。当然手術のリスクは全摘手術に比べて高くなる。

堤教授は「良性尿管狭窄ケースには自家腎移植が標準」という結論にも疑問を投げかけた。

自家腎移植とは、一度摘出した腎臓の病巣部分を手術し、あるいは病巣の部位を取り除き、再び患者に戻す手術のことだ。自家腎移植に耐えられるのは、体力的にもすぐれた患者ということになる。高齢者にはあまりにもリスクの高い手術だ。

「私自身もそのような症例に遭遇したことはない。移植手術には熟練が必要で、尿管の膀胱への吻合などのリスクが高い上、手術時間が長くなる。片方の腎臓が健常なのだから、リスクを冒してそこまでする泌尿器科医はほとんどいないだろうし、患者の同意も得られないことが多い」

堤教授は共同声明に同意できない理由を述べていた。

日本移植学会の医師らもそうした現状は熟知しているはずだ。それなのに現実とはまったく乖離した理由で、万波らの行ってきた移植手術を非難した。

病腎移植を止められて、いちばん困るのは移植を待つ患者たちだった。

ガンの腎臓からそのガンの部分を取り除いた腎臓を移植された患者は、元気で通常の生活を送っていた。万波からどんな説明を受け、手術に至ったのか、レシピエント本人への聞き取りはまったく行われていないまま、調査結果が出された。そして次は厚労省の「原則禁止」という通達だった。まるで自動車工場の生産ラインの流れ作業と同じだった。

病腎移植を非難する移植学会、マスコミの批判に対して、抗議の声を上げたのは、意外にも万波医師の診察を受けている患者や移植手術を受けたレシピエントたちだった。彼らは売買事件が発覚したその年の暮れには「移植への理解を求める会」を発足させた。

その趣意書にはこう記されている。

今回の腎移植問題で、宇和島徳洲会病院の万波先生とグループの先生方が、批判の矢面に立たされています。特に、他の患者さんから摘出した病気腎を、移植希望者に移植してきたことに対し、日本移植学会やマスコミは「ルールを無視したやり方」「不透明な医療行為」などと指弾しています。しかし、私たち患者側からすれば、これらの発言や報道は、患者を置き去りにした一方的な建前論と言わざるを得ません。

万波先生や瀬戸内グループの先生方は、患者の命を助けることを第一に心を砕き、大きな実績を積み上げてこられました。おかげで、これまで多くの患者が救われてきました。私たちは先生方に、多大の尊敬の念と感謝の気持ちを抱いています。

高度な医療技術を持ち、中四国の腎移植を牽引してこられた先生方が、今後も医療活動を続けられるよう、私たちは、署名活動を通じて関係機関に要望していきたいと思います。

また、病気腎の移植は、献腎による移植が進まない中で、新たな道を開くものとして、十分な医学的検討を加えた上、可能な限り進めていくよう、訴えていきたいと思います。

　みなさんのご支援とご協力を、よろしくお願いいいたします。


　しかし、マスコミは彼らの声にも関心を示さなかった。

　新聞に掲載される写真やテレビに流れる万波医師の映像は、いつも下着の上に白衣をはおり、サンダル履きだ。自宅と病院の往復は車だ。病院に着けば白衣に着替える。ワイシャツもスーツも特に必要ない。万波は身なりにはまったく関心がない。ただそれだけのことだが、東京からきた記者たちは、万波はレシピエントから診療報酬以外の金を受け取っていると思い込んでいた。受け取っても不思議ではないくらいに貧相な身なりに見えたのだろう。

　記者にしても移植学会から派遣されてきた医師にしても、直接レシピエントに聞き取り調査をしたものはいない。

　レシピエントへの直接聞き取りをしたのは、堤教授だけだった。

　その内容が一部のマスコミに載った。レシピエントの年齢は当然高い。ほとんどのレシピエントが長期透析のため職業に就けず、生活に困窮している人たちだった。多くの場合、万波医師と十年以上にわたって医師と患者の深い関係が成立していた。一緒に釣りに行く仲間が患者ということもあった。金銭的に困窮する患者のために、移植費用を万波医師が肩代わりすることもあったと、堤は明らかにした。

　たとえ病腎でもいいから移植を受けたいという患者側のニーズがあった。なんとか透析を離脱して仕事に就きたいという患者への移植は、十分な説明による納得と同意がなければ到底成立するはずがないのだ。

インフォームド・コンセントに関する書面は残されていなくても、万波医師と患者との間には十分な信頼関係が存在した。

何故、書類を残さなかったのかと執拗に聞いてくる記者がいた。万波はあまりのくどさに辟易しきっていた。

「そんなもんは医療ミスが起きた時、医療側が責任逃れするための方便でしかないと思っていた」

こう答えて、さらにマスコミの反発を招いた。

調査委員の調査によって「腎摘出の適応なし」とされた難治性ネフローゼ症候群のケース。肺水腫を伴い、体重が二〇キロも増加する高度の浮腫は、腎全摘以外には抑えられないと診断し、二つの腎臓を摘出、二人のレシピエントに移植した。

このネフローゼ症候群の腎臓は、どうしても漁に出たいと訴える漁師と、血管シャントが次々に閉塞して透析が困難になり、シャントを造れるのは頸部だけという患者に移植され、今も正常に機能している。

またドナーとなった患者本人は、一年五ヵ月後、右下部尿管狭窄のために摘出した腎臓の移植を受け、レシピエントになった。

血管脂肪腫という良性腫瘍の腎臓も移植に用いられた。複数の四センチ大の腫瘍を取り除き、レシピエントに移植された。この腎臓には一センチほどの腫瘍が複数残されていたが、レシピエントの体内で腎機能を果たしている。

「残っていた腫瘍はどうなりましたか」という質問を堤医師から受けた。

万波医師が答えた。

「CT上は消えている。腫瘍が消えたのだから患者にとってはいいことだ」

レシピエントの体内で良性腫瘍が消える。ネフローゼ腎を他者に移植すると正常に機能する。尿管狭窄によって水腎症となった腎臓が移植に使える。

こうした事実を伝えると、堤教授は驚きながら言った。

「医学的には新発見の山です。万波先生や瀬戸内グループの医師たちが積極的に論文を発表していたら、事態はまったく違った展開を見せていたかもしれませんね。しかし、見方を変えれば移植学会に加わらず学会員でなかったことでしがらみにとらわれず、患者だけのことを考えていたから成し得たことなのかもしれません」

堤医師の万波医師に対する評価だけは、五学会の見解とはまったく異なるものだった。

論文発表しておけばよかったのかもしれないが、移植学会の会費を滞納し、すでに会員ではなくなっていた。論文を書く時間があるのなら、一人でも多くの患者の治療にあたりたいと思っただけなのだ。

何をどう説明しても、万波の話は掟破りの移植医という記事になってしまった。最後には取材に応じる気にもなれなかった。取材に応じたところで、事実はひとかけらも掲載されないのだ。万波の対応が冷ややかなものになると、マスコミの論調はさらにエスカレートした。

このままではまずいと判断したのは、患者たちだった。

「移植への理解を求める会」はすぐさま反応し、厚労省へ要望書を送付している。

「厚労省が移植関係学会の見解を鵜呑みにし、病腎移植を『現時点では医学的に妥当性がない』と断じていますが、生着率や生存率も死体腎と比べて遜色がないことが、明らかになっています。したがって『現時点では医学的に妥当性がない』という見解は、事実に反しています。レシピエントの多くは『三年でも五年でもいい、透析から解放され、もう一度元気な生活をしたい』といった思いで移植を受けています。仮に生着率が悪くても、病気再発の可能性があったとしても、患者にとっては、少しの期間でも透析から解放され、健康的で質の高い生活ができることが何より大きいのです。貴省も学会も、海外の移植事情にもっと目を向け、病腎移植を当たり前の医療として認識されることを、何よりもまず、強く訴えたいと思います」

しかし、万波と同じように彼らに対してもマスコミは冷ややかな視線を向けた。患者たちの動きに関心を示したのは、むしろ一部の国会議員で、二〇〇七年臓器移植問題懇談会が設けられた。

移植用の臓器は極端に不足していた。移植学会の動きに疑問を抱く国会議員も増えていった。継続的に勉強会を重ねてきた臓器移植問題懇談会は、二〇〇八年二月、「病腎移植を考える超党派の会」を発足させた。「超党派の会」は、病腎移植の医療関係者、レシピエント、学会関係者、国外の専門家、厚労省担当官から話を聞いた。海外からも移植医療関係者を招き、詳細な検討を重ねた結果、「病腎移植」の有効性と安全性について確信を持つようになった。

二〇〇八年五月、「超党派の会」は病腎移植支持を早々と表明した。日本移植学会は相変わらず病腎移植を人体実験だとまで言って万波らを非難した。国会議員の間にも移植学会への強い懸念が浮上した。

「原則禁止」になって以降、移植を期待しながら死んでいく患者が出てきた。一方、ＮＰＯ法人となった「移植への理解を求める会」は、病腎移植の禁止により「幸福追求権」を奪われたとして厚労省と学会幹部を相手取って訴訟を起こす準備を整えていた。二〇〇八年十月に入り、「移植への理解を求める会」は、腎不全患者を原告として、移植学会の幹部らを相手取り、損害賠償請求訴訟を起こすことを発表した。「日本移植学会」は法人ではなく任意団体で、訴訟対象とすることには困難が伴う。そこで原告団は、学会を構成する主要幹部を損害賠償裁判の被告として選んで提訴したのだ。

土壇場で厚労省は被告から外した。それには理由があった。「超党派の会」が「政治的決着に向けて努力する」と約束したからだ。

二〇〇八年十二月十日、日本移植学会幹部五人の責任を追及する訴状が松山地裁に提出された翌日、「超党派の会」会合が開催された。厚労省はこれまで病腎移植の臨床研究そのものは認めるものの、四センチ未満の小径腎ガンを修復した腎臓の移植は、対象外だとしていた。しかし、席上、厚生労働省は「(病腎移植は)医学的にも専門家の意見が分かれているため、関係学会では否定的な見解も多いが、ガンがあった腎臓でも、修復可能であり、有効性と安全性が予測されるのであれば、これを臨床研究として取り扱えることができると考えている」との見解を示した。

新たな「国家賠償裁判」をおそれる厚労省は、「移植への理解を求める会」の精力的な活動、「超党派の会」の圧力の前に、二〇〇九年一月、二〇〇七年七月通達の「いわゆる病腎移植は臨床研究として行う以外に行ってはならない」という文言に「臨床研究の対象疾患は限定しない」という追加通達を出した。つまり「小径腎ガン」を利用した病腎移植の臨床研究を認めたのだ。

これによって臨床研究という足かせはあるものの、小径腎ガンの病腎移植による患者救済の道がかろうじて残された。

一方、患者たちは松山地裁を舞台に移植学会幹部五人を相手に争うことになった。法廷で予想もしていない事実が次々に明らかになっていった。

原告の患者側が移植学会幹部の「違法行為」として問題にしている証言は、自家腎移植だった。

「移植に使えるほどの腎臓なら、摘出する必要がないし、いったん摘出しても患者に戻すべきである」

これは万波が病腎移植を前提にして、ドナーから強引に腎臓を摘出していると被告らが断定していることの表れでもある。

原告側は実際に自家腎移植が行われているのか、被告五人の出身ないしは所属病院に対し、過去十年間に行った腎ガンによる腎摘出手術数および自家腎移植数を調査するよう求めた。松山地裁はこの申し立てを採用した。

調査期間は一九九九年度から二〇〇八年度の十年間。

京都大学医学部附属病院で、同泌尿器科の腎細胞ガンを原因とする腎摘出手術症例数三百四十件、東邦大学医学部附属病院が三百三十八件、大阪大学医学部附属病院では二百八十九件。このうち自家腎移植自体、症例数はいずれもゼロだった。

自家腎移植が行われていたのは名古屋大学医学部附属病院で、腎摘出手術症例数三百四十二件中、自家腎移植症例数は十三件。そのうち腎細胞ガンを原因とする自家腎移植症例数は四件のみ。

東京女子医科大学病院では、腎摘出手術症例数八百三十一件中、自家腎移植症例数は二十四件、そのうち腎細胞ガンを原因とする自家腎移植症例数は八件に止まる。

つまり五大学病院において腎細胞ガンを原因とする腎摘出手術症例二千百四十件のうち、自家腎移植症例はわずか十二件で、〇・五六％にすぎなかった。

「移植可能なら修復して戻す自家腎移植をすべき」と主張する被告らの主張が現実離れしていることが明白になった。

自家腎移植が何故一％にも満たないのか。理由は簡単だ。自家腎移植には高度な医療技術が求められる。また自家腎移植は患者本人に対するリスクが高く、患者自身がこうした手術を敬遠する傾向は強い。

万波らの移植の調査に当たった病理学会の堤教授が指摘していた点でもあるが、それが数字の上でも明確になった。

移植学会は、「担ガン臓器（＝ガンを患ったドナーの臓器）の移植は禁忌である」とさかんにマスコミに発表していた。

難波紘二は広島大学医学部の名誉教授で、万波や瀬戸内グループが激しいバッシングを受けているさなか、最初に病腎移植の有効性を主張した病理学者だ。

難波はガン患者からの移植が何故禁忌とされたのか、現在はどう扱われているのか、これまでに発表された世界中の医学論文を読破し、その結果を発表した。

イスラエル・ペンの学説が世界中の移植医に大きな影響を与えていた。

アメリカのシンシナティ大学医学部のイスラエル・ペン教授は、一九六八年から一九九七年に行われたガンを持ったドナーからの移植二百七十例を調べ、百十七例に再発、転移があったと報告している。

六十六例は全身転移で死亡率は六七％。その他四十五例は移植臓器に、六例は周囲臓器に浸潤していた。ガンの持ち込みが確認された中で九例は病腎だった。このペン教授の論文が「ガン患者からの移植は禁忌」という根拠になっている。

しかし、ペンの学説は二〇〇〇年に入ってから崩壊していく。ペンが死亡すると、「腫瘍持ち込み説」はH・M・カウフマン、J・F・ブエルによって見直され、否定されていく。ペンの弟子にあたるカウフマン博士はUNOS（全米臓器共有ネットワーク）の疫学者だ。カウフマンは一九九四年から二〇〇一年まで七年間のUNOSの登録データを調査し、二〇〇二年、「トランスプランテーション」誌七四巻二号に「移植腫瘍登録：ドナー関連悪性腫瘍」という論文を発表した。

彼は三万四千九百三十三人の脳死ドナーとその臓器を移植された十万八千六十二人のレシピエントについてドナー関連の腫瘍発症率を各病院に報告を求めた。

その結果二十一件（〇・〇六％）が確認された。十五件（〇・〇四三％）はドナー臓器によるガンの持ち込み、六件（〇・〇一七％）は移植後ドナーの血液細胞がガン化したものだった。これはドナー臓器に含まれるリンパ球などの白血球がガン化して、白血病や悪性リンパ腫が発生するもので、健康な臓器を移植した場合にも起こり得る。十五件の持ち込みケースは死亡率が四六％、後者の場合は死亡率三三％になるが、全体でみればドナー関連の腫瘍による死はわずかに八件（〇・〇〇七％）にすぎない。

ブエルとカウフマンらによって「ガンを持ったドナーからの移植」に関するデータが見直され、イスラエル・ペンの学説は崩壊の道を辿ることになった。

アメリカでも移植用の腎臓が不足している現実に、二〇〇八年にOPTN（臓器確保と移植ネットワーク）とUNOSが共同でDTAC（疾病伝達諮問委員会）を立ち上げた。そこで悪性腫瘍を持つドナーから悪性腫瘍が持ち込まれるかについて、研究が進められた。

その結果は「臓器移植におけるドナー伝達の悪性腫瘍：臨床的リスクの評価」としてナレスニクによって

発表されている。この論文には十の医科大学と一つの大病院、UNOSの十三人の専門家も名前を連ねている。

レシピエントには移植後、免疫抑制剤が投与され、ガンが発生しやすくなるという事実はあるものの、小径腎ガンの再発危険率を以下のように推定した。

直径一センチ……〇・一％未満
直径一センチ以上二・五センチ未満……〇・一～一％
直径四センチ以上七センチ未満……一～一〇％

日本人の二人に一人はガンにかかり、三人に一人がガンで死亡するといわれている。それなのに移植学会の主張はあまりにも現実離れしている。たとえ少ない確率でも、ガンにかかった腎臓の移植は望まないというのであれば、透析を継続して、献腎移植のチャンスを待てばいい。

しかし、再発の危険率が低いのであれば、病腎移植であっても透析から離脱して自由に生きたいと考える患者に、移植することが倫理的に誤っているのだろうか。少なくともそれを選ぶ権利は、患者の側にあるのではないか。万波にはそう思えた。

亡くなったドナーから提供された腎臓を移植するのが最善であることは間違いない。しかし、その腎臓が回ってくる確率は極めて低い。家族から提供してもらった腎臓で、二度、三度と移植を受けている患者に新たにドナーを探してくるようにと言えるはずがない。

移植した腎臓が廃絶し、透析を再開すれば過酷な透析困難症を抱えながら日々の生活を送らなければならない。自殺を試みる患者もいる。そうした患者に対して、平均待機時間十五年という時間を耐え忍べというのが果たして医療と呼べるのだろうか。

病腎移植は人体実験と批判され、非難された。しかし、病腎移植で患者が救えるのなら、どんなそしりでも甘んじて受けようと万波は思った。

3　若き先駆者

「人体実験」と強い口調で非難したが、大島医師には万波医師の思いが理解できないわけではなかった。万波が市立宇和島病院に勤務していた頃からその評判は大島にも伝わっていた。

　愛媛県の中規模病院で、万波は多くの腎臓移植を手掛けてきた。それがどれほど困難なことか、大島には容易に想像がつく。自分も移植医として同じような道のりを歩んできた。

　それだけに病腎移植は残念でたまらない。新たな医療に挑戦するには、日本移植学会に加盟していようが、いまいが守ってもらわなければならないルールがある。それを万波らは逸脱している。

　万波医師らは、宇和島市で「万波王国」を築き、自由に病腎移植を進めてきたように大島には思えた。それを何としても阻止しなければならない。

　移植は臓器提供があってはじめて成立する医療なのだ。その臓器が圧倒的に不足している。多くの移植医はそれをどのように解決するのか、必死に取り組んできた。大島にはその先頭を走ってきたという自負がある。だからこそ病腎移植には激しい怒りを覚えたのも事実だ。

このまま放置すれば、摘出する必要のない患者から腎臓が摘出され、慢性腎不全患者に移植される可能性が出てくる。ガンに侵された腎臓を移植すれば、レシピエントにガンが持ち込まれる。大島はいてもたってもいられずに、社会保険中京病院の自分の部屋から厚生労働省の健康局長に電話を入れた。

「医療として容認できるものではない。早急に事実関係を明らかにして、すぐにでも対応策を打ち出さなければ犠牲者が増える可能性がある」

そう思った。しかし、日本移植学会といえども、一般社団法人で移植医療の推進と普及を目的とした移植医の集まりでしかない。実態を調査する権限も与えられていない。

「こんな腎臓移植が行われていたなんて、まったくの想定外です。厚労省としても重大な関心を持っています」

健康局長も驚きを隠さなかった。その口調から局長も困惑しているのがうかがえる。

「移植学会が責任をもって事実関係の解明にあたりたいと思っているんだが……」

健康局長は大島の思いをすぐに理解したのだろう。

「調査に協力してもらえるでしょうか」

「そのつもりなのだが」

「そうしていただけるのなら厚労省としては全力を挙げてサポートしますよ」

事態を重く見た厚労省も、宇和島徳洲会病院、市立宇和島病院で行われた病腎移植について調査の必要性を痛感していたのだろう。

一方、宇和島徳洲会病院を舞台にして起きた日本で最初の臓器売買事件は、あっけなく終息してしまった。

臓器売買事件には万波医師はまったく無関係で、むしろ患者を信頼した結果で、ある意味では被害者でもあった。

松山地裁宇和島支部は、臓器を買ったSとその内縁の妻M子に懲役一年、執行猶予三年の判決を下した。また臓器を提供したA子も罰金百万円の略式命令を受けた。

臓器売買事件はいつの間にか影が薄れ、マスコミ報道は病腎移植に集中した。万波医師をめぐる報道は異様な過熱ぶりだった。そのたびに大島が発した「人体実験」という言葉が引用された。

病腎移植四十二例を見ると、日本移植学会の医師だけで調査し、判断を下すのは困難だと、大島は思った。より正確に、そして二度とこうした無謀な移植が行われないようにするためには、様々な視点から分析をする必要がある。

泌尿器科学会、病理学会、透析医学会、腎臓病学会にも調査に加わるように呼びかけなければと思った。厚労省のバックアップもあり、四学会の協力は難なく得られ、五学会で調査チームを編成することになった。

各調査班がそれぞれの担当病院への調査に入ったのは、二〇〇七年の年が明けてからだった。

大島は一日も早く調査結果を出すべきだと考え、経過を逐次報告させた。

大島がマスコミの取材を拒否したためなのか、報道陣は各調査チームに二十四時間張り付いて取材を続けた。

メディアスクラムとセンセーショナル報道の一因は、大島にも責任があった。「人体実験」と迂闊にコメントした言葉が、異常なバッシング報道の後ろ盾になっているのは明らかだ。一日も早く調査報告を上げて、医学的な判断を日本移植学会のみならず、調査に加わった五学会連名で出す必要がある。

ガンの腎臓を移植するなど禁忌中の禁忌で、共同声明は難なく出せると大島は考えていた。異論を提起する学会があるとは思えなかった。しかし、調査が進められている途中で、病理学会は共同声明に名を連ねることに、早い段階で消極的な姿勢を見せていた。

二〇〇七年二月には共同声明を出せると思っていたが、結局三月末までずれ込んでしまった。

「病腎移植に関する学会声明」はほぼ大島の思いが反映したものだった。

病腎移植という実験的医療が、医学的・倫理的な観点から検討を加えられずに、閉鎖的環境で行われていたことは厳しく非難されるべきである。

またこれを実施した病院には、この実験的医療を行うには、種々の手続きを含め体制が極めて不備であった。移植医療においては、ドナーの意思が尊重され、その権利が守られなければならない。今回の一連の病腎移植において、医学的見地からの問題やインフォームド・コンセントや倫理委員会等の欠如や不透明さが判明したことは、移植医療として多くの問題があったと言わざるをえない。

医学は日進月歩であり、臓器移植の新しい治療法については、今後も研究開発されるであろう。そのことを通して、国民は開発された新しい医療技術の恩恵を被ることになる。これを推進する上ではわが国での臨床研究のあり方を示した厚生労働省の「臨床研究に関する倫理指針」に従わなければならない。

日本移植学会は、臓器提供を必要とする移植医療では、この臨床研究倫理指針に加えて学会員と非学会員も移植医療の新しい診断方法や治療方法等の提案を審議し推進できる体制を整備する方針である。

将来における臓器提供の範囲の拡大についても、学会・社会の中で十分、公開して論議を経て、かつ透明性をもっていく所存である。

共同声明を重く受け止めた厚労省は、「病腎移植原則禁止」の局長通達を出した。

「無謀な医療を阻止することができた」

大島はそう確信した。

病腎移植に対して大島が批判的な姿勢を貫いたのには理由がある。もちろん日本移植学会の副理事長という立場だったこともあるが、それだけではない。移植医として病腎移植は看過できないと思った。それは自分の移植医としての経歴と大いに関係している。

恩師でもある太田裕祥医師の理解と協力をえながら、大島は腎臓移植の道を切り開いてきた。だから万波医師の勝手な思い込みで、移植医療を後退させるようなことはあってはならないと、強い危機感を覚えた。

大島は一九四五年九月、つまり終戦から一ヵ月後、満州で生まれた。一家は愛知県に引き揚げてきた。その後、父親は県庁の職員となった。

大島が中学一年生の時に父親は脳溢血で倒れ亡くなった。まだ五十三歳の若さだった。それから一家の生活は一変した。母親は女手一つで大島と弟を育てなければならなかった。

一九五六年の『経済白書』は「もはや戦後ではない」と告げていた。戦後の混乱は日本から消えつつあった。

一九五九年、世の中はミッチーブームに沸き立ち、四月十日の皇太子の結婚パレードには沿道に二人を祝福する人々が五十三万人も集まった。

八月には日産自動車がダットサンブルーバードを発売し、マイカー時代の到来を告げた。一九六〇年、池田勇人首相は所得倍増計画を打ち出した。しかし、父を失った大島一家はそうした華やかさとはまったく無縁だった。

愛知県立の進学校に進んだが、大島の滑り止めは、私立高校ではなく就職試験だった。経済的に恵まれた環境では決してなかった。

働き手を失い、母親は周囲に気を配り、いつも頭を下げていた。その姿を見て育った大島は、なるべく頭を下げないで生きていける職業に就きたいと、高校時代に漠然とだが思った。

父親の出身地は北海道だった。北海道で大規模農業を営みたいという野心もあった。農業をやるなら北海道大学に進学する必要がある。

日本中が建設ラッシュで、建設土木にも魅力を覚えた。その道に進むのであれば京都大学だった。もう一つ、大島には医師になるという希望もあった。医学部なら国立名古屋大学を目指そうと考えた。最終的に医師を将来の仕事として選んだのは、やはり若くして亡くなった父親の死が大きく影響していた。

結局、大島は一九六四年に名古屋大学医学部に入学した。

国立大学で私立大学医学部よりは学費は安かったが、自分で捻出しなければならなかった。家庭教師の仕事から道路工事まで、ありとあらゆるアルバイトをして、学費、生活費を稼ぎ出した。
一、二年生の教養課程では、まだアルバイトをしている時間的余裕があった。医学専攻課程に進むとその時間はなくなる。亡くなった父親は県庁で社会保険に関係する仕事を担当していた。そのため中京病院の太田裕祥医師と親交があった。太田医師は名古屋大学を卒業し、泌尿器科医として活躍していた。

「将来、医師になるのであれば、太田先生のようになれ」

そんな父親の言葉が脳裏に刻まれていた。

教養課程を修了し、専攻過程に進んだ大島は中京病院を訪れ、太田医師と会った。

大島の生活状況を知った太田医師が言った。

「明日から中京病院に来い」

中京病院の病室を改造した職員寮があった。その一室を大島に提供したのだ。大島は翌日にはその職員寮に引っ越し、そこから名古屋大学に通うようになった。その日以来、大島は三食、入院患者と同じ病院食を食べるようになった。寝るところと食べる心配はなくなった。

中京病院の寮に入ってからは、病院でカルテの整理などのアルバイトを始めた。

「腎臓病の患者をなんとかしなくては」

太田の口癖だった。学年が上がるにつれて、太田が担当する泌尿器科の患者と触れ合う機会が自然と増えていった。名古屋大学は紛争が続き、教授が決まらずに授業も休講が多かった。その失われた時間を病院でのアルバイトに費やした。

大島はまだ医学生の一人でしかなかったが、中京病院で臨床現場を目撃することになる。

一九六〇年代前半、慢性腎不全と診断された患者は一、二週間前後で必ず死亡した。まだこの頃は不治の病だった。老廃物を尿として排泄することができない。摂取した余分な水分は汗として出す以外は体内に蓄積されてしまう。

慢性腎不全が進行し、末期になると、尿毒症、アシドーシス（酸性血症）によって、意識は朦朧とし、目がかすみ、嘔吐と全身けいれんを繰り返す。腎臓病にかかると、酸が体内に蓄積されていく。これらが容赦なく脳に入り込み、意識を混濁させていくのだ。

こうして死んでいく腎不全患者を救う一つの治療法が人工透析だ。

日本に人工透析治療法が導入されたのは一九六〇年代半ばからだ。愛知県でも先駆的な病院が人工透析器を導入していた。中京病院もその一つだった。透析器はコルフ型、キール型などがあった。中京病院はキール型を導入した。

一九六八年にアメリカンコマーシャル社の透析器が中京病院に導入され、治療が開始された。キール型は洗濯板に似たプラスチックの板にセロハンを張る。そこに血液を流し、セロハン膜を通して血液の老廃物を除去する。そのセロハンテープ張りを大島はアルバイトとしてよくやっていた。

人工透析治療が導入された初期の頃は、すべての慢性腎不全の患者が受けられる治療法ではなかった。保険適用もなく、医療費は患者の自己負担だった。経済的余裕のない慢性腎不全患者は、尿毒症に陥り、死んでいくしかなかった。

人工透析医療が保険適用になったのは一九六七年だが、それでも透析医療費は極めて高額なものになった。健康保険制度では社会保険の家族は五割、国民健康保険は三割の自己負担があり、その額は一ヵ月に十万から三十万円に上った。

一九六七年のサラリーマンの月給は三万六千二百円、一九六八年の大学卒の初任給が三万六百円程度だった。

人工透析治療が、慢性腎不全患者の命を救える治療法だとしても、患者やその家族にとって経済的な負担は過酷極まりないものだった。一九六九年当時、透析患者は全国で三百八十人ほどだった。

名古屋大学在学中に、大島は太田医師の診察に機会があれば同行した。専攻に進んでからの四年間は研修医としての生活にも似ていた。患者と接触し、本を読みあさり、臨床医から直接学んだ。

人工透析は腎臓が機能しなくなった瞬間から開始する。急性腎不全なら一時的に透析をし、腎機能が回復すれば、人工透析治療を止めても以前の生活に戻れる。しかし、慢性腎不全の患者は透析を始めたら、死亡するまで継続しなければならない。

中断すれば、患者は確実に死ぬ。透析治療を開始すれば、金が湯水のように消えていく。

腎不全患者とその家族とが深刻な表情で何事かを話し合っているところを目にした。患者と家族とのやりとりが自然に聞こえてくる。

「太田先生、息子のことでご相談したいことが……」

二十台後半の今村俊介が慢性腎不全で入院していた。話しかけてきたのは、廊下で待っていた今村の両親だった。

太田も相談の内容はすぐに察しがついたのだろう。

「後で私の診察室に来てください」

そう言って病室に入り、患者を診察した。

入院患者を診察し、外来診察室に戻ると、ドアの近くのベンチに座り、患者の両親が待っていた。父親は青ざめた顔をしている。母親の目は真っ赤に充血し、泣きはらしていた。

「実は息子のことなんですが、透析を続ける金が……」

父親は言葉を詰まらせた。その先は説明されなくても太田にはわかっていた。返す言葉もなく黙ったままだ。

「透析を中止してもらうわけには……」

黙っていられず、思わず大島が口を挟んだ。

「透析を中止すれば息子さんは死ぬしか……」

と言いかけた時、太田が割って入った。

「君は黙っていなさい」

大島をたしなめてから太田が言った。

「もう一度だけ透析をしましょう。その後はご家族で話すべきことを話しておくように」

太田は最後の別れをするように両親に促したのだ。

透析患者を持つ家族はほとんどすべてと言っていいほど悲痛な顔をしている。透析を開始するのと同時に、いつ透析を中止するのか、そのことで心を悩ませることになる。

「家を手放した」

「田畑を売った」

その金で患者は生き延びる。そして最後はすべての財産を売却し、何もかもが治療費に充てられる。

金に換えられるものはすべて売却し、資産がある家族でも最後には万策尽きてしまう。

「諦めてくれ」

家族は患者にこう告げるしかないのだ。

患者本人も生きることで家族や周囲にどれほどの負担をかけるか、十分にわかっている。黙ってそれを受け容れるしかない。

患者も家族も、医師に告げる。

「透析治療を止めてください」

それを告げられた医師も、患者がどうなるか十分わかった上で、人工透析治療を停止せざるをえない。止めれば病状は急激に悪化していく。皮膚は土色に変わり、尿毒症が進んでいく。患者は確実に死亡する。

しかし、家族も病院も治療を中止しなければならない。

息がつまるような気がした。耐えられずに大島は病院の屋上に出た。屋上は五月晴れ、雲一つない。

――こんな時に限って、なんでいい天気なんだよ。

大島は暗い穴に引きずりこまれていくような気分だった。気持ちを落ち着かせようと、高層ビルが立ち並ぶ市街地をぼんやりと眺めていた。

背後から人の近づく気配がした。振り返ると透析を受けている今村俊介だった。大島はその場から立ち去ろうとした。患者を直視できるような心境でもなかったし、話などとてもできないと思った。

「オヤジたちが太田先生のところに行ったと思いますが、大島先生は話を聞いてくれましたか」

今村は両親が太田医師に透析中止の相談を持ちかけたのを知っているようだ。

――俺はまだ医師ではない。学生なんだ。そんなつらい話に対応できる力量なんてない。

大島は今村から話しかけられ、その場から立ち去ることができなくなってしまった。屋上の鉄柵の前に立ち、無言で市街地の光景を見ていた。

「大島さんにもいろいろお世話になりました。いいチャンスだ。言える時にお礼を言っておかないと……」

これからどんな経過を辿り、一週間から十日後にはおそらく死亡するのを知っている口ぶりだ。これまでに慢性腎不全の患者が死んでいく様子を何人も見てきたのだろう。それなのに落ち着き払い、穏やかな表情を浮かべている。

大島は思わず横に立つ今村を見た。今村も視線を大島に向けた。視線が絡み合う。

思わず口にしてしまった。

「これからどうなるか、怖くはないのですか」

何がおかしいのか、今村はクスッと笑った。

「怖いというよりも、もう悩まなくていいと思うとホッとする気持ちの方が先なんですよ」

「悩み、ですか?」

大島には今村のいう悩みという言葉が奇異に感じられた。

「あと二年生きて、三十歳くらいで死ぬのかなと漠然と思っていたから、死はそれほど怖くはありません。それよりも生きている方がずっとつらい」

今村からは笑みが消えていた。

太田も大島も、患者を病から解放して一日でも長く生きてもらうために、懸命に治療法を探しているのに、今村は生きていたくないと言い放った。

「最初の頃はなんでこんな病気に俺がかかったのか、親を怨み、周囲を妬み、何故俺なんだよとそればかりでした」

当然だろう。二十代の若い男なら、恋をしたり、自分の人生を考えたり、目標を掲げて必死に生きている。人生の中で最も光り輝く時期かもしれないのに、今村にはそれが許されない。目の前には死が迫っている。

「透析を受けながら、思うんだよ。これで二日間は生き延びられるって……」

そして、病室の自分のベッドに戻る。

「今度は何のために生きているんだろうかって考えてしまうんだ」

「はぁ……」大島は溜め息混じりの返事を返した。

慢性腎不全は治癒することはあり得ない。透析は症状を改善するだけだ。

「俺はなんで生まれてきたんだろうって、いろいろ考えるんだ。俺にだって心震わせるような女性との出会いがあってもいいはずだ。これだけ苦しい思いをして生きているんだから、いつか晴れやかな気持ちで自由に外を歩いて、いろんなものに触れたりして、楽しい気持ちになってもいいのではないのかって」

「それで」大島は自分でも驚くほど大胆に今村に尋ねた。

「生きていくってことはさ、人を助けたり、感謝されたり、反対に傷つけてしまったり、嫌われたり、そんなことの繰り返しのような気がするんだ」

その通りだと思うが、切羽詰まった状態なのに、今村はそんなことを悠長に考えていたのだろうか。

「俺が二日間生き延びるごとに両親の財産が一つずつ消えていく。俺をこんな体に産んだんだから、当たり前だと最初は思った。でもさ、親が身も心もどんどん衰弱していくのはわかる。結局、俺は親の財産だけではなく、親の命を削っているだけなのさ。そんな命にとても意味があるとは思えない。正直に言うと、ここから飛び降りて今すぐにでも死んでしまいたいくらいなのさ」

今村は冷徹な口調で言った。冗談ではなさそうだ。

「そんなことはしないでくださいよ」

大島はうろたえた。それが伝わったのだろう。

「しませんよ、放っておいても私はどうせ死ぬんだから」

今村は屈託のない声で笑った。

「両親も私が死ねば、もう少しは生きられる。俺は、俺が生き延びるより、その方がうれしいというか、俺にできる親孝行はそれくらいで、俺が親に借りを返す方法って、結局それくらいしかないんだよ」

今村俊介は透析を中止した。翌日からは次々に訪れる家族や親戚、友人と談笑していた。透析を中止してから一週間後、意識の混濁が見られたが、それほどひどい錯乱状態に陥ることもなく、十日後に亡くなった。

治療費が得られないのを知って、透析治療を継続すれば、待っているのは病院の経営危機であり、倒産だ。

大島は金の切れ目が命の切れ目だという悲惨な現実を何例も見た。

――こんなバカなことがあるか。助けられる手段があるのに、命が失われていくなんて。

臨床医の使命は患者の病を治療し、命を救うことだ。その時の最高の医療技術を用い、医師が最善を尽くしても救えない命はある。それならば患者も、そして家族も納得してくれるだろう。

しかし、腎不全患者には人工透析という治療方法がある。それには法外な治療費を必要とする。患者を抱える家族は例外なく、治療費の工面に奔走し、高利貸しの取り立てを受けるような状態に、瞬く間に追い込まれる。やがて疲弊しきって、患者の治療を諦める。

患者が大人であれば、家族の献身的な協力を理解し、人工透析治療の中止を受容することは可能かもしれない。

子供であっても腎不全を発症すれば、透析治療を受けなければ死亡する。当時の人工透析器では五、六時間、寝た切りになり身動きが取れなくなる。大人でさえ苦痛なのに、子供ならなおさらのことだ。

子供の腎不全患者に人工透析治療を施せば、その時点で成長は止まってしまう。成長ホルモンや成長に必要なミネラルまで透析で排除されてしまう。しかし、生きてはいける。親は一日でも長く生きてほしいとそれだけを願っている。

この治療に耐えて子供は必死に生きようとする。しかし、親の経済力にもやがて限界が訪れる。

親は自分の子供が弱り、やがて死んでいく姿をベッドの横で見ているしか術はない。

家族の悲鳴、親の泣き声に、医師たちは耳を塞ぎ、人工透析治療を中止せざるをえなかった。その医療費は、患者とその家族の生活を崩壊させてしまうほど高額だった。

開発途上国では今でも、当時の日本と同じ状況が展開されている。インド、パキスタンでは、治療費が捻出できない貧困層には、最初から透析治療は行われない。

高額な医療費のために人工透析治療が受けられないのなら、貧しい患者は死ぬしかない。それが一九六〇年代の日本の腎不全患者の現実だった。

——医師が救える命を救わないで患者を見捨てる。

怒り、絶望、焦燥、諦めが心の中で攪拌され、説明しようのない感情が湧き上がってくる。

「この事態に誰が責任を取るのか。こんな残酷な状況を放置していいのか」

――なんとかしてやりたい。

中京病院の太田医師が口癖のように言っていた「腎臓病の患者をなんとかしなくては」の意味が大島にも理解できた。

まだ医学部の学生だった大島が光明を見出したのが、腎臓移植だった。

「提供してくれる腎臓があれば、慢性腎不全患者を救える」

腎臓移植も人工透析医療と同じように注目されていた。しかし、移植は医療としては確立されていなかった。世界各国が呻吟していた時代だった。


大島は一九七〇年名古屋大学を卒業し、中京病院の医師として着任することになる。

大島は若くして死んだ父のことが脳裏から消えなかった。医師になってからの人生を十年単位で考えた。最初の十年は医学を徹底的に学び、次の十年でその技術を最大限に活用して患者に奉仕する。そして最後の十年は自分が得た医療技術を後輩たちに伝える。そう考えて、医師の一歩を踏み出した。

「移植医になる」

そう決意しても、中京病院には移植を経験した医師は誰一人としていなかった。周囲にも移植医を志す者もいない。

中京病院の医師として勤務するようになって間もなく、泌尿器科部長の太田医師に告げた。

「移植医になりたいのか。わかった、やってみろ」

と二つ返事で承諾してくれた。

しかし、移植を進めるには大島の他にも医師は必要になるし、移植技術も習得しなければならない。病院の医療設備も整える必要がある。しかし、移植医を目指す医師も大島しかいなかった。すべてを最初から踏み出さなければならなかった。

移植手術を進めるには二チームが必要になる。ドナーから腎臓を摘出するチームと、その臓器を受け取りレシピエントに移植するチームで、それぞれに最低でも二人の医師が必要になる。

外科医が手術を経験し、一人前の外科医として自立するには最低でも五、六年はかかるといわれている。一九七〇年代、移植は先進医療の代名詞でもあり、最先端の医療で未知の領域だった。腎臓移植手術を行っているのは大学附属病院で、設備とスタッフが整った大病院ばかりだった。移植に携わる医師も、アメリカで移植を学んできた医師が挑戦していた。

大島自身、腎臓移植手術を見たこともなかった。移植医として執刀できるまでにはどれくらいの歳月を必要とするのか、見当もつかなかった。

大島は腎臓移植が行われたという情報を聞くと、その病院を訪ねた。

「私に移植術を教えてください」

大阪大学は一九六五年に一例目の腎臓移植を行っていた。京都、東京の病院にも足を運んだ。どの大学病院の医師もアメリカ留学で移植を学び、帰国後、移植に挑戦し、移植医療を確立させようと懸命だった。大学病院の移植医も大島に好意的だった。そのように大島には感じられた。

「いいですよ。私たちの移植手術を見たいのであれば、次の機会にどうぞ」

しかし、大島の思いはそうではなかった。移植手術を中京病院で行い、移植手術の技術を直接大島に教えてほしいというものだった。アメリカ留学を果たした医師たちは、高名な移植医の下で、無給で移植のアシスタントをしながら移植技術を学んでいた。大島に快く応対した移植医も、大島が無給で働くのであれば、移植の技術を学ぶことができると答えていたのだ。

そんな事情など知らない大島はいくつもの病院を訪ね歩いた。

著名な移植医や大学病院の教授たちは、熱い口調で語る大島の話に耳を傾けてくれた。

「機会があれば、ぜひ手術を見てみなさい」

と答えてはくれたものの、その後返事はいっさいなかった。

しばらくすると大島の耳に奇妙な噂が届いた。

「国家試験に合格したばかりなのに、移植を教えろと言ってきた。できるわけがないだろう。あの大島っていうのは何を考えているんだ」

「あいつ本気なのか。どうかしているのと違うか」

変人どころか狂人扱いする風評が流れていた。好意的な対応をしてもらっているとばかり大島は考えていたが、実際は体よく追い払われていたことを悟った。医師としても未熟、しかもアメリカへの留学経験もない。そんな医師が移植に手を出すこと自体、見当違いであり最初から相手にもされていなかったのだ。相手は端から大島の言うことなど本気にしていなかった。

しかし、大島自身はいつの間にか広がっていた風評など歯牙にもかけなかった。移植医になろうと心に決めたのだ。移植医の間で囁かれている噂など気にしている余裕はなかった。

中京病院には移植医療を志す医師は大島の他には誰もいなかった。名古屋大学医学部に足を運び、移植医療に関心を持つ後輩を見つけ出してきては、中京病院の研修医にその後輩を推薦した。後輩が中京病院に研修医として赴任してくると、大島は懸命に説得した。

「私と一緒に、移植医療の道を切り開いていこう」

その結果、大島を筆頭に医師免許を取得したばかりの若手医師数人が集まり、中京病院を拠点にして移植医療の道を切り開いていこうとするチームが結成された。

当時、移植手術を行っていたのは、外科手術の経験も積み、アメリカで学んできた四十代の医師がほとんどだった。

一九六〇年代から一九七〇年までに、日本国内で実施された腎臓移植は、生体腎移植が百三十七例、心停止下の献腎移植が三十七例だった。七一年、生体腎移植三十八例、献腎移植四例。七二年はそれぞれ十七例と四例。

移植数はこの程度しかなかった。また一九七〇年までの一年生着率は五〇%から六〇%、五年生着率は一二%で、移植は医療としてはまだ確立されていなかった。

移植した腎臓が廃絶したり拒絶反応を起こしたりして、あるいは合併症でレシピエントが死亡するケースが相次いだ。

こうした状況で、医師として一歩を踏み出したばかりの大島と数人の仲間は、「五十例の移植」を目標に掲げ、動物実験棟で移植の手術手技を獲得しようと研鑽を重ねた。

移植医療を推し進めていた大学病院の医師らからは、ますます好奇な目で見られた。それでも大島は怯むということを知らなかった。

中京病院に勤務して二年目、大島は太田医師に、「アメリカで移植手術を見てきたい」と直訴した。太田医師は大島の申し出を快諾してくれた。当時、アメリカで腎臓移植を推進していたクリーブランドクリニックに三ヵ月の短期留学が認められた。

一九七二年五月、大島はアメリカに向かった。病院の前にあるモーテルに宿泊した。短い期間だが、可能な限り移植技術を学ぼうと、意気込んでアメリカに渡った。クリーブランドクリニックはアメリカでも有数の病院で、心臓、肝臓、そして腎臓移植において世界的にも高い評価を得ている病院だった。

アメリカの移植は、死体から提供された臓器移植が主流だ。いつ移植手術が行われるのか、まったく予想がつかなかった。アメリカといえども、移植臓器は不足していた。臓器提供の意思を示して死亡した患者が出ると、大島が宿泊するホテルに病院から連絡が入った。

移植手術が行われるというまでは、ホテルに待機しているか図書館に足を運び、アメリカの移植の動向や、免疫拒絶反応に関連する論文を読みあさった。

病院から移植手術が行われると連絡を受け取ると、深夜であろうと、病院に駆けつけた。一瞬たりとも見逃すまいと、腎臓摘出、移植の様子を頭に叩き込んだ。

「これなら私でもできる」

大島は三ヵ月の留学で、「自分にもできる」と確信を持った。

滞在中に行われた腎臓移植手術をすべて見た。

留学を終えて日本に戻る時、大島にはどうしても訪ねたい名古屋大学医学部の五年先輩の医師がデンバーにいた。コロラド大学で、トーマス・スターツル医師のもとで移植を学んだ岩月舜三郎医師で、岩月はすでに肝臓移植、腎臓移植の経験を豊富に持って、アメリカで移植医として活躍していた。

留学を終えた大島は岩月医師を訪ねた。

「日本に戻って、移植を私たちに教えてください」

大島は懇願した。

日本ですでに移植実績のある病院、医師を訪ねたが、大島の期待に応えようとする医師はいなかった。それどころか変人扱いされ、相手にもされなかったと実情を説明した。

岩月を説得するしか、移植医の道を切り開く方法が思い浮かばなかった。説得に失敗すれば、移植医の道は遠のくだけだ。自分でも気づかずに鬼気迫る表情をしていたのだろう。それに押されたのかもしれない。

岩月は後輩でもある大島の依頼を快諾してくれた。

中京病院に戻った大島は、岩月の帰国に合わせて、環境整備に全力を注いだ。

大学病院と比較すれば、中京病院は規模も小さく、市中病院の一つであり、移植を行えるとは誰も思っていなかった。大島は一九七一年、七二年、七三年卒業の若手医師を一人ひとり説得し、中京病院へと呼び寄せ、同志を募り、着々と態勢を整えた。

しかし、名古屋大学医学部の医局は、そんな大島には冷たい視線を投げかけていた。それは名古屋大学医学部の医局だけではなく、移植を進めていた当時の医師も同じだった。

「卒業したばかりの若手医師グループに移植ができるわけがない」

そんな声が帰国した大島に浴びせかけられた。

大島には移植の技術も経験もなく、ただ慢性腎不全の患者を救いたいという情熱しかなかった。

岩月医師の帰国に合わせて、移植までのスケジュールを立案した。
岩月医師が日本に戻ったのは一九七三年春だった。

4　辺境の医療

万波誠は高校を卒業した後、二浪して山口県立医科大学へ入学した。高校生の頃は、医学部ではなく、本当は外国語大学に進み、将来は外交官になろうと漠然と考えていた。新聞記者の叔父がいて、ロシア文学の本を渡された。それを読んだことが契機になり、チェーホフの小説が好きになった。

外交官になって、シベリアを、世界中を旅してみたいと思った。しかし、父親はそれを許してはくれなかった。二階にある自室に引きこもって抵抗したが無駄に終わった。誠にも医師の道を歩んでほしかったのだろう。

受験勉強に熱が入るはずもなかった。それで二浪する羽目になった。二浪もすれば、それだけの能力はないと判断されて、父親が諦めるだろうと思った。しかし、父親は医師以外の道を許そうとはしなかった。

父親は最初京都大学に進み、弁護士を目指した。しかし、結核にかかりその夢を断念せざるをえなかった。岡山に戻り健康を回復すると、父親が次に目指したのが医師だった。

誠は山口県立医科大学医学部に入学したものの学業に専念する気持ちもなく、入学した年には、進級に必要な単位取得ができずに留年した。その後、大学は国立山口大学医学部となり、万波は泌尿器科を選択した。泌尿器科を選んだのには理由がある。

当時、万波には交際していた恋人がいた。山口県出身の篤子という女性で、山口大学医学部附属衛生検査技師学校で学んでいた女性だ。医学部の学生の中ではマドンナ的存在で、彼女に心を寄せる医学部の学生は多かった。

彼女が腎盂《じんう》炎を発症し、万波が慕う先輩医師が治療にあたった。その先輩から泌尿器科医が不足していると聞かされたことから泌尿器科医を目指すようになった。

万波は大学の野球部に所属し、投打にすぐれ、その活躍ぶりが注目されていた。篤子が野球好きだったということが幸いしたのだろう。卒業して間もなく、万波は篤子と結婚した。

卒業したのは一九六九年。大学の医局から派遣されたのは徳山市にある徳山総合病院だった。

徳山総合病院で臨床研修医としての経験を積み、市立宇和島病院へと移籍した。市立宇和島病院はどの科も医師が不足していて、泌尿器科医を求めていた。妻と二人で宇和島市へ向かった。

宇和島市は愛媛県西端の町で、香川県高松駅と宇和島駅を結ぶ予讃線の終点でもある。典型的な四国の僻地で、医局から宇和島市の病院に行ってくれと指示されても、すぐにそれに応じる医師はいない。

万波は岡山県出身で、父親は開業医だった。父の姿を見て、子供の頃から医師にだけはなりたくないと思っていた。患者から呼び出されると、深夜であろうと明け方であろうと、自転車の荷台に革製のドクターバッグを積み、患者の家に急いだ。

備前市にある実家は坂道が多く、自宅は山の中腹にあった。出かける時は坂道を下るだけだからいいが、往診の帰りは、父親は急な坂道を自転車を押しながら戻ってきた。

登校途中の万波とすれ違うこともある。冬は白い息を吐きながら、自転車を押して坂道を登ってきた。夏はワイシャツから汗が滴り落ちるほどだった。そんな苦労までして往診しても、患者の中には医療費を満足に支払えない家庭も少なくなかった。というより、父親が診察していたのは、そうした貧しい患者ばかりだった。

万波が受験勉強をしている頃だっただろうか。国民皆保険制度が敷かれ、医療を受けやすくなった。それまでは医療費が支払えない患者は、申し訳なさそうに獲れたばかりの魚や、田畑から収穫した米や野菜を万波の実家に届けた。

母親は心得たもので、それを運んできた患者やその家族に、「主人に申し伝えておきます」と、ありがたそうに受け取っていた。

現金がなくても治療してくれるという評判は、地元だけではなく近隣周辺に知れ渡っていた。おかげで患者が少なくて病院の経営に困るということはなかったが、貧しい患者が多すぎて、万波家の家計は周囲が思っていたほど豊かではなかった。万波誠は長男だが、三人の弟、一人の妹がいた。母親の苦労も並大抵のものではなかった。

徳山総合病院から市立宇和島病院へ移籍したのも、医局から山口県内の大病院に派遣されたり、父親の病院を継がされたりして、多くの患者のケアに追われる病院には行きたくないという思いが、心のどこかに沈殿していたからなのかもしれない。

市立宇和島病院の院長、副院長は京都大学医学部出身だった。戦前、四国には帝大の医学部はなく、四国の片隅の市立宇和島病院には、京都大学や山口大学、広島大学の医学部出身の医師が多かった。

泌尿器科では、万波の先輩にあたる田尻医師が患者の診察にあたっていた。

一九六〇年代後半、透析治療は一部の富裕層の患者だけが受けられる治療法だったが、一九七二年、身体障害者福祉法の適用を受けて、慢性腎不全患者の医療費は国庫負担で受けられるようになった。これによって多くの病院が透析器を導入した。市立宇和島病院にも透析器が導入された。

田尻医師はこの透析器を使い、患者の治療を開始した。慢性腎不全患者を市立宇和島病院でも救えるようになった。患者が急増した。

一九七〇年、全国の透析患者は九百四十九人だったが、身体障害者福祉法の適用を受けるようになった一九七二年には三千六百三十一人に、一九七五年には一万三千五十九人に達した。それまでは不治の病とされていた腎不全患者は、透析治療によって命を救われるようになった。

市立宇和島病院には、宇和島市とその近郊、高知県、さらには豊後水道や瀬戸内海に浮かぶ離島からも患者が足を運んできた。

田尻医師に付いて、万波は臨床医としての経験を積んでいった。そんな時だった、父の訃報が届いたのは。その頃には、往診の足は自転車から狭い路地にも入り込んでいけるホンダN360に変わっていた。センターラインを越えて前の車両を強引に追い越そうとしてきた大型トラックと正面衝突し、ホンダN360は原型をとどめないほど大破し、父親はほぼ即死だった。

万波は赴任してきて二年、臨床医としての経験はまだ十分ではなかった。故郷に戻り、父親の跡を継ぐだけの実力はまだなかった。万波は、そのまま市立宇和島病院の泌尿器科の医師として留まることを決意した。

父の死から数年後、泌尿器科長の田尻医師が市立宇和島病院を退職し、市内に透析専門の病院を開業することになった。

内科を担当していた副院長の近藤俊文は、後任の医師を各大学の医局に打診するが後任は現れなかった。田尻医師が退職すると、多くの透析患者が開業したばかりの病院で治療を受けるようになった。市立宇和島病院の患者は一瞬減ったように思えたが、障害者福祉法の適用を受けて経済的な負担が軽減された事実が伝わり、患者はすぐに増加していった。田尻医師が開業した病院からは、重症患者が市立宇和島病院に回されてきた。

万波の負担は増えるばかりだった。

透析治療を行うためにはシャントを造らなければならない。動脈と静脈をつなぎ、多くの血液を体外に出し、透析器にかけて再び体内に戻すための特別な血液回路だ。シャントは一般的には利き腕とは逆の腕に設け、そのシャントが度重なる穿刺によって閉塞すると利き腕に、その後は両足に設けることになる。

シャントを造る手術もすべて万波に任された。

透析は、五時間もベッドにつながれ、治療が終わった時には、患者は一晩中、嵐の中を小型漁船で航行してきたような衰弱ぶりだ。

患者は市立宇和島病院を出ると、宇和島駅から国鉄かバスで帰宅した。中には連絡船に揺られて離島に戻る者もいた。鉄道やバスの出発時間になるまでの間、時間に余裕のある患者は病院の待合室で時間をつぶすことになる。

鉄道、バスを利用する患者は、一、二時間待合室で体を休めてから駅に向かう。しかし、離島から市立宇和島病院に一日置きに通ってくる患者は、宇和島と離島を結ぶ定期便の本数が少なく、透析が終了した時刻によっては、三、四時間待合室で連絡船の出航時間まで待たなければならない。

離島によっては定期航路がなく、漁船で宇和島港までくるか、あるいは漁船の船主に頼んで通院する患者もいる。

外来患者の治療を終え、入院患者の診察に向かう前に、万波は外の空気を吸うことを日課にしていた。市立宇和島病院の玄関を出ると、広い駐車場になっている。その片隅にベンチが設置されていて、そこに腰かけ、遠くにかすんで見える宇和海をぼんやりと眺める。潮の香りを運んでくる風に身をまかせていると、外来診察の疲れが消えていくような気分だ。

待合室で時間をつぶしている患者も、一息つくために万波が外に出てくるのを知っていて、透析患者も待合室から外に出て、ベンチに座り、万波に話しかけてくる。万波は患者から話しかけられても、煩わしさを感じたことはない。

「ようやく透析が終わり、ホッとしているところです」

四十代の男性が万波の隣に座り、話しかけてくる。透析を開始してからまだ一年も経過していない独身の患者だ。

「こうして生きていられるのは先生のおかげです」

透析治療が患者の命を救っているのだ。万波が特別な治療を施しているわけではない。それを説明しようとするが、適当な言葉が出てこない。

「私はなんもしとらんよ」

こう言うのが精いっぱいだ。話題を変えるように聞いた。

「仕事は何をしているんかね」

「こんな体なんで、親の仕事を手伝うくらいで定職には就いていません」

患者は遠くの海を見ながら言った。

親の仕事は想像がつく。

離島の住民はほとんどが漁業に従事しているが、輸送にハンディがあり、収入は安定していない。獲る漁業から、「つくる漁業」への転換を図り、ハマチ養殖や真珠養殖などへと進出をはかっているが、実際には思うような結果を出せずにいる。養殖産業へ転換を進めようにも、若い人は島を離れ、高齢化は急速に進んでいるのだ。

三十代、四十代の働き手と思われる人たちにも、少しでもいい収入を得ようと島を離れるものが多かった。養殖業で潤っている経営者もいるが少数だ。患者の多くは、半農半漁で生活は裕福ではなかった。

患者は父親の養殖業の手伝いでもしているのだろう。体調のいい時には海に出て、父親と一緒に養殖魚に餌を与え、養殖の管理をしているようだ。

最初の頃は、体調を尋ねたり、島での仕事を聞いたりしていた。そのうち患者は診察室では見せない一面をのぞかせる。

「透析で生きていられるようになって、万波先生には感謝しています。発病したのが保険適用前なら、俺なんか、今頃は島の墓場にとっくに入ってますよ」

透析患者数は毎年増えている。

命を長らえるようになったが、その一方で患者たちが口にするのは、長時間に及ぶ透析治療の煩わしさだ。

「家族に迷惑をかけるばかりで、少しは親孝行のまねごとをしてみたいと思っているけれど、何をしたらいいのかさっぱりわかりません……」

透析後、襲ってくる体調の違和感が患者を苦しめているのだ。

「命を救ってもらって、文句なんか言ってはならんくらいのことはわかりますが、もう少し早く腎不全にかかって、あっけなく死んでしまった方がよかったんではないかって、夜中に目をさますたびに、そう思うんです」

万波は言葉をはさまずに患者の好きにさせた。患者も万波に話すというよりも、誰にも聞いてもらえない胸の内を、誰に語るでもなく話し続けた。

「朝いちばんの連絡船で宇和島まできて、この病院で透析を受ける。腕に二本の針を刺される時、手錠をかけられたような気分になります。血液が流れるカテーテルが鎖のように思えてくるんです」

一日置きの透析に人生の半分を費やすことになる。透析患者にしてみれば、そんな思いを抱くのも当然かもしれない。患者の多くが、鎖に繋がれたようだと口にしていた。万波自身、何度も聞いている言葉だ。

「透析で二十年長生きできるのなら、半分の十年でいいから、透析しないで生きられるようにしてほしい。十年と一日目には墓場に入っても、何の文句も言わないから、そうしてもらえないかって、本気で考えるんです。その十年間で親孝行もなにもかも、やりたいことをすべてやって死んでいける」

可能ならばそうしてやりたいが、現状では透析以外に治療法はない。その透析も対症療法で、腎機能が回復することなど絶対にあり得ない。

連絡船の出航時間が迫ってきたのだろう。患者はつまらない話に付き合わせてしまった、とペコリと頭を下げてから港に向かった。船で一時間ほど揺られて島に戻り、明日体調が良ければ海に出て養殖の仕事をこなし、明後日にはまた市立宇和島病院で透析を受けなければならない。これが死ぬまで続くのだ。

三十代半ばの女性患者は宇和島市内で、母親が営む小さな食堂で働いていた。父親は慢性腎不全を発症して、四十代半ばで死亡した。彼女がまだ高校生の時だった。伯父もやはり父親と同じ病気で早死にしていた。母親は店を他人に譲ってでも夫を救おうとした。それを制止したのは、ほかならぬ夫だった。慢性腎不全で死亡した兄を見て、自分の運命を知っていた。店舗と土地を売却したくらいでは、自分の命は一年も長らえることはできない。

「父は、店を維持しながら、私を育てるように母に言い残して亡くなりました」

父親が死んだ後、母親は懸命に働き、一人娘を育ててきた。高校を卒業すると、彼女は店で母親の手伝いをした。

「結婚を考えないわけではありません。普通に結婚して、子供を産んで母を喜ばせてあげたいと思った。結婚を考えましたが、でも心のどこかに病気のことがいつも引っかかっていました」

結婚を避けてきたのか、考えないようにしてきたのか、彼女はまだ独身だ。

三十二、三歳になると、どんよりとした倦怠感に悩まされるようになった。異変に気づいたのは母親だった。彼女は食堂の仕事が忙しかったので、二、三日休めば回復すると、診察を受けるのを拒んだ。

母に連れられて、市立宇和島病院で検査を受けた。

「父と同じ病名を聞き、私も、もうすぐ死ぬんだって思いました」

しかし、父親の時代とは違い、透析治療が彼女の命を救った。

帰宅して二、三時間休み、夕方から食堂に出て働くのだという。

「苦労して私を育ててくれた母を、今度は私が楽にさせてあげなければならないのに……」

透析治療によって、個人差はあるが、次の一日は働くことが可能だ。しかし、その翌日にはまた透析を受けなければならない。

「希望がほしいんです、私」

そんな言葉を残して彼女は母親の待つ食堂に帰っていった。

透析は一時的には健康体に戻ったような錯覚を抱くが、やはり腎臓の働きとは根本的に能力が異なる。透析を開始したら、死ぬまで続けるしかない。患者にとってみれば山手線に乗り、下車することも乗り換えることもできずに、一生を車内で過ごすような気持ちに襲われるのかもしれない。

独身であれば、自分の人生を考えるだけですむ。しかし、結婚し、子供のいる患者はそうはいかない。


葛西清は妻と育ち盛りの子供を抱えていた。海に面した宇和島市南部の山間部でミカンを栽培していた。ミカン畑は急峻な山の斜面で、収穫には何度も坂道を上ったり下ったりしなければならない。肉体的には重労働だ。葛西は内科を担当する近藤俊文医師の診断を受けた後、万波のところに回されてきた患者だ。

近藤は内科長であると同時に副院長でもある。葛西は明らかに高血圧症で、その原因は腎臓の不調にあると診断した近藤が、泌尿器科で診察、治療にあたるように指導したのだ。

高血圧で腎機能も低下していた。尿検査、血液検査のデータから判断すれば、体を動かすのも億劫なはずだが、本人は気が張っているのか、問診では倦怠感、疲労感はまったくないと答えた。

「畑に上がっている最中に、血圧が上がり脳溢血でも起こしたら困るんで、高血圧をまずなんとかしてもらえないだろうか」

葛西は血圧を下げたい一心で、万波の診察を受けた。

血圧のコントロールも重要だが、このまま状態を放置しておけば一年以内に透析を受けなければならなくなる。しかし、本人には病気の自覚はまったくない。

「家族に腎臓病の方はいませんか」

「女房も一人息子も皆元気だ」

万波が聞きたかったのは、両親、兄弟姉妹に腎不全を患った者がいないかだ。葛西は、妻子は健康だと答えた。

「あんたの親や兄弟で、腎臓が悪いっていわれた者はおらんか」

「俺には親もおらんし、兄弟はだれもおらん」

ぶっきらぼうな口調で答えた。

葛西は終戦の年に両親を空襲で失った。宇和島市には、戦前海軍航空隊の基地があり、そこが爆撃を受け、空襲は終戦まで六回、市内もすべて焼き尽くされていた。その爆撃を受けた時に葛西の両親は逃げ遅れて亡くなったらしい。両親の病歴は不明だ。

その後は親戚の家をたらいまわしにされ、中学校を卒業すると同時に働きだし、なんとか自分の農地を手に入れた。

中学校の同級生だった美穂子の父親はビルマで戦死していた。同じような環境で育ったことで二人は互いに惹かれ合い、結婚に至った。二人の間に長男が生まれた。

万波が葛西の主治医になった時、長男は小学校に入学した年だった。

五月の連休前だった。葛西は駐車場に止めた軽トラックに戻ってきた。ベンチに座っている万波を見つけて、「先生、ありがとうございました」と、大きな声で礼を言った。

薬をもらい、会計に手間取ったようだ。

「薬は指示通りに飲みなさいよ」

万波が言った。

薬を飲んだところで、葛西はいずれ慢性腎不全の状態に陥る。薬はその進行を遅らせる程度のものでしかない。畑仕事に打ち込み、服用時間がまちまちになると、診察室で語っていた。万波は診察室で伝えたことを、念のためにもう一度繰り返した。

葛西は自分の健康を気遣ってもらえたことがうれしかったのか、軽トラックに乗ったが、降りてきて万波の隣に座った。

「今度の収穫時期にはうちのミカンを試しに食ってみてくれ。味はこのかいわいでは一番だと思う」

葛西はミカンの味がよくなる栽培適地を自分の経験から探り出していた。険しい山の斜面で栽培され、日射量は申し分なく、さらに海に面しているために海面からの反射光でさらに糖度が増すと説明してくれた。

宇和島市の年平均気温は十六度から十七度で、四季を通じて温暖であり、これもミカン栽培に適している。土質は水はけが良く、乾燥期は保水性が高い土壌を好み、適度な乾燥ストレスを与えることで、最上のミカンが生産できるようだ。

「ミカンの栽培農家に向かって気の毒だが、ミカンの食い過ぎには注意してくださいよ」

果物にはカリウムが多く含まれる。余分に摂取されたカリウムは通常であれば尿として排出される。しかし、腎機能が弱ってくると排出が困難になり、カリウムは体内に蓄積され、生命の危機に陥る。

「わかってるって」

葛西は屈託のない声で答える。

透析患者の中には、隠れてミカンを食べようとする患者もいる。ミカンを口に頬張りながら、看護師に追われて病院内を逃げ回る透析患者を何度も見かけた。

透析治療についてどこまで理解しているのかわからなかったので、以前、葛西を透析ルームに連れて行き、透析治療の概略を説明した。透析ルームでは何人もの患者がベッドの上で天井を見つめながら、ひたすら時間が過ぎるのを待っていた。

透析患者の姿を見せているので、透析の苦しさ、煩わしさは理解しているはずだ。

「子供も小学校に入学したばかりだし、簡単に死んで、俺と同じような苦労を子供にはさせたくないから、薬も飲んでいる。ミカンも食わないようにしている」

真顔になって答えた。

しかし、葛西の腎機能は悪化の一途を辿った。

万波はシャント手術をして、透析治療を受けるように進言した。体調が悪化しているのは葛西本人も自覚していた。葛西の容体を心配する妻の美穂子も、診察に同行するようになり、美穂子にも慢性腎不全について説明をした。妻の方からも説得が行われたらしく、本人は透析には最後まで抵抗したが、「子供と私を置き去りにする気か」と迫られ、決意したようだ。

シャントの手術をしたのは、長男が夏休みに入った頃だ。どうせ透析を導入するのなら、夏から始め、透析に体を馴染ませて、秋の収穫に備えたいという思いからだった。

いつも通院に使っていた軽トラックの運転を妻がするようになり、助手席に葛西が乗った。透析を受けている間、妻は自宅に戻り畑仕事をしていた。透析が終わる頃になると、妻が迎えに戻ってきた。妻の肩にもたれかかり、病院の玄関を出て、駐車場まで歩くのも苦痛な様子だった。

十月に入り、ミカンの収穫はこれからという時だった。葛西は駐車場のベンチに座り、妻の到着を待っていた。

透析が体に馴染んできたのか、治療後は一人で歩けるようになっていた。しかし、透析直後は倦怠感に包まれるのか、遠くに見える海をぼんやりと眺めていて、万波が隣に座っても、無言だった。

「透析の具合はどうですか」

「その日一日は使いものにならん」

葛西は視線を合わそうともしなかった。体力には自信を持っていたが、透析後の虚脱感は想像以上だったようだ。自分が期待していたほどの効果は透析にはなかったのだろう。

透析治療の翌日も以前のようには働けなくなった。山の斜面を上り、ミカンを一個ずつ収穫していく。傷まないように籠に入れ、それを背負って坂を下る。それの繰り返しだ。

「以前はやかんに水をいっぱいいれておいて、注ぎ口から直接飲みながら仕事をしていた。それができなくなってしまった」

　透析患者は水分摂取を制限される。尿で排出できないから、体内に水分が残ったままになる。汗で水分を体外に出すしかないが、その量も極めて少ない。後は透析の時に水分を除去する。

「女房が冷蔵庫から氷を一かけら持ってきてくれるので、それを口に含んで作業するが、それくらいではどうにもならん。以前の三分の一の仕事もできなくなってしまった」

　秋とはいえ、山の斜面に太陽の光が降りそそぐ。強靭な肉体を持っていたとしても、喉の渇きに耐えながらの農作業には限界がある。

「清涼飲料水のテレビコマーシャルが流れると、皿でも茶碗でもテレビに投げつけたくなる」

　葛西は激しく苛立った。戦災孤児だった葛西にとっては、ようやく手に入れたかけがえのない家族だ。育てなければならない子供もいる。

「先生、俺はこれからどうなってしまうんだ」

　葛西は今後の生活に不安を抱いていた。

　万波にも答えようがなかった。透析治療は始まったばかりで、透析開始後の生存率などのデータはまだ出されていなかった。

　ただ救いは、アメリカでは死体からの腎臓移植を進めていると、医学専門誌に論文が発表されたことだ。日本でも腎臓移植が行われるようになれば、患者はそれまでと同様の生活が送れるのではないかと思った。

　万波は少しずつだが、アメリカで行われている腎臓移植の論文を取り寄せて読むようにしていた。

5　始動

腎臓移植は、日本でもまだ臨床例の少ない未知の医療だった。社会保険中京病院で移植をするといっても、お願いしますとすぐに移植を望む患者が現れるわけではない。慢性腎不全患者本人とその家族に、移植の可能性を説明、納得させる必要がある。しかし、心臓麻痺や事故で急逝した患者から提供される腎臓は極めて少ない。

一方、透析治療は一九七二年秋から国の補助が受けられるようになり、経済的な負担は以前とは比較にならないほど軽減された。とはいえ、透析が終了した後、すぐに体力を回復し、仕事に就けるものなどごく少数だ。大人でも子供でもそれは変わりない。

慢性腎不全の子供を抱える親は、子供の将来を思うと暗澹たる気持ちになる。高校、大学に進学できるのか、会社に就職できるのか、結婚は、出産は、と考え出すと、不安は雪のように降り積もっていく。

藤野咲枝も長男剛の将来を心配し、透析にはいつも一緒に来て、剛の透析が終わるまで、待合室で文庫本を読んでいた。大島が待合室を通りかかると、すぐに立ち上がり挨拶してきた。

「剛がいつもお世話になっています」

その後は、剛の将来を考えると不安でたまらないと訴えた。剛は東京にある私立の名門大学に合格したが、結局、一年も通うことなく退学せざるをえなかった。故郷に戻り、剛が透析を始めてからまだ一年も経っていない。

「ついこの間、成人式をすませたばかりだというのに……」

剛は一人息子だ。

「どうにかならないのでしょうか」

すがるような目で藤野咲枝は大島を見つめている。

診察を受ける時、剛は質問した以外のことはほとんど何も答えなかった。代わって母親が大島に疑問をぶつけてきた。

私立名門大学に現役合格を果たしているくらいだから、成績優秀なのだろう。剛は慢性腎不全に関する専門書をかなり読み込んでいた。

「朝鮮戦争がなければ、僕もこんな苦痛を強いられることはなかったのに……」

診察を終え、透析ルームで治療を受けるように大島が言うと、何気なく剛が呟いた。

人工透析治療は、戦争によって発達してきたと言ってもいいだろう。第二次世界大戦でロンドンはドイツ軍の爆撃攻撃を受けた。瓦礫の下に多くの市民が生きたまま閉じ込められた。そうした犠牲者の中には急性腎不全で死亡した者が少なくない。

瓦礫の下敷きになり身動きが取れなくなる。筋肉がつぶされて、同時に細胞が破壊される。細胞が壊されることによってミオグロビンなどの物質が血液中に出てきて、その毒性によって腎臓の機能は著しく低下する。これがクラッシュシンドロームと呼ばれる症状だ。

また損傷した細胞から血液中にカリウムが流れ込む。健康であれば余分なカリウムは尿として排泄される。しかし、腎機能の低下によって体内に蓄積され、高カリウム血症を引き起こす。

過剰なカリウムは心臓の鼓動を止めてしまう。アメリカに留学している時、テレビニュースで死刑執行に、薬物を使用するという論議が起きているのを大島は知った。死刑執行に大量のカリウムを体内に送り込めば、囚人の心臓はすぐに停止する。

負傷した傷から大量の血液が流れ出すと、当然血圧は下がり、腎臓内の血流は悪くなる。そのことで急性腎不全を引き起こす。

第二次世界大戦中、野戦病院に運び込まれてきた重症の負傷者の四三%が急性腎不全を発症し、その九一%が死亡したという記録が残されている。こうした教訓から、急性腎不全の治療法が急ピッチで進められたのだ。その結果、朝鮮戦争の時には改良されたダイアライザーによって、負傷兵の死亡率は六七%にまで低下した。

新しく開発されたダイアライザーで急性腎不全の負傷兵に透析治療を行うと、体内の不要な物質が取り除かれ、一、二週間、尿が止まったとしても腎機能が回復し、尿の排泄が行われるようになる。

「息子が思いつめて、とんでもないことをしでかしそうで……」

咲枝は、剛が衝動的に自殺でもするのではないかとそれを案じていた。

働き盛りの中高年が透析治療を受ければ、仕事に支障をきたす。患者にもよるが、多くはその日は仕事に戻ることはできない。透析治療によって生活は不安定になり、それに子育てと、悩みはむしろ中高年層の方が深刻だ。家族を守ることで精一杯、自殺まで考える患者は少ないだろう。自殺を考えられるほど余裕がないと言った方がいいのかもしれない。

一日置きに透析を受けるために、咲枝と剛は中京病院にやってくる。そのたびに剛を診察するわけではないが、診察を重ねているうちに、移植の質問を剛自身がするようになった。

「日本ではまだ腎臓移植はそれほど行われていないようですが、移植を受けるにはどうしたらいいのでしょうか」

剛の話す様子から、日本では家族から提供された腎臓を移植するしか方法がないという現実を、理解しているように感じられた。

剛はすでに二十歳を過ぎた成人だが、移植の話をするのであれば、両親同席の上でした方がいい。アメリカで移植医として活躍している岩月舜三郎医師が日本に戻り、中京病院で腎臓移植を開始することはすでに決まっていた。アメリカで行われた移植の生着率もそれほど高くないし、死亡率も高い。客観的なデータを伝えたとしても、患者本人の性格にもよるが、多くは成功例にしか目を向けようとしない。

しかも帰国する岩月医師以外、中京病院のスタッフは移植手術未経験で、医師としての経歴もまだ短かった。それに岩月医師が中京病院に来ても、ドナーとレシピエントが揃わなければ移植手術はできない。

大島は来る日のために、移植を前向きに、しかも冷静に受け止められる透析患者を探した。極端なことを言えば、ドナー、レシピエントの二人の生命が大島に託されることになる。移植手術の成否は、患者本人だけではなく家族の人生まで左右しかねないのだ。

「移植に関心があるのなら、一度、ご両親を交えてお話ししましょうか」

大島は近く帰国する岩月医師については触れずに、両親を病院に連れてくるようにとだけ伝えた。

それから三日後だった。五月中旬、夏を思わせる強い日差しが照り付けていた。藤野咲枝が一人で大島に会いにきた。午前中の診療時間は過ぎていたが、午前中受付の患者はまだ数人残っていた。

大島は看護師に言って、三階にある来客用の応接室で待つようにしてもらった。大島が応接室に入ったのは午後一時半を過ぎていた。二時から午後の診察が始まる。藤野咲枝はソファに腰を下ろし、大島が来るのを待っていた。

応接室からは名古屋市内の高層ビル群と、遠くには新幹線の高架橋が見える。一時間近くも待たせてしまった。軽くドアをノックして応接室に入った。

「お待たせして申し訳ありません」

センターテーブルの上に置かれたコーヒーには口を付けず、そのままだった。藤野咲枝がいつになく緊張しているのがうかがえる。

「実は剛から移植の話を聞きましたが、本当にそんなことができるのでしょうか」

「先日診察の時に、剛君の方から移植の話が出たものですから、真剣に考えているのなら、ご両親を交えて説明しますと答えておきました」

移植の説明を三十分足らずでできるはずがない。

「主人が移植と聞いただけで、激怒して耳を貸そうとしないのです」

剛の父親藤野幹は、愛知県の県庁職員のようだ。藤野咲枝の話では、剛から移植の話を聞いた後、知人を通じて数人の医師に移植について尋ねたらしい。

「移植は医療ではない」

そう言ったきり、二度と移植の話を持ち出すなと、取り付く島もないようだ。

移植は始まったばかりで、アメリカでも試行錯誤が続いていた。まして日本では移植を行える病院は数えるくらいしかなかった。その上、中京病院はまだ一例もない。

藤野咲枝は五十代半ば、おそらく夫も五十代だろう。県庁職員であれば、愛知県の移植手術の現状は把握できる。泌尿器科の医師に日本の移植医療の現実を聞けば、移植をためらうのは当然だ。生着率は医療と呼べるほど高くはなかった。

「ご承知だと思いますが、ドナーから臓器を提供してもらわなければ、移植医療は成立しません。亡くなった方からの臓器提供は極めて限られています。現実的にはご家族から提供された臓器を移植するしか、今のところ方法はありません。家族であっても血液型、ＨＬＡ（Huuman Leucocyte Antigen ＝ヒト白血球抗原）といくつかの適合検査をしてからでないと移植手術はできません。それでご両親と一緒にお話をと申し上げたのですが」

「主人は長男の将来がかかっているというのに、下手をすれば命を奪われると話を聞こうともしません」

ドナーが命を落とすという最悪の事態は、移植手術には絶対あってはならないが、摘出手術が生命の危機に直結することはまずない。最も困難なのは、レシピエントに移植された腎臓を生着させ、免疫拒絶反応をいかに抑えるかだ。

「一度ご家族三人で来ていただいて、お話をさせてもらい、その上で相談されたらいかがでしょうか」

移植は家族に十分納得してもらわなければ、一歩たりとも進めるわけにはいかない。

しかし、腎臓移植の成否を、患者やその家族に正確に伝えるつもりはなかった。というより、日本の臓器移植は始まったばかりで、生着率を伝えられるほどの臨床例はまだない。アメリカの移植手術のデータを示したところで、それが患者や患者家族に意味があるとも思えなかった。

日本全国どこの病院でも、アメリカで行われている移植手術の生着率、生存率についてのデータをドナー、レシピエントに説明などしていない。説明してから行われた移植など皆無と言ってもいいだろう。

「私もアメリカで移植の勉強をしてきています。同じ大学の先輩で、アメリカで移植医としてすでに活躍している医師も、近く日本に帰国して、この病院で移植手術の執刀にあたることになっています。何度も言うようですが、慢性腎不全の根治的治療は移植しかありません、ご主人も交えて三人でよく相談され、その上で移植を望まれるのであれば、ご説明させていただきます」

大島はこう答えて午後の診察に向かった。

腎臓移植は盲腸の手術のようには進められない。しかし、日本の移植の現実を詳細に伝えれば、移植を決意する患者はほとんどいないのではないか。

透析治療に保険が適用され、慢性腎不全の患者に大きな希望の灯がともされた。しかし、その一方でやはり藤野剛のように、透析から解放されて生きたいと望む患者もいる。

だからといって希望だけが膨らむような説明はすべきではない、と大島は思った。どんな説明を患者にすればいいのか、大島にとっては手術も初めてだが、患者に移植を説明するのも初めてだ。すべてを手探りでやるしかないのだ。

中京病院の泌尿器科医として勤務するようになって、気づいたことがある。移植を望む患者は二十代、三十代の若者で、臓器を提供するから移植手術をしてほしいと求めてくるのは母親が多かった。多くの母親は健康な体で産んでやれなかった、育ててやることができなかったと、そう思い込んでいた。

患者の中には男子中学生もいる。透析によって命はつなぎとめられる。しかし、成長期にある患者が透析を受けると、腎臓は萎縮し、機能は完全に失われ、成長ホルモンも分泌されなくなる。透析を開始した時点で成長が止まってしまう。まだ幼い腎不全の子供を抱える親は、子供の命と人生、同時に成長が止まってしまうことに思いをめぐらせ、悩みは深くなるばかりだ。

親にしてみれば、子供に移植手術を受けさせて、透析から解放し、他の子供たちと同じような人生を歩ませてやりたいと当然考える。しかし、移植すれば本当に子供は透析治療を受けなくてすむようになるのか。移植手術に生命の危険はないのか。

そんな疑問や悩みを抱えていたのが、南郷一家だった。四十代半ばの父親覚と母弓子との間に生まれた長男賢人は、中学二年生になった頃、慢性腎不全と診断された。多くの患者とその家族に見られる傾向だが、いくつもの病院を回って診察を受ける。しかし、どの病院で診察を受けても、医師は同じ診断をくだす。

精密検査の結果を見れば、泌尿器科医なら透析の導入を進言し、透析の説明をする。一日置きに、しかも四、五時間の透析を受ければ、学業にも支障をきたす。どんな名医にも奇跡は起こせない。それがわかると、今度は民間療法に頼ろうとする。

マッサージ、整体に始まり、腎臓にいいといわれる怪しげな漢方薬や、どこかの山中から湧き出した水まで、親というのは医学的根拠のないものでも、効くという評判を耳にすれば探し回り手に入れようとする。それでも効果がないとわかると、今度は宗教、祈祷師にまですがりつく。藁にもすがるというが、賢人の母親はそんな状況に追い込まれて、大島を訪ねてきた。

四十を過ぎたばかりだと思われるが、弓子の表情は険しく、診察室に入ってきた時には、眉間に深い縦皺を寄せていた。年齢の割には白髪が目立った。

大島は賢人本人から症状を聞こうと問診を始めたが、その横につきっきりで、患者本人よりも、母親の弓子が一方的に話し出した。

弓子はいくつも病院を訪ね歩いたが、患者と真摯に向き合った医師はいなかったとまくし立てた。おそらくどの病院でも透析を勧められたのだろう。透析治療の利点は理解している様子だ。しかし、一日置き、しかも成長が止まると聞き、賢人の透析を先延ばしにしているようだ。賢人の肌は黄土色で、慢性腎不全の典型的な症状を示している。

大島は、賢人から採血をするように看護師に指示を出した。賢人が診察室の隣にある処置室へ、看護師に連れられて行った。弓子もついて行くだろうと思っていたが、弓子は患者の椅子に座り、大島に懸命に話しかけてきた。

「次の患者が待っているので、賢人君の治療については、検査結果が出た段階でお話しさせていただく」

大島は少し強い口調で弓子に言った。

弓子は一瞬はっとした表情を浮かべたが、それでも話し続けた。

「中京病院で近々腎臓移植を始めるという話を、他の病院で耳にしたのですが、それは本当なのでしょうか」

弓子は椅子から身を乗り出すようにして大島に聞いてきた。

中京病院で近いうちに移植手術が行われるだろうという情報は、東海、近畿の大きな病院にはすでに流れていた。弓子はそれをどこかの病院で聞きつけたのだろう。

「岩月先生が戻られたら、この病院でも腎臓移植が受けられるようになりますが、ドナーとレシピエントの血液型、ＨＬＡの適合性など、いくつもの越えなければならないハードルがあります。十分、二十分でその説明をするわけにはいきません。賢人君の移植を考えているのなら、ご両親揃ったところで話したいと思います。わかりましたね」

看護師が弓子に待合室で待つように言って、診察室から出るように促した。

次の患者の診察が終わった頃、採血を終えた賢人が診察室に戻ってきた。

「お母さんを呼んで」

大島は看護師に告げた。待合室にいた弓子が慌てた様子で診察室に入ってきた。

「検査結果は明日にでも出ていると思います。あまり時間を置かないで治療を開始した方がいいでしょう。明日来られますか」

「もちろんです」弓子が答えた。

「お母さん、先ほどの話ですが、検査結果を見てみないことには、今の段階では何も言えません。とにかく明日賢人君を連れてもう一度来てください。いいですね」

念を押すように大島は言った。

弓子は、他の病院へ、次の病院へと賢人を連れ回していたのだろう。そうしている間に賢人の症状は悪化するばかりだった。

「先ほどの件を真剣に考えているのなら、とにかく明日は必ず来てくださいね」

弓子は深々と大島に頭を下げて診察室から出ていった。

翌日には検査結果は出ていた。賢人の状態はもはや限界といってもいい。

南郷賢人は弓子に連れられて、その日の午後の診察にやってきた。

「検査結果はどうでしたか……。やはり悪いのでしょうか」

賢人の状態が悪いのは自覚しているようだ。

大島は検査結果を机の上に戻し、椅子を回転させ二人に向かって言った。

「一刻も早く賢人君には透析治療を受けてもらった方がいいと思います。透析を受けるにしても、シャントを作る外科手術を受ける必要があります」

「どうしても透析は必要なのでしょうか。移植手術を受ければ透析をしなくてすむと、他の病院で聞いたことがありますが……」

「いいですか、よく聞いてください。移植手術を受けるにしても、今の症状を改善してからでないととてもできません。賢人君にはまず透析治療を受けてもらい、移植はその次の話です。シャントを作るには手術承諾書が必要です。シャントも透析治療についても説明するので、明日ご夫婦で来てもらえますか」

賢人の治療法については、母親だけではなく、父親にも説明する必要があると大島は判断した。そうしないと賢人の治療は進められないと思った。

中京病院の大島医師が腎臓移植を開始するという話は、慢性腎不全患者、透析患者の間にもいつの間にか広まっていた。

腎臓移植が簡単にできるのなら、ほとんどの患者が移植を望むだろう。いや、望んでいるのだろうが、未知の医療に尻込みをしているのかもしれない。移植手術に患者は自分の生命を賭けることになる。患者にとって移植は厚いベールに覆われた医療だ。

藤野剛は、アメリカで行われている腎臓移植の論文や詳細なデータがあれば、読ませてほしいと大島に言ってきた。医学論文は専門用語が多く、英語の読解力が高くても、医学的知識がなければ、理解するのは困難だろうと伝えた。それでも剛は移植を受けるかどうか、判断するための材料にしたいと資料の提供を求めてきた。

大島は剛が望んでいる資料かどうかわからなかったが、アメリカに留学している時に読んだ論文をコピーして渡した。

「頼まれていた資料だけど……」診察室に入ってきた剛に言った。

「読んでみます」とだけ剛は答え、大島の診察を終え、透析ルームに向かった。

剛に渡したのは、クリーブランドクリニックで移植を受けた三人の患者の記録だ。二人は腎臓が生着し、現在も透析から離脱した生活を送り、もう一人は、二十七ヵ月間透析から離脱していたものの、再び透析治療を受けなければならなくなった患者の移植から現在までの診療記録だった。もう一点はアメリカの腎臓移植の歴史について書かれた論文だった。

医学的な知識がなければ、理解できない専門用語が多出する。それでも一ヵ月かけてそれらの記録や論文を読み込んだようだ。

　梅雨に入り、蒸し暑い日だった。大島は透析ルームを訪れて患者の様子を見て回った。

「資料ありがとうございます」

　うつろな眼をして藤野剛が話しかけてきた。

「読んでみましたか」

「全部理解できたわけではありませんが、正直に言うと、アメリカならもう少し生着率は高いと思っていました」

　剛の言葉には、日本の腎臓移植の生着率はさらに低いのだろうという思いが込められていた。アメリカで活躍していた岩月医師が中京病院に着任するとはいえ、アメリカ並みの一年生着率六〇％を維持できるとは剛は思っていない様子だ。

　剛の言葉には覇気が感じられない。生着率の低さに失望しているのかもしれない。

「まだ読み終えていない資料もあります。すべてに目を通した上で、移植の相談に乗って頂きたいのですが……」

　剛は移植を諦めてはいなかった。一生涯、透析治療を受け続けると思ったら、地底に引きずり込まれていくような絶望的な気持ちになるのかもしれない。

「時間のある時ならいつでも相談に乗るよ」

　大島はそう答えた。

　剛が一瞬微笑んだように見えた。

「成功する確率がどんなに低くても、僕にとっては希望なんです」

移植は慢性腎不全、透析患者にとって一条の光なのだ。大島はそのことを再確認した。多くの慢性腎不全患者が透析治療を受けられるようになったのは、日本の医療福祉制度が大きく前進したからだ。しかし、生きていくということは、夢を見たり、夢に破れたり、挫折があったり、それを克服したり、その繰り返しではないだろうか。

剛の視界に広がっているのは平地だが、どこにもオアシスが見つからない、地平の果てまでも続く砂漠なのかもしれない。

移植医療は、透析から離れて生きようとする患者にとっては、剛の言う通り希望以外の何ものでもないだろう。それを患者に確実に安全に提供するのが医師の使命だ。透析と移植では、患者の生活スタイルがまったく異なる。腎臓移植に成功すれば、ほとんど健康な人間と同じような暮らしに戻ることが可能だ。それはアメリカの論文を見れば理解できる。

どの患者を中京病院の最初の移植患者に選ぶのか。それは大島に一任された。岩月医師からは二人、移植をする人間を選んでおくように言われた。それはアメリカにおける腎臓移植の生着率からくる岩月医師の思惑だった。一年生着率は約六割、つまり移植直後のケアがうまくいけば六割の患者が一年は生着するが、残りの四割は一年以内に機能しないで、移植腎臓は廃絶に追い込まれる。

一年以上、移植腎臓が機能してくれれば、移植は成功したともいえる。日本の移植医療はまだ始まったばかりで十分なデータはないのだ。岩月は自分の経験から、二人の患者に移植を同時にすれば、二人とも移植がうまくいかないということはない。一人は成功するだろうと判断したのだ。

移植について尋ねてくる患者は、どの患者も透析治療に強い忌避感を示していた。特に若い患者や、働き盛りの男性にその傾向が強かった。大島は移植を望む患者には、可能な限り懇切丁寧にわかりやすく移植の説明をした。

ドナー、レシピエントの選考に苦労するかと思っていたが、移植を希望する患者数は、大島の予想をはるかに超えていた。しかし、大部分の患者は、中京病院で行われる移植の結果を見て判断したいと答えた。

早急に移植を望む患者には特徴があった。レシピエントが若いということと、ドナーは母親というケースが多かった。

藤野剛本人は強く移植を望んでいる。しかし、父親は移植に反対のようだ。父親あるいは母親からの臓器提供が可能だったとしても、乗り越えなければならないハードルは、まだいくつもあった。

もう一組、移植を望んでいるのは南郷賢人の母親弓子だった。賢人の慢性腎不全は進行するばかりで、二週間前にシャントを作る手術を行い、すでに透析治療を開始していた。

「岩月先生はいつ日本に戻られるのですか」

弓子は大島の顔を見るたびに聞いてきた。

透析を受けている賢人を見るのがつらいのだろう。

大島は、賢人のシャント手術を行う前に、賢人の両親、南郷覚と弓子の二人を呼んで、状況を説明した。

南郷覚は、大手自動車メーカーの下請け工場を親から引き継ぎ、豊田市で経営していた。下請けといっても規模は大きく、地元では名前の知られた企業だった。

南郷覚と話してみると、弓子がほぼ正確に大島の説明を夫に伝えていたのがわかった。大島はアメリカですでに移植医として多くの経験を積んでいる岩月医師を中京病院に招請し、秋には腎臓移植手術を開始すると説明した。

移植手術には、現状では家族からの臓器提供が不可欠で、血液型、ＨＬＡを検査し、賢人に適応する臓器を移植することになると告げた。南郷覚は中堅企業の経営者らしく、大島の説明をメモしながら黙って聞いていた。

説明を聞き終えると、南郷覚は落ち着き払った様子で大島に言った。

「二、三質問させてもらってもよろしいでしょうか」

「どうぞ、疑問に思っていることは何でも聞いてください」

大島はこの際、可能な限り移植について説明しておこうと思った。

「もし私どもが賢人に移植手術を受けさせると決断したとして、適合検査というのはどのようにして行われるのでしょうか。もう一点、片方の腎臓を摘出した場合、ドナーのその後の健康にどのような影響があるのか、そのあたりを説明していただけるでしょうか」

南郷覚の疑問は当然だった。

「適合検査は採血によって調べられます」

適合検査には特別な外科手術が必要なわけではない。腎臓摘出後のドナーの健康は、提供する側としては最も知りたい点だろう。

「アメリカでも移植は始まったばかりで、多くの臨床データを持っているわけではありません。しかしドナーが健康であれば、片方の腎臓を摘出しても、生命、健康に大きな影響を与えないだろうと考えられています」

それが生体腎臓移植を進める医学的な根拠になっている。片方の腎臓を摘出しても、腎臓の機能が半分になることはない。腎臓には予備能力があり、代償性肥大が生じて、それまでの日常生活が大きく変わってしまうということはない。

「ただ、事故などで残された腎臓が損傷して機能しなくなれば、当然透析治療を受けなければならなくなります」

南郷覚は納得したように頷きながら大島の話を聞いていた。

「もう一点、教えてください。移植手術の成功率というのはどのくらいなのでしょうか。それとその手術によって、最悪の場合、賢人の命が失われる危険性はないのでしょうか」

親としては当然聞いておきたいことだ。

「移植の成功率ですが、その成功というのものどのように定義するかによって変わってくると思います。移植された腎臓をずっと機能させ、天命を全うしたというのが成功とするなら、そうしたデータはまだ着手されたばかりなので、答えようがありません。移植した腎臓が一年生着するのを成功とみれば、アメリカのデータでは六割の患者が生着したという結果が発表されています」

「六割の成功率ですか」

南郷覚は驚いた様子で聞き返してきた。

「アメリカでも腎臓移植には多くの病院が挑戦し、医師もレベルが様々です。それらの平均値が六割ということです」

実際、移植後の生着率は病院によってばらつきが出ているのも現実だった。

「移植手術によって死亡することはないのかというご質問ですが、これは盲腸の手術であっても、あるいは出産であっても、絶対に命が失われることはないと医師の側から断言できません。メスが体に入る以上、リスクはあるとお考えください。ただ腎臓移植は、肝臓や心臓の移植とは違って、生着しなくても、すぐに透析に切り替えることはできます」

「家内と二人でよく相談してみます」

こう言って、二人は三階にある応接室から出ていった。

それから一週間もしないで、二人はそろって採血検査を行った。賢人に移植手術を受けさせたいと考えているのだろう。

二人とも適合性には問題なしという結果だった。

南郷夫婦は検査結果が出ると、ほとんど迷うことはなかったのだろう。移植するのであれば、母親の腎臓を摘出し、賢人に移植するという方針だった。父親は会社を経営している。万が一、事故などで残された腎臓が損傷し、透析をするような事態になれば、会社経営が困難になるからというのが、母親をドナーにする理由だった。

一方、なかなか結論が出せずにいたのは藤野剛だった。剛自身は移植を希望していた。

「リスクを背負ってでも一歩前に踏み出さない限り、僕のこれからの人生は、透析につながれたままになってしまう」

剛は移植が成功すれば、大学に戻り、司法試験を目指したいと考えていた。

「日本の術後五年の生存率って出ているのでしょうか」

「出ていると思いますが、かなり低いでしょう」

一九六〇年から一九七〇年の間に行われた腎臓移植は、生体腎、心停止を合わせても百七十四例しかない。大島が医師になって二年目、七一年は合計四十二例、七二年は合計二十一例だ。移植総数の分母が少ないのだから、一人死亡すれば、死亡率は当然高くなる。

一方、透析治療もそれほど高い生存率を上げているわけではなかった。一九七二年のデータだが、六ヵ月六九・八％、一年五八％、二年三五・四％、三年二一・二％、四年一七・八％、五年七・一％だった。

「腎臓を移植して、最悪の場合は死もあり得る。うまくいって生存率六割の方に入ったとしてですよ、その後どれくらい生きられるのか未知数ですよね。でもその間は透析から離れて、自分らしく生きられるかもしれない。透析を受けて二、三年は生きられるとしても、そこから先はやはり生存率はそれほど高くない。どっちを選ぶかという話ですが、大島先生はどう思いますか」

移植を選ぶか、透析なのか。慢性腎不全患者が直面する問題だ。剛はその問題を直視し、真剣に考えているのだろう。しかし、その問いに答えを出すのは患者本人でしかない。

「それは君の生き方だから……」

大島にはそれ以上の答え方はできなかった。

母親の咲枝は早々と採血検査をすませ、移植に適合するという検査結果が出ていた。しかし、県庁職員の藤野幹は端から移植に反対で、大島の説明を聞こうともしないらしい。剛の話では離婚話まで出ているようだ。

剛は成人している。母親の咲枝と剛の手術承諾書が得られれば、移植は可能だ。それでも大島は父親の藤野幹と話をしなければならないと思った。

藤野咲枝によって強引に病院に連れてこられたのか、大島が初めて藤野幹に会ったのは、梅雨が明けたばかりの七月中旬だった。

大島は藤野剛の移植について説明しようとしたが、まったく聞こうとしない。

「剛もすでに成人しているし、女房が自分の腎臓を与えるというのだから、私がいくら止めても、法的にはもうどうすることもできない。手術には反対だが、二人がそうしたいというのだから、そうしたらいい。何とか息子が大学に戻れるようにしてやってほしい」

藤野幹はあらかじめ大島に伝えたいことを用意していて、それを一気に話すと、後は貝のように口を閉ざした。それでも医師としては両親に説明しておく必要がある。藤野幹は、最後まで大島と視線を合わせようとはしなかった。

大島は八月には岩月医師が日本に戻り、準備が整い次第、移植手術を始めると伝えた。岩月医師が中京病院で移植手術にあたるといっても、期間は一年六ヵ月と決められていた。その間に大島自身、そして志を同じくする後輩の医師たちはすべてを学びとる必要があった。

名古屋大学医学部を卒業した後輩二人が、医局から派遣されて愛知県内の公立病院で泌尿器科の医師を務めていた。藤田民夫、浅野晴好の二人の医師は、勤務先の病院から中京病院の動物実験棟に来ては、犬を使って腎臓移植の技術を自分たちで磨いていた。

岩月医師の帰国が八月と決定すると、大島は九月から移植手術ができるように、患者と患者の家族に具体的なスケジュールを説明するようになった。

移植を受けたいといった患者は十人を超えていた。しかし、実際に移植が目の前に迫ってくると、大多数の患者、そして家族は移植をためらった。大島もそうなるのは予想していた。移植を受けるように無理強いをしていると思われるような言動は、心して控えた。

移植の決意が揺らぐことがなかったのは三組だった。藤野咲枝と剛、南郷弓子と賢人、この二組は移植への思いが強く、逡巡している様子はまったく感じられなかった。それだけ患者の症状が逼迫していた。二人の母親は、どんなことをしてでも透析から離脱した生活を送らせたいと考えていた。

もう一組、強く移植を望んでいたのは佐渡春佳の長男登だった。母子家庭で、登は大手企業のサラリーマンだが、一日置きの透析で、社内では肩身の狭い思いをしているようだ。それを知り、母親の春佳が一人相談にやって来たのだ。

春佳によれば、登は移植を希望しているが、自分からは切り出しにくく、何も言わないらしい。それで移植について知りたいと、母親自身が中京病院にやって来たのだ。移植について熱心に話を聞き、登とゆっくり相談してみるといって帰っていった。

佐渡登本人が移植について尋ねてきたのは、梅雨も明け、真夏の陽射しが容赦なく照りつける七月の終わりだった。朝早くから受け付けをすませ、大島の診察を受けた後、透析治療を受けることになっていた。

「先日、オフクロが移植の相談に来たようですが、実際に移植手術をする予定はあるのでしょうか」

登は診察を終えると、身支度を整えながら大島に聞いた。

「詳しい話は、透析が終わった後でよろしければ説明しますよ」

午前中の早い時間から透析を受ければ、終了するのは午後一時過ぎになるだろう。その頃には午前中受け付けの患者の診察も終わっている。昼食の前に三十分くらいの時間はつくれる。

大島が午前中の診療を終えて、透析ルームの様子を見に行こうとした時だった。少し疲れた様子で登が診察室に入ってきた。

「終わったばかりで大丈夫ですか」

「ええ、少し休めば問題ありません」

登はそう答えたが、減量のためにサウナで汗を絞るだけ絞ってきたボクサーのような顔をしている。いつもならこのまま出社し、仕事に復帰しているのだろう。

「慢性腎不全の根治的な治療法は移植しかないことはわかっています。でも日本では移植はまだ始まったばかりの医療で、移植用の腎臓も極めて少ないと聞いています。私はもう二、三年すれば移植の状況も少しは変わってくるのではないかと思って、それまでは透析で頑張ってみようと思っていました」

登は移植医療を冷静に分析していた。

「お母さんからは、あなたが移植を希望されているとお聞きしているのですが」

「もちろん透析から離脱して、仕事もしたいし、結婚もしたいと思っています。しかし現状では臓器提供がない限り、移植は無理でしょう」

「検査をしてみないと何とも言えませんが、お母さんはご自分の腎臓を提供するとおっしゃっていました」

「そんなことまでオフクロは言っていたんですか」

登は驚いた様子で聞き返してきた。

「大丈夫なのでしょうか、腎臓が一つだけになっても」

不安を口にした。登は自分の移植や移植後の生活ではなく、母親の健康を気遣った。

「父親は戦死し、戦後、女手一つで私を大学まで行かせてくれました。これ以上オフクロに負担をかけるわけにはいかないんです」

年齢的には大島も登もほぼ同じだ。戦後の混乱期を母子二人で生き抜いてきたのだろう。母親は筆舌に尽くしがたい苦労をしてきたと思われる。母親にこれ以上重荷を背負わせたくないという登の思いは強かった。

中学生で父親を失ってから、大島の家でも母親が懸命に働いて一家を支えた。登の気持ちは十分に理解できる。大島は何としても自分より二歳年上の登に移植手術を施し、透析から離脱した生活を送らせてやりたいと思った。母親もそれを強く望んでいる。

死体から腎臓を摘出し、それを移植するのが理想的だが、現実にはそうした腎臓移植は少ない。それはアメリカでも同じだ。家族から腎臓を提供してもらい、それを移植するしか現状では考えられない。それを大島は登に説明した。

「腎臓を摘出した後、ドナーの健康に問題が生じるかということだが、それを長期的に検証した論文も今のところ発表されていない。現段階では片方の腎臓が健常であれば、ドナーの生命予後に大きな影響を与えないのではないか、こうした認識に立ち、私たちは生体間移植を進めようとしている」

大島は腎臓摘出がドナーに与える影響を、登に説明した。

登は移植後の自分の置かれる状況についてはほとんど質問をしてこなかった。腎臓を提供する母親の健康だけを心配しているのが伝わってくる。登が大島に尋ねたのは、移植腎臓が生着しなかった場合についてだった。

「最悪、腎臓移植がうまくいかなかった場合、私はどうなるのでしょうか。そのまま生命の危機に直結するのでしょうか」

大島はどう説明しようか、一瞬迷った。移植は、間違いなく襲ってくる免疫拒絶反応と感染症との闘いでもある。アメリカでは移植後、生命を失っているレシピエントも決して少なくなかった。

そうした事実を伝えれば、登は移植手術を尻込みするだろう。

「たとえ移植した腎臓が生着しなかった場合でも、透析に移行すれば、従来の生活に戻ることは可能です」

登は大島の回答に納得しているようには見えなかった。むしろ登は、大島が意識的に死亡率について言及するのを避けたと思ったに違いない。口には出さないが登にかすかな不信感が滲み出ている。大島にはそう感じられた。

大島が診察室の時計に目をやるのと同時だった。登は静かに立ち上がり、大島に向かって頭を下げた。

「これから出社してたまっている仕事を片付けます。私が透析で抜けている間、同僚に仕事の負担をかけてしまう。移植の件は、母親と一緒によく考えてみます」

こう言って登は診察室を出ていった。

それから二日後、母親の春佳が診察室にやってきて、適合検査を受けたいと言ってきた。

「話し合いがついたのでしょうか」大島が尋ねた。

「いいえ、結論はまだ出ていませんが、もしやっていただけるということになれば、一日でも早く息子を健康にしてやりたいんです。いざとなった時に移植ができるかどうか、先に知っておきたいんです」

おそらく二人の間で意見が一致していないのだろうと大島は思った。たとえ母と子であっても、移植は二日程度の話し合いで結論が出るような問題ではない。登は母親の健康を案じて移植に消極的になっているのかもしれない。

一方、母親はどんなことがあっても移植手術を受けさせたいと、適合検査を受けにきたのだろう。

大島は看護師に春佳の採血をするように指示した。

6　動物実験

万波は宇和島市での生活にもすっかり慣れて、泌尿器科医として充実した日々を過ごしていた。

透析患者は日に日に増えていった。以前なら命を落としていた患者が、透析治療によって救われるようになった。戦争によって荒廃した日本経済も、朝鮮戦争による特需で持ち直し、高度経済成長期を迎える。その経済成長が、透析患者にかかる医療費を支えたと言ってもいい。

しかし、長時間の透析はそれまでの日常生活に支障をきたす。従来通りの生活を取り戻すには、腎臓移植しかない。万波はアメリカで発表された腎臓移植の論文を読み込んだ。欧米でも芳しい成果を上げられずにいた。

すべての移植手術がすぐれた成果を上げているわけではなかったが、移植した腎臓が生着したレシピエントは、以前とほぼ同じ生活を取り戻しているようだ。

日本では東京大学医学部が一九六四年に生体腎移植を開始したが、いい結果を出すことはできなかった。

移植した腎臓が生着し、腎臓の機能を発揮するようになったのは、一九六六年の京都府立医科大学が行った手術が最初だった。一九七一年に広島大学、七四年には岡山大学が成功させている。手掛けているのは、どこも大学の附属病院だった。四国には徳島大学があるが、移植手術は行っていない。

市立宇和島病院でも腎臓移植ができれば、透析患者は以前と同じように働けるようになる。しかし、移植手術そのものが、どこの病院でも手探り状態だった。アメリカで発表された論文を読み、移植を志す医師は、犬を用いて移植技術を磨いていることがわかった。

万波は宇和島市の保健所から捕獲された野犬をもらい受けることにした。近藤副院長に動物実験室の設置を直訴した。近藤も透析治療の問題点を患者本人から直接聞かされていた。それほど予算を必要とするわけでもない。近藤は院長と掛け合い、宇和島市から実験棟建設の費用を捻出させた。

動物実験棟が市立宇和島病院の敷地内の外れに建設された。動物実験棟といっても、建設現場の作業員宿舎や倉庫に使用されるプレハブの小屋だった。その小屋に設置された手術台は、動物実験用の特別なものがあるわけではなく、人間の手術に使用するのと同じものだ。

実験は一日の診療が終わった夜の七時、八時頃から始めた。

ゲージの中から一匹取り出して、手術台に載せる。それまではおとなしくしていた野犬も、ゲージから出した瞬間、暴れ始める。

噛みつかれないようにしながら、ゲージに首輪を縛り付けて、背後から後ろ脚に筋肉弛緩剤のケタラールを注射すると、数分で筋力を失い、野犬はゲージの中で足を伸ばした状態で身を横たえる。

ぐったりしている野犬を抱き抱え、手術台に載せると、後ろ脚の静脈へイソゾールを注射する。

犬は意識を失いまったく動かなくなる。四本の足を固定し、腹部をアルコール消毒してメスを入れる。哺乳類の犬にも腎臓は二つある。まず右の腎臓を摘出して、それは廃棄してしまう。

次に左側の腎臓を摘出する。

人間の腎臓は大人の握りこぶしくらいの大きさがある。しかし、犬のものはそれよりもはるかに小さい。開腹し、慎重に腎臓を剥離していく。腎動脈、腎静脈、そして尿管も人間のものと比較すれば細くて薄い。

まず尿管を切断し、腎臓につながっている片方の尿管を体外に出して、尿をそのまま垂れ流すようにする。腎臓から流れ出てくる尿は、尿管から細い水流となって絶え間なく排出される。

鉗子で腎動脈の血流を止め、静脈を切断し、最後に動脈を切断する。

ここからは時間の勝負だ。摘出した腎臓の動脈にカニューレを挿入。乳リンゲル液、次にユーロコリンズ液を流し込み、腎臓内に残った血液を流し出す。その腎臓をそのまま元に戻す手術を行った。万波はまず犬に自家腎移植をして、移植の技術を磨こうと考えた。右の腎臓を摘出し、廃棄してしまうのは自家腎移植が成功したか否かを確かめるためだ。

動脈も静脈も、切断するのと同時に収縮する。同じ場所には移植できない。摘出された腎臓の腎静脈を総腸骨静脈と吻合、次に腎動脈と総腸骨動脈を吻合した。

腎動脈、腎静脈はゴム風船の空気注入口のように極端に細く、しかも薄い。吻合を確実にしなければ、吻合部分から血液が流れ出す。血管の吻合が成功したとしても、狭窄を起こせば内部に血栓ができて血流が滞り、腎臓は壊死する。

最初の動物実験は腎臓の摘出までは順調だった。最初からうまくいくはずがないのはわかっている。しかし、血管吻合がこれほど難易度の高い手術だとは万波自身は想像もしていなかった。

腎静脈を総腸骨静脈と吻合するが、太さの違う血管をつなぎ合わせるのは至難の業だ。鉗子で総腸骨静脈の血流を止め、なんとか静脈同士を縫合した。

次は腎動脈と総腸骨動脈だ。腎動脈と総腸骨動脈を一刻も早く吻合し、腎臓に血液を送り込まなければ、腎臓に大きなダメージを与える。気持ちは焦るが、手の動きが自分でももどかしく感じられる。

開腹から一時間くらい経過していただろうか。一応血管の吻合は終わった。麻酔はまだ効いたままだ。

尿管は開腹した腹部から外に出した状態だ。

止めている総腸骨動脈を開いて腎臓に血液が流れ始め、尿管から尿が出てくれば、自家腎移植は成功したことになる。しかし、失敗は明らかだった。

万波は中学校で学んだ技術家庭科の授業を思い出していた。実習で手縫いの雑巾を作った。縫った糸は、一直線にはならず縫い目ごとに左右に大きくずれていた。動脈、静脈の縫合は、実習で作った雑巾の縫い目と同じだった。

摘出する前の腎臓は赤い。摘出された腎臓は白色だ。祈るような気持ちで総腸骨動脈の血流を開いた。同時に吻合部分から血液が滲み出し、その量は次第に増え、ガーゼで懸命に拭き取るが、止めることはできなかった。

尿管からも尿ではなく血液が流れ出した。

最初の動物実験は惨憺たるありさまだった。野犬だから失敗ですむが、人間ならそうはいかない。犬で自家腎移植を成功させない限り、人間の臓器移植などとてもできるものではない。

自家腎移植に失敗した犬は、麻酔から覚めることもなく死んだ。自家腎移植した腎臓は豆腐のようになって、壊死していた。

動物実験は深夜にまで及んだ。犬の自家腎移植は何度も失敗を繰り返した。

動物実験棟は入院患者の病棟から見える位置にあった。

実験の後、明け方近くになると麻酔から覚醒した犬が、痛みで吠えることがしばしば起きた。入院患者から苦情が病院に伝えられた。実験棟はプレハブ小屋で、遮音設備などまったく施されていない。犬の鳴き声はそのまま外に漏れた。

万波は野犬を定期的に保健所からもらい受けて実験を続けた。患者からの苦情はさらに増えた。それでも実験を止めるわけにはいかなかった。

午前中の外来患者の診察を終え、昼食に向かう時だった。近藤副院長に呼び止められた。

「万波先生、よからぬ噂が流れていますが、気にしないで続けてください」

「噂ですか、何の」

近藤が何を言わんとしているのか、万波にはまったく理解できなかった。

「聞いていませんか」

「はぁ、わしは何も聞いていませんが……」

近藤は入院患者、外来患者の間で、半ば冗談交じりに囁かれている話をしてくれた。

〈万波先生の顔を見て、土佐犬が縁の下に隠れてしまった〉

土佐犬は闘犬用の大型犬だ。

鳴き声に悩まされた入院患者が、看護師からその理由を聞いて、退院後に面白おかしく言いふらしたらしい。それが一人や二人ではなく、複数いたようだ。それに尾ひれがついてさらに噂が広まった。

噂の発信源に万波は心当たりがあった。

実験用の犬は、次々に死んだ。遺骸は自宅近くの裏山に埋葬した。山の所有者はいると思うが、犬の遺骸を埋葬するのだ。文句も出ないだろうと思った。山には山菜やキノコ狩りに入ってくる者もいれば、山の裾野を犬を連れて散歩する者もいる。

万波はスコップを握り、汗だくになりながら穴を掘っている最中だった。散歩中の犬が古いシーツに包まれた遺骸に激しく吠えた。

「万波先生じゃないですか。何をされているんですか」

声の方に視線を向けた。五十代半ばの男性で、万波の患者だった。

万波は一メートルほど掘った穴の中から、患者に答えた。

「実験で命を落とした犬を埋葬しとる」

患者は周辺にある小さな土盛りに目をやった。

「あちこちにある土盛りは……」

すべて動物実験で命を落とした犬が埋められた場所だ。

土が盛り上がっている場所は埋葬されてからそれほど時間が経過していない墓だ。遺骸が土に帰るとその部分は凹み、あっという間に雑草が生い茂る。

患者は驚いた様子で、犬を引きずるようにしてその場から離れていった。

それからも患者とは何度も同じ場所で遭遇した。患者の家が近くにあるのだろう。会うたびに小さな土盛りが増えていた。

患者が連れて歩いている犬は柴犬で、万波だとわかると激しく吠えたてた。患者が静かにしろと怒鳴っても、犬は牙を剥き出しにして万波に吠え掛かった。

「お前も実験に使われてしまうぞ」

患者は犬にそう言って、リードを引っ張り、その場から離れていった。

犬を使って移植の技術を磨いているという噂は、患者の間で広まっていた。

診察をしていると、透析の苦しさを患者から聞くことになる。万波はアメリカでは慢性腎不全患者に腎臓移植をしていると説明した。

透析で苦労している患者ほど移植に関心を示した。

「アメリカのように日本でも移植ができるようになるんですか」

「日本でも始まったばかりだ」

患者の受け止め方は様々だった。実際に腎臓移植が可能になったとしても、実験台に使われてしまうのではないかと考える者や、一日も早くアメリカのように移植ができるようにしてほしいと願う患者もいた。

実験を重ね、自家腎移植で感染症を引き起こさなければ、犬は尿を排出し、生存できるようになった。次はほぼ同じくらいの体型の犬を使って、移植実験を始めた。一匹の犬から二つの腎臓を摘出して廃棄、そこに片方の犬から摘出した一つの腎臓を移植するのだ。

一匹の犬から二つの腎臓を摘出すると、犬は尿を排泄することができずに、二、三日で尿毒症状態に陥る。ぐったりとして、時には手足を痙攣させる。嘔吐や下痢を繰り返す。

そこに他のもう一匹から摘出した腎臓を移植する。血流を再開させるのと同時に尿を排泄するものから、二、三十分を要したケースもある。多くは自家腎移植よりは尿分泌は早かった。

しかし、移植後の生存日数は二、三日から九日間くらいで、それ以上の生存は無理だった。

移植を受けた犬は、一時は尿を排泄するが次第に減少し、最後には停止して尿毒症状態に陥る。そして死んでいく。自家腎移植の初期段階では、血管の縫合部分から出血して死んだケースが多かったが、摘出した腎臓を移植する手術では出血死はほとんどなかった。

移植した腎臓の機能停止の原因は、免疫反応によって移植された腎臓が攻撃され、腎機能を失ったことだ。犬を用いた動物実験は過去にも行われ、それらのデータと照合しても、万波の実験は決して見劣りするものではなかった。

人間の臓器移植を成功させるには、免疫抑制剤で拒絶反応を抑えることが重要だが、もう一つの要素は同じ血液型と、HLAの適合数を増やすことだ。

腎臓移植は、一九五〇年代、死体や家族から提供された腎臓が移植された。しかし、数日後かあるいは二十日前後でレシピエントはすべて死亡した。こうした犠牲と経験を経て、ドナーとレシピエントの間には、相性の良し悪しがあることが経験的にわかってきた。

一九五六年、フランスのドセー医師によって、HLAは白血球の血液型として発見された。HLAは白血球だけにあるのではなく、人間の細胞にも存在し、組織適合性抗原として働いていることがわかった。

HLAが遺伝子の第六染色体にあることもわかり、このHLAが人間の免疫システムをつかさどっている。HLAは両親からその半分ずつを受け継ぐため、親子や兄弟の間でも一致する確率は低く、一卵性双生児同士の移植では、このＨＬＡがすべて一致しているために、拒絶反応は起きないことが証明されている。

非血縁間では、ＨＬＡが一致することは数万分の一程度と言われている。ＨＬＡが合致しなければ、移植された臓器はレシピエントの体内で異物と認識され、免疫システムが攻撃を開始する。

このＨＬＡの適合数がなるべく多い者同士間での移植なら、拒絶反応も最小限に食い止めることが可能になる。当然、移植の成功率は高くなる。とはいえ、一卵性双生児同士での移植でもない限り、拒絶反応は必ず現れる。

免疫反応は、移植臓器だけではなく、ウイルスなどの侵入に対しても反応し、人間の体はこの免疫システムによって健康が維持される。臓器移植はこの免疫拒絶反応をいかにコントロールするかの闘いでもある。

腎臓移植を最初に行った医師は、ソ連の外科医Ｕ・Ｕ・ヴォロノイとされている。一九三三年に、二十六歳の女性が昇汞《しょうこう》（塩化第二水銀）を飲み自殺を試みた。当時、昇汞を一千倍から五千倍に薄めた水溶液が、殺菌、消毒に用いられていた。急性腎不全を起こした女性の右足の太腿上部に、死亡した六十歳男性の腎臓を移植した。レシピエントとドナー、血液型が異なり、この移植は当然失敗に終わった。

さらに一九五〇年、六人の死体腎移植が報告されているが、いずれも失敗している。

一九四七年、アメリカのボストンにあるピーター・ベント・ブリガム病院で、ジョージ・ソーンとディヴッド・ヒュームのグループは、急性腎不全に陥った女性の腕に死体腎を移植した。

昇汞は消毒だけではなく、当時は堕胎のためにも使用され、堕胎術の失敗によって急性腎不全を引き起こしたのだ。移植した腎臓は数日間しか機能しなかったが、女性は一命を取り留め、最初の腎臓移植の成功例とされている。

一九五〇年、シカゴのリチャード・ローラーが、肝不全で死亡した患者の腎臓を嚢胞《のうほう》腎の患者に移植した。移植した腎臓は数ヵ月間生着し、患者はその後も数年間生存した。この移植によって、慢性腎不全の患者を救えると思われ、移植に拍車がかかった。しかし、移植に成功したのではなく、嚢胞腎に腎機能が残されていたと今では考えられている。

一九五一年、マサチューセッツ・スプリングフィールドのジェームス・スコラ外科医は、下部尿管ガンで摘出した腎臓を、慢性腎不全の患者に移植した。病気治療目的のために摘出、廃棄される腎臓を移植したのだ。

日本で最初の腎臓移植は、一九五六年に実施された。昇汞を飲み、服毒自殺をはかり急性腎不全に陥った患者に、突発性腎出血の患者の腎臓を移植した。

さらにピーター・ベント・ブリガム病院からは、一九五一年から五三年にかけて九例の腎移植が報告された。

死体腎、あるいは治療目的で摘出された腎臓の移植ではなく、生体腎移植は、一九五二年、フランス、パリのネッカー病院で行われた。転落事故で腎臓からの出血が止まらない大工に、母親の腎臓を摘出し、移植が行われた。しかし、急性拒絶反応で移植二十二日後に死亡した。

一九五〇年代は、HLAの知識も不十分で、また免疫抑制剤もなく、腎臓移植は惨憺《さんたん》たる有様だった。腎臓移植は医療とはほど遠いものだった。

悲惨な状態が続いていたが、その一方で、一九五四年、ピーター・ベント・ブリガム病院のジョセフ・

E・マリーは、一卵性双生児間の生体腎移植を行い、移植に成功した。これ以後一九七〇年代にかけて、世界で三十五例の一卵性双生児間の腎移植が行われ、極めて高い成功率を収めた。

一卵性双生児間の移植は、拒絶反応が起こらないことが成功の理由と考えられた。その結果、移植による拒絶反応をコントロールできれば、腎臓移植は慢性腎不全の治療として成立するのではと、再び考えられるようになった。

万波がまだ山口大学に籍を置いていた頃だ。日本の医療界を震撼させる「事件」が起きた。

一九六八年八月、札幌医科大学の和田寿郎医師によって心臓移植手術が行われた。

世界最初の心臓移植は、一九六七年十二月、つまり和田移植の八ヵ月前に、南アフリカの国立グルート・スキュール病院で行われた。レシピエントは術後十八日目に死亡した。

南アフリカの心臓移植から三日後、アメリカでも心臓移植手術が行われた。無脳症児のドナーから心臓を摘出し、生後九ヵ月の乳児に心臓移植が行われた。レシピエントは六時間半しか生きられなかった。

無脳症児は、脳幹はあるが、大脳全部、あるいは一部がない状態の胎児で、出産直後は呼吸もし、心臓も動いているが数日以内に必ず死亡する。当時は延命措置をしないのが通常だった。

世界初の心臓移植手術から、先を争うかのように心臓移植が次々に行われた。十五ヵ月の間に、十八ヵ国で百十八件の心臓移植が行われていた。一九六九年八月までに百四十六人が心臓の移植を受けていたが、六八年に執刀された最初の百例の三分の二は、三ヵ月以内にレシピエントが死亡した。移植医が殺人罪で告発されるケースが世界中で相次いだ。

日本も例外ではなかった。和田移植は世界で三十番目の心臓移植手術だった。レシピエントはやはり八十三日後に死亡した。日本でも移植に向ける世間の目は厳しくなっていくばかりだった。

一九六八年十二月、大阪の漢方医が和田医師を、殺人罪、業務上過失致死、死体損壊罪で刑事告発した。訴訟は、ドナーから心臓が摘出された時、ドナーはまだ生きていたのではないかという点が争点にされた。しかし、一九七〇年、最高検察庁は証拠不十分を理由に不起訴処分とした。

日本医学学会、日本医師会は、和田移植について沈黙し、和田医師が移植を発表した日本胸部学会は、一九七一年の理事会で、和田心臓移植については議題としない方針を学会として決定した。和田心臓移植についての評価について、医師たちは沈黙するという方針を取ったのだ。

医療にかかわる者たちが、和田移植に明確な判断を示さなかったことで、世間には移植医療に対する不信感が広がった。


〈臓器移植はまだ生きている人間から臓器を摘出する手術だ〉


こうした状況のもとで、万波は移植医の第一歩を踏み出そうとしていた。

ドナーとレシピエントの適合検査をどうするか。そして、いかに免疫拒絶反応を抑えるか。市立宇和島病院で腎臓移植を進めようとする万波の前に難題が立ちはだかる。

ドナーから提供された腎臓を生着させるためには、適合検査をして、なるべく相性のいい臓器を移植する必要がある。この検査は万波一人ではどうすることもできない。

近藤副院長は、市立宇和島病院で腎臓移植を行いたいという万波の最大の理解者だった。動物実験はプレハブの実験棟で行ったが、移植がうまく進んでいるのを、移植された犬の生存日数だけで判断することはできない。移植後、腎機能の状態をクリアランス試験で明らかにする必要がある。そのためには犬をプレハブ小屋から、病理解剖室へ運ばなければならない。

患者の寝静まった深夜に、万波は犬を抱き抱えながら三階にある病理解剖室へ運んだ。病理解剖室なら、糸球体濾過値（ＧＦＲ）、腎血漿流量（ＲＰＦ）、腎血流量（ＲＢＦ）を測定することができる。データは血流再開三時間後、二十四時間後、四十八時間後、七十二時間後に測定する必要がある。

病理解剖室はほとんど使用されていない。医師、看護師、患者が病理解剖室に入ってくることはない。万波は安心して犬の観察をしていた。突然、近藤副院長が入ってきた。

近藤は解剖台に載っている犬に目を見張っている。

「何をしているんですか」

万波は移植後の犬のデータを集めていることを説明した。

「近藤先生こそ、どうしてここへ」

「夜勤の先生から、万波先生が犬を抱き抱えて解剖室に入ったと聞いたもので、それで来てみました」

市立宇和島病院には病理医はいなかった。しかし、使用されていないからといって、万波が犬を病院内に担ぎ込んでいるところを患者に見られれば、さらにどんな噂が広まるかわかったものではない。それを近藤はおそれていたのだろう。

万波は動物実験では、移植はほぼ成功させるだけの技術を獲得したと告げた。だからといってその技術が人間の移植に通用するわけではない。しかし、万波は市立宇和島病院で腎臓移植に着手したいと近藤に訴えた。

「少し時間をください」

近藤が答えた。


それから一週間後だった。万波は近藤に呼ばれた。

「広島大学が協力してくれることになりました」

移植は、泌尿器科が担当する病院もあれば外科が担当するところもある。広島大学では外科が担当し、土肥雪彦講師と移植免疫教室の福田康彦室長が腎臓移植を進めていた。近藤はその二人と面識があり、市立宇和島病院の腎臓移植計画に協力を求め、二人は快諾してくれたようだ。

二人の医師が協力を表明してくれても、移植手術には摘出、移植の二チームが必要になり、麻酔医、看護師らの他に、一チーム最低二人、合計四人の医師が求められる。

もう一人、万波の弟で、やはり医師の廉介が加わることになった。廉介は岡山大学医学部を卒業し、医局から広島市民病院へ派遣されていた。兄の誠が泌尿器科を選んだのに刺激されて、廉介も泌尿器科の医師の道を選んだ。廉介も移植手術チームに加わるために市立宇和島病院の医師となった。

市立宇和島病院で一例目の移植に向けて準備が進むと、思いもよらぬところから横槍が入った。

万波誠は山口大学、廉介は岡山大学、移植に協力してくれた二人の医師は広島大学の医師だ。

広島大学と岡山大学は競うように移植を進めていた。山口大学は広島大学より一年遅れて移植手術を実施していた。

市立宇和島病院の移植計画に廉介が加わっているのを知ると、岡山大学の医局から廉介に移植チームから外れるように圧力がかかった。その勧告に従わなければ、「破門」ということになる。医局には、大学と提携関係にある病院へ医師を派遣する権限がある。医局から「破門」された医師は働く病院を失うことになりかねない。

「好きなようにしたらいい。俺は兄貴をサポートする」

廉介は自ら医局を「脱退」したが、実質的には「破門」だった。

市立宇和島病院での最初の移植は、一九七七年十二月に行われた。レシピエントは三十代男性の慢性腎不全患者で透析治療を受けていた。ドナーは五十代の母親。組織の適合性検査は広島大学が担当してくれた。腎臓摘出は福田康彦医師が行い、廉介がサポートに回った。移植手術は土肥雪彦医師が担当し、万波が介助に回った。

母子間の移植は成功した。しかし、市立宇和島病院も、広島大学の土肥も福田も、この事実を公表するつもりは最初からなかった。市立宇和島病院の万波兄弟が行う移植手術に広島大学が協力するという計画は、すでに中国、四国の移植関係の医師に流れていた。

公表すればさらに波紋が広がるだけだった。

記者会見は開かなかったが、一例目の手術を行い、ドナー、レシピエント、ともに術後は良好だという情報は、四国だけではなく中国地方の患者にまで瞬時に広がった。それが山口大学にも伝わった。

万波が自宅に戻り、ベッドに身を横たえた時だった。深夜であろうと早朝であろうと、電話が鳴れば反射的に飛び起きて、受話器を取るようにしている。電話は市立宇和島病院からではなかった。

山口大学のかつての担当教授からだった。

「俺に恥をかかせて、どういうつもりだ」

担当教授は万波を激しい言葉でなじった。事情を説明に来いと、怒鳴りまくるだけで、落ち着いて話ができるような状態ではなかった。

翌日、近藤副院長に報告した。

「事情を説明に行く必要もないし、謝罪も無用。放っておけばいい」

万波も廉介も、「破門」されようが移植を止めるつもりはまったくなかった。それは近藤も同じで、京都大学の先輩にあたる院長も、移植を継続することに同意していた。

山口大学にしろ、岡山大学にしろ、市立宇和島病院が自分たちを差し置いて移植を実施したことに怒り、焦り、苛立ちを覚えたのだろう。それを近藤は見抜いていた。

「第一、破門なんていう言葉が生きているのは、医師とヤクザの世界だけです。何故なのか、その理由は明白です。医師の世界がヤクザと同じだからです。彼らは四国を自分たちの縄張りにしようとしているだけです」

近藤副院長によれば、戦前、四国には帝国大学の医学部はなかった。手つかずの縄張り、四国を奪おうと、広島、岡山、そして山口県の新興勢力のヤクザが、自分たちの配下に置きたくて、仁義なき戦いを展開している、ということらしい。

「日本の医師の世界は、戦前と何も変わらなかった」

中国で残虐な人体実験や生物兵器を開発した七三一部隊の医師たちが、罪を問われることもなく、何もなかったかのごとく戦後も医師の世界に戻った。近藤はその現実を目の当たりにしていた。この七三一部隊を率いたのが、京都帝国大学医学部を卒業した石井四郎だ。

近藤副院長は、万波より一回り年上だが、四国の片隅で着手されたばかりの腎臓移植を守ろうと懸命になっていた。

「手術室外の問題は私が処理します。だから万波先生は、腎不全患者を救うことだけを考えてください」

広島大学の土肥も福田も、引き続き万波らの移植に協力すると約束してくれた。

「私も近藤先生と同意見です」

福田は広島大学時代、万波と同様野球部に所属し、山口大学と対戦経験があり、万波とは旧知の仲だった。スポーツマンらしく、彼の考え方も明快だった。

「組長を医学部部長、教授は若頭、准教授は若頭補佐、新人医師、研修医はさしずめ舎弟と思えばわかりやすい」

福田の指摘する通りだ。山口大学の万波に対する対応、岡山大学の廉介への仕打ちは、ヤクザのルールを守らなかった者への見せしめなのだ。

「万波先生、組長のところに行けば、指をつめろと言われるのが関の山です。行く必要はありません」

福田もそう言った。

一例目の患者の様子を見て、患者たちは移植に希望を見出している。ここで横槍に屈して計画を頓挫させるわけにはいかない。万波はそう思った。

7　レシピエントの死

1

前日はいつもより早めに床についたが、緊張しているのかなかなか寝つけない。隣の布団で寝ている妻の春江が、何度も寝返りを打っている大島に控えめな声で話しかけてきた。

「きっとうまくいきますよ。そんなに心配しなくても……」

いつもの大島なら、布団に入って十分もしないで鼾《いびき》を立てて深い眠りに落ちている。しかし、横になってから一時間以上も経つのに眠ることができない。

結局、まどろんだ程度で、熟睡できずに午前五時には目が覚めてしまった。目を閉じても、もう眠れない。起き出して洗面所で顔を洗った。

春江も眠れなかったのだろう。起き出してきて台所で朝食の用意を始めた。

普段なら病院に向かうのは八時過ぎで、八時半までに病院に着けば、午前九時から始まる診察には十分間に合う。朝食を終え、大島は玄関で靴を履いた。

春江から小さなバッグを手渡された。中には二日分の着替えが入っている。二、三日帰宅できなくなるかもしれないと告げてあった。

「行ってくる」

こう言って大島は玄関を出た。九月に入ったというのに、外は真夏の日差しで、気温はすでに昇り始めていた。今日も真夏日になると大島は思った。玄関前に止めてある車に乗り込んだ。車内はムッとする熱気だ。エンジンをかけ、病院に向かってハンドルを握った。

早朝のためか交通量も少なく、六時前には病院に着いてしまった。いつもの職員専用スペースに車を止めた。

二階にある医師専用の更衣室に入り、自分のロッカーから白衣を取り出して着替えた。入院患者病棟ではそろそろ患者が目を覚ます頃だろう。大島は着替えるとまだ誰も来ていない泌尿器科の診察室に入った。

「二例やれば二つともダメということはない。仮に一つがうまくいかなくても、もう一つは大丈夫だ」

岩月医師は大島に、一例目の二日後に二例目の移植手術をするように、スケジュールを組めと言ってきた。

一年生着率は六〇％だから、二例を移植すればどちらかは成功するだろうという岩月医師の思惑だ。しかし、それは数学の確率の上での話であって、実際に一つが生着し、一つが不成功に終わるということではない。二つとも成功するかもしれないし、二つとも生着しない場合もあり得る。

大島は二例とも成功させようと、数日前から移植手術の段取りのシミュレーションを何度も繰り返していた。昨日も病院を離れる直前、手術室に入り、手術器具のチェックを念入りに行った。

何度見直しても、準備は整っている。何も問題がないのを確かめているだけで、特別にやらなければならないこともない。ただ何かをしていないと、不安でいてもたってもいられなかった。

一例目は藤野咲枝と剛を、二例目は南郷弓子と賢人を選んだ。二組とも移植への決意が固く、土壇場でその決意を翻す可能性はないと思われた。

四人はすでに社会保険中京病院へ入院し、移植に備えていた。手術室を出ると、二組の母子が入院している五階へ上がった。南郷弓子と賢人は二人用の部屋に入っている。

南郷賢人は中学二年生になり、大きな手術を受けるというのは理解しているが、それがどれほどの大手術なのか、想像がつかないのだろう。母親の弓子と一緒の部屋ということもあり、いつもより落ち着いているように見える。

南郷弓子は、大島の顔を見るとすぐにベッドから起き出して、

「今日は藤野剛さんの手術日ですね」

と、言った。

「二日後に賢人君の手術をします。お母さんも、賢人君も頑張りましょうね」

と声をかけて病室を出た。

最初に南郷母子の部屋を訪れたのは藤野剛、咲枝の二人は、二、三日前から極度に緊張していたからだ。特に剛は極端に無口になっていた。剛も咲枝も五階にある六人部屋に入院しているが、手術後、剛だけは個室に移る予定になっていた。

藤野剛には、アメリカで発表された腎臓移植関係の論文をいくつか渡し、さらに他の論文も読みたいとい

うので、それらの論文も読ませていた。中には、術後一年以内の死亡率も記載されている。

五階はエレベーターホールの前にナースセンターがあり、その横には患者と家族、見舞客の談話スペースが設けられている。円形テーブルが二つ置かれ、椅子がそれぞれ五脚ずつ並んでいる。移植のスケジュールが決まると、剛は親しい友人に連絡をして、病院に呼んでいた。

剛は透析のない日は、そこで友人とよく歓談していた。母親にも、大島にも不安を口にしないが、おそらく剛は万が一の時は命を失うかもしれないと、最悪の事態を想定しているのだろう。

しかし、見舞いにきた連中に、剛はおそらく移植の話はしていないだろう。たとえしたところで、家族に慢性腎不全の患者でもいない限り、剛の置かれている状況は理解できない。ましてや移植手術の説明をしたところで、移植医療など想像もつかないはずだ。

どんな話をしているのか、同世代の若い仲間と話し込んでいる時の剛は、屈託のない笑顔を見せていた。しかし、それが最後かもしれないという思いが心のどこかに潜んでいたのではないかと想像すると、絶対に失敗はできない。移植腎臓を生着させ、大学に復学できるようにしてやりたいと大島は思った。

病室に入ると、看護師が検温をしている最中だった。

「どう、昨夜は眠れたかな」

剛は一瞬作ったような笑みを浮かべたが、大島の質問には答えなかった。

眠れなかったのだろう。命をかけた手術に臨むのだ。その前の晩に熟睡できるはずがない。

「今日はよろしくお願いします」

剛の声はかすれていた。

「お熱は平熱ですね。いつも通りです」

看護師が体温を記録しながら言った。

「では、後ほど」大島が剛に言った。

次に剛と顔を合わせるのは手術室だ。

母親の藤野咲枝は五階のいちばん奥の病室に入っている。

藤野咲枝のベッドはカーテンで仕切られ、中からは小声で話す声が漏れてきていた。

「大島ですが、いいかな」

「どうぞ」

男の声で返事があった。

藤野幹がパイプ椅子に座り、咲枝の枕元で話をしていたようだ。藤野幹が椅子から立ち上がり、深々と頭を下げた。

「二人をよろしくお願いします」

夫は今でも移植には反対していると、咲枝から聞いていた。しかし、移植当日にはそうしたことはおくびにも出さずに、大島に手術を成功させるように懇願してきた。咲枝と剛の二人に、最終的には押し切られ、渋々納得したのだろう。

「剛をなにとぞ元気な体にしてやってください」

父親としての剛へ寄せる思いが伝わってくる。

「全力を尽くします」

大島は毅然として答えた。この日のために、医師としての道を邁進してきたのだ。成人式を迎えたばかりの若者と、中学二年生の二人がレシピエントだ。二人の人生が移植にかかっているのだ。なんとしても思い描く人生を歩めるようにしてやりたい。

おそらく中規模の市中病院で移植を手掛けるのは、日本国内では中京病院が最初だろう。失敗すれば、移植を行っている大病院、大学附属病院から袋叩きに遭うのは目に見えている。教えを乞いにいくつかの病院を回った。しばらくすると大島に対する嘲笑と侮蔑だけが、移植医の世界に蔓延していた。

患者を救えるのは、大病院だけではないことを、そうした連中に知らしめるためにも、大島は二人の移植を成功させなければならない。大島を変人扱いした連中に一泡吹かせてやると思った。

初めての腎臓移植手術は、大島の二十八歳の誕生日の三日前だった。岩月舜三郎をリーダーにして、大島を中心にした名古屋大学医学部を卒業したばかりの藤田民夫、浅野晴好の若き二人の医師がその移植手術に加わった。

手術前のミーティングといっても、前日も前々日も何度も念入りに手術方法を確かめ合った。

手術室のドアは一つだが、ドアを開け中に入ると、右手に男性用、左手に女性用の更衣室が設置されている。手術着に着替えた後は、手術室前に設けられた手洗い用のスペースで手を洗うようになっている。

すでに岩月医師は手を洗い終えて、看護師に医療用手袋を装着してもらっていた。藤田、浅野の二人もブラシを使って爪の間を何度もこすりつけながら洗い流している。

その横に大島も入って手を洗い始めた。藤田も浅野も無口で、ひたすら手を洗い続けていた。二人とも緊張しているのは明らかだ。緊張を解きほぐそうと、二人に何か話しかけなければと思うが、話しかける言葉が見つからない。

三人がいつになく緊張しているのを岩月医師はすぐに感じ取ったのだろう。

「夕べの中日は強かったなあ。あの場面で逆転するとは思わなかった」

岩月医師は野球観戦が趣味だった。首位を走るのは巨人軍、二位が阪神で、三位が中日ドラゴンズだった。首位とのゲーム差は二で、優勝にまだ望みをつないでいた。昨晩は逆転で二位の阪神を下していた。

そんな話を岩月医師は三人に話しかけてきたが、大島はナイターなど見てはいなかった。藤田、浅野も試合を見ていないのだろう。二人も黙ったままだ。

「何だ、昨夜の試合を見ていないのか」

落胆したように岩月医師が言った。

三人の緊張を少しでも和らげるように言っているのはわかるが、大島にはそれに応じている余裕さえなかった。

藤田、浅野の二人も手を洗い終えて、手術用の手袋を装着した。大島も指の先の皮膚が剥けてしまうのではないかと思えるほど、念入りに手を洗った。

手術室は三部屋に分かれ、同時に手術が三例行えるようになっている。右手奥の部屋で藤野咲枝の腎臓摘出手術が、真ん中の部屋で藤野剛の移植手術が行われる。

腎臓摘出手術は大島と藤田、移植は岩月医師と浅野が担当する。

「では、全力を尽くして患者さんのために頑張りましょう」

岩月医師が三人に確認を求めるように言った。

四人の医師はそれぞれの手術室に入った。すでに麻酔医が全身麻酔を施していた。手術台の上に藤野咲枝が横たわっていた。隣の部屋では同様に藤野剛がベッドで移植を待っているはずだ。

手術室に入り、大島はモニターに目をやった。心拍数、血圧、体温、血中酸素濃度、すべてが正常値だ。手術には、看護師も外科、泌尿器科のすぐれた看護師が選ばれた。

壁に掛けられた時計を見た。午前八時三十分を指していた。予定通りだ。

大島は藤野咲枝の左側腹部に三〇センチほど斜めに一気にメスを入れた。開腹した側腹部に、大島と浅野の二人で幅二〇センチほどの靴べラのような形をした開腹器具を差し込む。開腹部分を広げるためだ。両手を挿入できるほどの広さを確保したところで、開腹器具を固定する。

腎臓は赤みを帯びた握りこぶしほどの大きさの臓器だ。腎臓は薄い膜で覆われている。大島は腎臓とその膜の間に小指球をそっと差し込むようにして、腎臓と膜を少しずつ剥離していった。少しでも傷つければ、腎臓からは一気に血が噴き出る。

腹部大動脈から枝分かれした腎動脈、下大静脈からは腎静脈、この二つの血管と腎臓とが結ばれている。さらに尿管が膀胱へと伸びている。

腎臓を手ですくい上げられるような状態になったところで、大島は尿管を切断した。

腎臓から伸びてくる尿管の片方は、腹部の外に出される。尿管の切断部分から尿が排出される。

尿管の次に動脈、静脈の順番で切断するが、レシピエントの手術の状況をみて、切断タイミングが決まる。

藤野咲枝の容体は安定している。

大島は隣の手術室の様子を見にいった。剛の右下腹部は弓状に切開されていた。レシピエントの腎臓はそのまま残され、摘出されるわけではない。腎臓が移植されるのは骨盤の中、腸骨窩だ。ここには移植した腎臓を置くスペースがある。

岩月医師は剛の尿管、摘出された腎臓の腎動脈と結合させる内腸骨動脈、腎静脈とを繋ぐ外腸骨静脈の場所、状態を確認しているところだった。

「いつでも摘出できる状態です」

大島は岩月医師に告げた。

「わかった」

返事はそれだけだった。大島は隣の手術室に戻った。

ドナーの腎臓は可能な限り、血流を維持したままの状態に置き、摘出から移植までの時間を短縮する方が生着率は高くなる。

二十分も経っていなかっただろう。移植チームの看護師が大島のところにやってきた。

「お願いします」

大島は無言で頷いた。

鉗子で腎動脈を止め、腎動脈を切断する。

次は同じ要領で腎静脈を切断する。

腎臓は藤野咲枝の体内から完全に分離される。摘出された腎臓はその場で、カニューレが動脈から差し込まれ、ユーロコリンズ液によって灌流が行われ、腎臓内の血液が洗い流される。

摘出チームに残された仕事は、切断された腎動脈、腎静脈を塞ぎ、開腹部分を縫合することだ。大島はこの仕事を浅野に任せ、灌流がすんだ腎臓を岩月医師のもとに運んだ。

岩月は運ばれてきた腎臓を十分に観察した上で、適当な長さに剥離された外腸骨静脈の二箇所に鉗子を挟み込んで血流を止めた。

藤野咲枝から摘出された腎臓の腎静脈の直径に合わせて、二本の鉗子で挟まれた外腸骨静脈にメスを入れ、血管の一部を削ぎ落とす。次は外腸骨静脈に腎静脈を吻合していくのだ。岩月医師は血管吻合にすべての神経を集中している。

岩月医師が中京病院で移植手術に携われるのは一年半だ。その間に可能な限り、移植手術を行い、それ以後は大島らが中心になって移植を進めなければならなかった。大島は限られた期間に岩月医師からすべてを学び取るつもりだ。

岩月は腎静脈と外腸骨静脈の端側吻合が終わると、同じように腎動脈と内腸骨動脈の端側吻合を慣れた手さばきで進めていった。血流を止めてから一時間以内に移植を終了させ、血流を再開させる必要がある。

最後は腎臓から伸びる尿管を膀胱につなぐ手術だ。

これらの手術を岩月医師は一時間以内で終了させていた。尿管膀胱吻合が終わった頃、隣の部屋から浅野も入ってきた。

「ドナーはＩＣＵに入りました」浅野は大島に報告した。

「これから血流を再開させる」大島が浅野に言った。

岩月医師が鉗子を次々に外した。白くなっていた腎臓が瞬時に赤みを帯びてくる。血管の吻合部分から薄っすらと血が滲み出てくる。

「ガーゼ」

岩月医師が言うと、すぐに用意され、岩月はピンセットでガーゼをつかむと、吻合部分に滲み出た血を拭った。二、三度拭うと、それからは滲み出てこない。岩月医師の表情から安堵している様子がうかがえる。手術が問題なく進んでいれば、数分以内に移植された腎臓でつくられた尿が、尿管を通って膀胱に運ばれる。尿道口から膀胱に尿道カテーテルが挿入され、そのカテーテルを通じて、剛のベッドの横に備え付けられた蓄尿袋に貯められる。

大島は身をかがめて蓄尿袋を監察した。一分が経過しても蓄尿袋には一滴も尿は出てこなかった。二分たち三分が経過したが尿は出てこない。

何か自分たちの気づかないミスがあったのか。そんなことを考えると、乾燥しきった冬の枯れ野に火を放ったように不安が心に広がり、やがておそれに変わった。

岩月医師も心配なのか、大島のところに来て腰をかがめた。

「そろそろ出てきてもいい頃なのに……」

岩月医師の顔に軽い疑心が滲む。いや、大島と同じように不安一色に塗りつぶされていたのかもしれないが、移植チームの責任者としてはそれを表に出すことは立場上許されない。それで何気ない口調で漏らしたのだろう。

五分が過ぎた頃だった。血の混じった尿が一滴、一滴と蓄尿袋に溜まり始めた。

「出てきた」

蓄尿袋に眼鏡をこすり付けるようにして見ていた大島が言った。

「見せてみろ」

岩月の言葉に大島は横にずれた。

「これでいい」岩月は自信に満ちた声で言った。

アメリカでは、二、三分で尿が出始めた。何故五分もかかったのか、理由はわからなかった。しかし、尿は蓄尿袋に溜まり始め、最初のうちは血が混じっていたが、次第に通常の尿が出てくるようになった。

日本の中でも、いや世界の最先端医療を、愛知県内の中規模病院が実施しているという高揚感はある。これで慢性腎不全患者を救えるという思いが大島の心には広がった。後はこのまま藤野剛の排泄する尿が増えていくことを期待するだけだった。

藤野剛がＩＣＵに入ったのは、午後二時過ぎだった。

大島もＩＣＵに入り、藤野剛に付きっきりで蓄尿袋を見つめたままだ。尿を計測しながら、レシピエントの術後管理にあたった。移植直後から腎臓は機能して、尿を排泄していた。このまま腎機能が回復してくれば、尿の量も増えていくはずだ。

明日一日は泌尿器科の外来患者の対応にあたらなければならない。少しでも横になり睡眠を取らなければと思うが、横になっても眠れそうにもない。医師控室で出前の夕飯をすませ、大島はすぐにＩＣＵに戻った。順調に朝まで尿が出続ければ、移植した腎臓は機能していることになる。

日付が変わり、午前三時くらいまでは尿は排泄されていた。しかし、その後は時間を追うごとに量が減り始めた。

再び不安が首をもたげてくる。

明け方近くになると、ほんのわずかな量の尿しか出なくなり、午前九時以降はまったく出なくなってしまった。それは腎臓が本来の機能を果たさなくなってしまったことを意味している。

一睡もしていないが、大島はそのまま通常の泌尿器科の医師として外来患者の診察、治療にあたった。その間にも、合間を見ては、何度もＩＣＵに足を運び、剛の診察をした。蓄尿袋には午前九時以降一滴も出ていない。

大島にも岩月にも不安がよぎる。しかし、それを顔に出せない。ドナーもレシピエントも、大島らを信じ切っているのだ。

岩月に何故尿が止まったのか、その原因を尋ねた。

「どういうことですか。何が原因なのか、考えられる理由を教えてほしい」

「俺にもわからん」

岩月医師にも原因がつかめなかった。

岩月医師は、アメリカで死体腎移植の経験は豊富にあっても、生体腎移植はそれほど多くはなかった。

移植二日目の夜、手術に技術的な問題があるのか、再び剛の腹部を開腹して、確認してみようということになった。大島らは夜の八時過ぎに手術室に入った。

吻合部分からの出血も尿漏れもない。手術そのものは成功している。しかし、腎臓が機能していないのは明白だ。

剛は再びＩＣＵに戻され、大島はその晩も一睡もせずにレシピエントに付き添って、術後管理にあたりながら手術三日目の朝を迎えた。二日続けての徹夜だった。大島だけではなく岩月、藤田、浅野の三人もすべての医師が二日続けて一睡もしていない状態だった。

二例目の中学生への移植もそうした状況下で予定通り行われた。

午前八時三十分に開始し、この日も手術が終わったのは午後二時頃だった。大島らは二人のレシピエントの術後管理にあたった。

三日目も徹夜になった。

南郷賢人の体内に移植された母親の腎臓が、機能してくれるのを祈るような心境だった。しかし、賢人にも「まさか」と思っていたことが始まった。

翌日午前八時過ぎから尿が減り始めたのだ。昼には賢人の尿が完全に止まってしまった。

最初のレシピエントと二例目の中学生、二人の術後管理でスタッフには睡眠を取る余裕などなかった。

その日の夜、賢人に対しても再び開腹手術を行い、技術的な問題が生じているのか、直接確かめてみるという方法が取られた。

藤野剛の手術から四日間の間に移植手術二回、レシピエントの再開腹手術二回、ドナーからの腎臓摘出二回で、四人の医師らは四日間ほとんど睡眠を取っていなかった。

南郷賢人の再開腹手術中に、浅野は立ったまま寝てしまった。それに気づいた大島は思いきり浅野の尻を蹴飛ばした。浅野がはっとして目を覚ます。

大島も自分でも気づかないうちに意識が遠のいていく。今度は岩月医師の蹴りが大島に叩きこまれた。

南郷賢人も、尿漏れもなく、血管からの出血もなかった。中学生の移植も技術的には何の問題も発生していなかった。

手術を終えた時、砂袋を床に落としたような重い振動と、金属片をまき散らしたような音が手術室に響き渡った。藤田が床に転がり、鼾声をあげて眠っていた。藤田が倒れたはずみで医療器具を載せたカートが転倒し、メスや鉗子が手術室に散乱していた。

2

大島伸一は、誕生日には自宅に着替えを取りに戻り、心配そうな春江に「どえれえー手術をした」と一言告げただけで病院に戻った。

二人のレシピエントからは相変わらず尿は出てこない。このまま尿が出なければ、移植は完全に失敗したことになる。廊下で医師や看護師とすれ違うたびに突き刺さるような冷たい視線を感じた。

「なんていうことをしてくれたんだ」

そんな囁きが聞こえてきそうな目で大島を睨み、視線が合うとすぐにそらした。もっとも大島の方も相手を直視できずに、視線を廊下に落とした。

相手が実際にそう思っていたかどうかはわからないが、大島にはそう感じられた。

ドナー、レシピエントに対して動揺しているような素振りも、不安な表情も見せるわけにはいかない。大島は「大丈夫だ」とレシピエントに言う前に、自分にそう言い聞かせてから、病室に行かなければならないほど精神的に追いつめられていた。

レシピエントに移植された腎臓は一向に機能しなかった。三日経ち、四日経っても、移植した腎臓は尿を作り出してはくれなかった。一週間が経過し、十日経っても、蓄尿袋に尿が溜まらない。移植を二例行えば、最悪でも一例は成功するという思惑で臨んだ移植だが、最悪二例とも失敗を覚悟しなければならない事態へと大島は追い込まれた。

何としても慢性腎不全の患者を救いたいという使命感に燃えていた。気負いもあり、その一方で危惧もあった。張りつめた緊張感で、一日いや一時間一時間を過ごしていた。日曜日も祭日もない。移植手術が行われた日以降、自宅に戻ってくつろいだ日などなかった。病院に寝泊まりし、レシピエントの術後管理にあたる日々だった。

患者のために献身的に、情熱を持って、最大限の努力を尽くしたとしても、だからといって望んでいる結果が出せるとは限らない。それが医療の世界だ。そんなことは十分にわかっているが、厳しい現実を突きつけられた。

このままレシピエントには透析治療を続けるしかないのか。そんな思いがよぎり始めた頃だった。

藤野咲枝、南郷弓子の二人は腎臓摘出後の傷も塞がり、すでに退院していた。二人とも毎日のように見舞いに訪れていた。尿が一滴も出てこない状態が続き、その苛立ちを大島に向けるようになっていた。

二人の母親は、「手術は成功しました」という大島の言葉を信じていたが、いつ透析から離脱できるようになるのか、それを問いつめてきた。聞かれた大島にも答えようがなかった。

病室に訪れる大島には、表面上は「お世話になります」といつもと変わりない挨拶をしてくるが、二人の目には不信と疑惑が浮かび上がっている。

「剛の尿はいつくらいから出てくるのでしょう」

藤野咲枝の声は静かでいつも通りの口調だ。しかし、どこかにこのまま透析から離脱できないのではないかという怯えが潜んでいる。大島を信じきっている声ではない。大島にはそれがわかる。

「もう少し様子を見てみましょう」

そう言ってはみたが、すでに十日も経過しているのだ。

大島は平静を装って答える。内心では針のむしろだった。

南郷弓子も同じように物静かな口調だが、目だけは剃刀のような不気味な光を放っている。賢人に万が一の事態が起きようものなら、弓子は大島と刺し違えるのではないかと思えるような視線をしている。

しかし、尿が出始めた。

蓄尿袋に尿が溜まり出したのだ。一例目、二例目も申し合わせたように、移植から二週間後に腎臓が尿を作り出したのだ。それでも不安は払拭しきれない。再び腎機能が停止したらどうなるのか。

大島は「ようやく出てきてくれましたね」とさも当たり前といった表情で言った。時間を追うごとに蓄尿袋には尿が溜まり、袋が膨らんでいく。

藤野剛、そして南郷賢人の透析治療を止めた。尿も通常のもので血液も混じってはいない。健常者と同じくらいの尿を排泄するようになった。

大島は全身の筋肉が弛緩し、解《ほど》けていくような安堵感を覚えた。

尿が出始めると、母親よりも、藤野剛、南郷賢人の表情が変わった。二人はいつも倦怠感を引きずり、顔色も悪かった。それが尿によって不純物がすべて排泄されるのか、顔色もよく、自然に笑顔で大島を迎えるようになった。

二人の変貌ぶりを目の当たりにした母親たちの表情も自然と変わる。病室へ診察に訪れた大島を見ると、深々と頭を下げた。心から感謝しているのが伝わってくる。

大島も、藤野剛、南郷賢人が日を追うごとに健康な姿に戻っていくのを見ながら、「よかった」と心の中で呟いた。この時ばかりは移植医を目指して本当によかったと、大島自身も心からそう思えた。

尿が出なかった原因はすぐにはつかめなかった。その理由を明確にできたのはしばらく経ってからだ。移植前、レシピエントは過度の透析によって脱水状態になっている。そこに新たな腎臓が移植されたことで、腎臓の尿細管壊死が起きていたのだ。腎臓の一部である尿細管の細胞が壊れ、そのために尿が作り出せない状態に陥っていた。

しかし、尿細管は再生機能が強く必ず再生する。壊死した尿細管が元通りになるのに二、三週間くらいの時間が必要だった。その間は尿が止まってしまう。

二人のドナーも順調に回復し、二人のレシピエントも紆余曲折はあったものの、移植された腎臓は順調に尿を作り出した。後はレシピエントの術後管理を徹底することだ。二人のレシピエントも退院が見えてきた。

大島たちは次の移植手術に挑戦することを決意した。大島は移植をやろうと決意した時から、第一段階はまず五十例の移植を目標に掲げていた。

移植に取りつかれたかのように三例目の準備を始めた。

藤野剛と南郷賢人の移植が成功し、透析を離脱したという情報は透析患者の間に瞬時に広まった。二人の移植がうまくいったという事実は、佐渡春佳と長男登の母子にも伝わった。登の方は移植に慎重な姿勢を見せていたが、母親は一人息子の登を健康な身体にしてやりたいと、それだけしか考えていない様子だ。

登の大学の同級生の中には結婚し、あるいはすでに子供が誕生している者もいた。春佳はそんな人生を登にも送らせてやりたいと必死だった。登自身も移植を受けたいと考えているように大島には感じられたが、その一方で、母親にこれ以上負担をかけたくないという思いも強かった。

しかし、二例とも透析から離脱し、ドナーも通常の生活に戻っている。後は術後のレシピエントの健康管理が最重要課題だ。移植臓器に対して、レシピエントの体内では例外なく免疫拒絶反応が起きる。拒絶反応には急性拒絶反応と慢性拒絶反応がある。

急性拒絶反応には、分単位で起きる激烈な超急性拒絶反応と、日、週間単位で進行する急性拒絶、三ヵ月以降に起きる遅延型急性拒絶と三つのタイプがある。慢性拒絶反応は年単位で徐々に進行する拒絶反応だ。

つまり、医師にとっても、レシピエントにとっても気を緩めることが許されない期間が、移植後しばらく続くのだ。

一九六〇年代は、放射線を照射してリンパ球を殺すなどしていたが、期待したほどの効果は認められなかった。

一九七〇年代初頭、レシピエントの拒絶反応を抑えるには、一九六二年に免疫抑制効果が証明されたアザチオプリン（イムラン）とステロイドの併用で対応する方法が取られた。

アザチオプリンを投与すれば、拒絶反応を抑えることができる。しかし、それは同時に免疫力の低下に直結する。病原菌、ウイルスなどの感染症を引き起こし、合併症につながるのだ。

藤野剛、南郷賢人の二人は、アザチオプリンとステロイドの併用で、拒絶反応を抑え込むことに成功した。

一日も早く退院して、元の生活に戻りたいという気持ちを抑えることができずに、退院前の二人は健康を取り戻したかのように、病院内を退屈そうに歩き回っていた。

移植に反対していた父親の藤野幹は、わざわざ大島のところにやってきて、涙ぐみながら礼を述べていた。レシピエントを感染症から守り、拒絶反応をコントロールできれば、レシピエントは透析から解放され、自由な生活を送ることができる。

レシピエント二人が健康を回復し、元気に振る舞っている姿を見て、佐渡母子は移植を決意したようだ。二人は大島のところにやってきて、移植手術を受けたいと言った。

すぐにその準備が進められた。

手術スタッフはまったく変わらなかった。岩月医師が前二回同様レシピエントを担当する。緊張感は前二回と何も変わらないが、大島、藤田、浅野の三人の心には自信が芽生え始めていた。

「前回と同じようにやれば必ず成功する」

人工透析を受けている患者は、動脈硬化が進む。腎動脈と腎静脈、内腸骨動脈と外腸骨静脈、血管がボロボロになっていることが少なくない。そうなると血管の吻合は極めて困難になる。しかし、佐渡登は透析を開始しているとはいえ、一年程度だ。若いし、動脈硬化が進んでいるとは思えない。血管もそれほどダメージは受けていないだろう。

佐渡春佳の腎臓摘出、登への移植手術は、何の問題もなく順調に進められると、大島は成功を確信した。同じ方法でやれば、三人目の佐渡登も透析から離脱して、通常の生活に復帰できると、大島は信じて疑わなかった。

入院患者のケアで帰宅が十時過ぎになった。眠れないのか、廊下に出てきて名古屋の市街地を見つめている佐渡登と大島は出くわした。

「こんばんは」

大島に気づき、登の方から声をかけてきた。

「眠れないの」

登は首を横に振ったが、何も答えなかった。やはり不安と緊張がつきまとっているのだろう。

窓の外に目をやり、遠くを見つめながら言った。その場を立ち去ろうと思ったが、気のせいか登の瞳が潤んでいるように見えた。手術について何か知りたいことがあれば答えてやろうと思い、登の隣に立ち、名古屋の市街地を眺めた。

大島には見慣れている夜景だが、登には、移植手術に失敗すれば見られなくなるという思いが、心のどこかに沈殿しているようだ。手術日が決まり、何気ない夜景が登には極めて貴重なものに感じられているのかもしれない。じっと見つめている。

「ダルマさんが転んだという、子供の頃よくやった鬼ごっこ知っていますか」

夜景に目をやったまま、登が呟いた。

手術について聞かれると思っていたが、登は唐突な質問をしてきた。その遊びなら知っている。一人が前を向き「ダルマさんが転んだ」と言ってから、後ろを振り返る。動いているところを見つければ、見つかった子供が今度は鬼の役をする。鬼は自分に迫ってくる瞬間の動きを見つけなければならない。手の届くところまで近寄られ、鬼は背中を触られると、もう一度最初からやり直さなければならない。

「透析をしている時にずっと考えていたんです。『ダルマさんが転んだ』と同じだって……」

大島には登の言っている意味が理解できなかった。

「どういうことかな」

大島は横にいる登の方に視線を向けた。登はずっと夜景を見たままだ。

「これ以上鬼の役はしたくないので、違う人に交代してもらおうと後ろを何度も振り返るんです。でも、死神は音も立てずに、わからないように、一歩ずつ、確実に忍び寄ってくる。後ろを振り返ると、舌なめずりしている死神がもうすぐ手の届くところにまで来ている。背中を触れられるどころか、もうすぐ抱きつかれて、おしまいになるのかなと思っていた。大島先生のおかげで移植の話が順調に進んだ。これで死神から逃れられるような気がするんです」

登は、最後まで大島とは視線を合わさずに、名古屋の夜の市街地を見つめながら言った。言葉とは裏腹に、自分がこれからどうなるのか、希望と同時に、背中を研ぎすまされた刃物で撫でられているような怯えがあるのだろう。

大島はなんとしても登の移植も成功させたいと思った。


母親から腎臓を摘出し、佐渡登への移植手術は、意外なほど順調に進んだ。移植された腎臓も、前回とは違って、移植直後から機能し、畜尿袋に尿が排出された。

しかし、登には拒絶反応が強く出た。

――何が何でもこの移植は成功させなければならない。

大島はアメリカの論文を読みあさり、レシピエントの様々なケースを調べ、対応策を検討した。それらの論文を参考にしながら免疫抑制剤とステロイドを投与した。

一時的には、拒絶反応の抑え込みに成功し、腎臓は順調に機能し、その時は佐渡登は健康体に見える。

母親の佐渡春佳は見違えるように元気になった登を見て、

「私はもうどうなってもかまわないと思って決意しました。その判断に誤りはなかった。先生のおかげです」

とまで言って大島に深々と頭を下げた。

しかし、母親の感謝の言葉を聞くたびに、大島は内心では脅えた。そんな素振りはいっさい見せずに治療を継続した。動揺している様子などおくびにも出してはならない。患者やその家族を不安にさせるだけだ。

大島は登に出ている拒絶反応をどう抑えるのか、そればかりを必死に考えた。

拒絶反応を抑えるために大量の免疫抑制剤を投与せざるをえない。腎臓は順調に機能した。その一方で登の免疫システムは極端に弱まる。

ブラジルのアマゾン奥地で暮らす先住民は、感染症を引き起こしやすいと、大島は聞いたことがある。近代文明に触れることなく生きてきたために、彼らは熱帯地域特有の病原菌には強いが、インフルエンザなどには極めて弱く、感染するとすぐに死亡してしまう。そのために先住民の居留地区に一般の人間が入るのをブラジル政府は制限しているくらいだ。

大島はそんな話を思い出した。免疫抑制剤を大量に服用している佐渡登の免疫システムは、ほとんど機能していない。無菌室なら通常の生活ができる。しかし、その部屋から一歩でも外に出れば、アマゾンの先住民が突然サンパウロの人混みの中に放り込まれたのと同じ状況になる。

登は感染症を引き起こした。治療するために、免疫抑制剤を最小限に抑えた。そうすると今度は拒絶反応が起き始める。免疫抑制剤を投与すると、感染症の悪化が加速する。しかも一度感染症を引き起こすと、様々な病気を合併し、重篤化した。治療にも回復にも時間がかかるようになった。

移植した腎臓を諦めて摘出し、透析に戻れば免疫抑制剤の投与は不必要になる。感染症の危険もなくなる。しかし、それでは何のための移植手術だったのか、意味がなくなる。大島は懸命に登の感染症、合併症を治療した。

登は体力を次第に消耗していった。徐々に弱っていくのは本人にもわかっていただろう。

「尿は出るようになりましたが、体力が以前とは比較にならないほど落ちたというか、弱くなってしまったというか……」

疲れ切った表情で登が言った。以前なら軽い風邪を引いた程度の症状ですんだものが、移植後は重篤な肺炎を引き起こしかねない。移植患者には日和見感染の危険性が常につきまとっている。

移植手術そのものは成功し、腎機能は正常だ。登はトイレに行き、通常に排尿している。その量も計測しているが、一般の成人男性と変わらない。クレアチニンも正常値を示している。

感染症を抑え込めれば、免疫抑制剤の投与で登の健康を保つことができる。大島はそう信じた。実際、藤野剛も南郷賢人も、拒絶反応の抑え込みに成功し、透析前の生活に戻っていた。登だけが拒絶反応のコントロールに苦戦していた。

拒絶反応を抑え、なおかつ感染症にも免疫力を発揮し、レシピエントの健康を維持できる閾値《いきち》があるはずだ。その閾値に佐渡登を置いてやれば、日和見感染を回避して、彼はサラリーマン生活を送れる。

——すぐれた免疫抑制剤がほしい。移植臓器だけを自分の臓器と錯覚させ、抗体反応を抑制し、その他の病原菌、ウイルスに対しては通常の免疫システムを発揮してくれる免疫抑制剤が。

アザチオプリンとステロイドだけでは、やはり限界がある。

移植した腎臓を放棄すべきなのか。摘出するとすれば、いつなのか。その判断に悩んだ。しかし、大島は実際には放棄は考えていなかった。それは医師としては敗北であり、命を賭けて移植に臨んだ母親の佐渡春佳の期待をも裏切ることになる。

移植された腎臓は、母親から摘出された貴重なものだ。この移植を成功させなければ、現状では登に二度と移植の機会は回ってこないだろう。

岩月医師に対応策を尋ねても、拒絶反応には個人差があり、柔軟に対応していくしかないという返事だった。こればかりは臨床経験を積み重ねるしかないのだろう。

アザチオプリンとステロイドを用いながら、登に合った閾値を見つけるしかない。それはまさに試行錯誤で、深い谷に渡された細いロープの上を渡って行くようなものだ。

いや違う。危険な綱渡りをしているのは患者本人だ。足を踏み外せば谷底に落ちるロープに登を押しやったのは大島自身だ。

——渡り切らせてみせる。登の移植を必ず成功させてやる。

しかし、現実はそんな大島の思いを嘲笑うかのように、登は何度も感染症を引き起こし、体力を消耗させていった。大島が思っていた以上に登の衰弱は激しかった。

トイレに起きる以外は、ベッドで点滴注射を受ける日が多くなっていった。安定した状態を維持できなければ退院などさせるわけにはいかない。

母親は、排尿があるので移植は成功したと思っている。移植によって体力が落ちたくらいにしか思っていない。

「そろそろ退院させてくれませんか」

回診で登のベッドに行くと、母親が言った。しかし、本人は笑みを浮かべているが覇気がない。自分でも何故体力が落ちているのか、アメリカの論文を読んでいるのでわかっているだろう。しかし、一例目、二例目の移植患者は通常の生活を送っている。

何故、自分だけが感染症に苦しまなければならないのか、納得がいかないのは当然だ。登は肺炎を起こしかけていた。咳込み、苦しそうだった。

「肺炎を起こすとやっかいだから、まずは咳を鎮めた上で退院を考える」

大島はそう答えた。実際、登の症状もそれほど重くなく、治癒できると大島は判断した。

咳がひどくなったとナースセンターから連絡があり、大島は酸素吸入をするように看護師に指示を出した。酸素吸入を施すと酸素血中濃度も高くなり、登の咳も鎮まり、呼吸も穏やかになった。それを確認したのが二時間前だった。

「楽になりました」

登はベンチュリーマスクをしたまま大島に言った。

しかし一時間後、看護師から緊急呼び出しがかかった。外来患者を他の医師に任せて、大島は登のベッドに駆けつけた。

看護師の話だと登からナースコールが入り、駆けつけると登が激しく咳込んでいたという。呼びかけには応じるが苦しそうだ。登をＩＣＵに移し、人工呼吸器で酸素を肺に送ってやらなければ、このままでは意識を失う。

母親に連絡するように看護師に指示した。

母親が病院に駆けつけるまでに一時間とはかかっていなかった。しかし、その頃には登の意識はなく、肺炎は手の施しようがないほどに重症化していた。

ＩＣＵに入ってから二時間もしないで、登はあっけなく死んでしまった。移植してから半年も生きることができなかった。

移植は完全に失敗だった。


一人息子に腎臓を提供した母親の春佳は、仕事を終えた後に毎日見舞いに訪れ、登の食べたがるものを買ってきては与えていた。職場から駆けつけた時、すでに意識はなかった。心肺は停止状態だった。人工呼吸器を外され、ＩＣＵから遺体安置室に移された。

母親は怒り、泣き叫び、大島に抗議した。白衣につかみかかり大島を激しくなじった。

「登を治してやるって言ったじゃないか」

その通りだ。大島は治してみせると言った。どうなるかやってみなければわからないと説明すれば、移植を受ける患者などいるはずがない。ウソをついたわけではないが、レシピエントが死亡すれば、大島の説明は誠実ではなかったということになる。

ただ黙って母親の泣き叫ぶ声を受け止めるしかない。

「これでは私があの子の命を奪ったのと同じだよ。大島先生、わかってるの」

母親は臓器提供したことを後悔した。母親の臓器がなければ移植手術は行われなかった。

遺体安置室は地下二階にある。佐渡春佳の声は遺体安置室に響き渡った。

「登を返してください。透析を続けていたなら、あの子は死なずにすんだのに……」

大島には返す言葉がなかった。

〈全力を尽くしましたが、力及びませんでした〉

心では精一杯そう謝罪しているが、そんなことを口にしたからと言って、最愛の一人息子を失った母親に、いったいどんな意味があるというのか。

「よくしてやる、治してやるって言ったのは大島先生でしょう」

母親は大島を責めたてた。看護師が静かに話をするように説得するが、母親は看護師の手を振り払い、大島に鬼気迫る表情で問いつめた。

大島は床に跪き、母親に頭を下げた。しかし、言葉が出てこなかった。無言で頭を下げるだけだった。

どんな抗議にもじっと耐えるしかない。すべて自分がやったことなのだ。

太田院長も遺体安置室に駆けつけた。太田は大島の腕を取り、立つように促した。土下座したからといって、登は生き返らないし、母親の許しが得られるわけでもない。しかし、大島はただひれ伏すしか謝罪の方法が思い浮かばなかったのだ。

「登君の死については、後日改めてご説明させていただきます」

太田が母親に告げた。

母親の嗚咽を背中で聞きながら、大島は遺体安置室を出た。肩を落とす大島に太田が言った。

「悩むだけ悩め、苦しむだけ苦しめ」

悩み苦しんで、患者の命が救えるのならいくらでも悩み苦しむ。しかし、失われたレシピエントの命はどうすることもできない。

父親が脳溢血で死んだ。その後の大島一家には常に貧困がつきまとっていた。貧しさはまだ子供だった大島の力ではどうすることもできなかった。

病気も同じようなもので、本人に非があるわけではない。まして経済的理由で、助かる命が失われていいはずがない。そう思って移植医を志した。

佐渡一家は母一人子一人の母子家庭だ。どんな暮らしをしているのか、大島には想像がついた。だからこそ、なんとしてもこの患者を救ってやりたいと思った。しかし、そんな大島の思いとはうらはらに三例目は悲惨な結果に終わった。


大島は父を失った後、精神的にも肉体的にも強くなりたいと思った。高校に進学し、柔道部に入った。激しい稽古に耐えたが、血尿が止まらなくなった。診断を受けると、すぐに退部しろと言われた。様々な臓器がダメージを受けていたのだ。退部せざるをえなかった。

不良連中によくからまれた。殴り合いのケンカになっても、相手が多数でも大島は逃げなかった。負けるのがわかっていても、売られたケンカにはかかっていった。戦後の混乱がまだ後を引いていた時代だ。中にはナイフをちらつかせて迫ってくる相手もいた。それでも逃げるのは嫌だった。アメリカ留学を果たし、日本の移植医療を牽引しているといわれた高名な医師から変人扱いにされても、大島は歯牙にもかけなかった。怯むことを知らなかった。

医師を志してからも、その姿勢は変わらなかった。

しかし、三例目の後は違っていた。あれほど確信を持って進めた腎臓移植だが、その確信が大きく揺らいだ。

——本当に患者のための移植なのか。自分の中に功名心がなかったと断言できるのか。

大島は自分自身を激しく責めた。

母親は子供のために自分の臓器を提供している。移植された腎臓を廃絶させてしまえば、何のための臓器移植なのか。まったく無意味ではないか。

——移植臓器をなんとしても生着させたいという思いが、透析治療再開への時期を遅らせはしなかったか。その判断に誤りがなかったと確信を持って言えるのか。

自問自答を何度も何度も繰り返した。大島は荷物をまとめて夜逃げしたいと心底思った。

三例目の男性の死は瞬く間に病院内に広がった。中京病院でも周囲の冷たい視線を背中に感じた。

看護師、栄養士が人工透析を受けている患者、腎不全の治療を受けにきた外来患者に指導している。

「腎臓移植なんてやるものではないよ」

内科医、外科医は大島に面と向かって言った。

「腎臓移植はまともな治療ではない」

反論できなかった。大島の手掛けた腎臓移植は、現実的には惨憺たるありさまだった。

太田院長は、レシピエントの死に苦悩する大島に言った。

「患者やその家族に謝るな。お前は自分の信念に基づいてやったことだから絶対に謝るな」

しかし佐渡登の死は、大島の心を粉々に破砕した。大島は佐渡母子の期待を完全に裏切り、二人が望んでいた結果を出せなかったのだから、母親が激怒するのも当然だ。

しかし、太田院長は謝罪するなと、大島に告げた。それはどんなに大島が許しを請うても、相手は許してくれないのを知っていたからだ。

そして太田院長はこうも大島に告げた。

「絶対に逃げるな」

自分の中に渦巻くこの不安、焦燥とどう折り合いをつければいいのか、大島には出口が見えなかった。

医療の世界に一〇〇％は存在しない。逆に死は一〇〇％の確率で誰にでも訪れる。その死を回避するために医療は存在するし、そのための移植のはずだ。患者も当然それを望み、移植に同意してくれた。しかし、医師と患者の思いは同じでも、その望んでいる結果が出せないケースもある。

――このまま逃げてしまったら、それこそ敗北者で、医師としても人間としても失格だ。

続けるためにはどうすればいいのか。

――もうこれ以上はできない。倒れる寸前まで頑張ったと身体で示すしかない。そして何より医療として確立させることだ。

それ以外にどんな方法があるのか。大島にはそれしか思いつかなかった。

8　一歩

万波医師の最初の移植は、弟の廉介、広島大学の土肥医師と福田医師の協力を得て成功した。万波の担当教授は「恥をかかされた」と怒り心頭の様子らしい。謝罪に来いと息巻いているようだが、その気はまったくない。近藤副院長も山口大学の呼び出しに応じる必要はないと、万波を擁護してくれている。

担当教授は「恥をかかされた」というが、いったい何が恥だというのか。腎臓移植は、どこの国がいくつメダルを獲得したかを競うオリンピックとは違うのだ。そんな争いに首を突っ込みたくもないし、関わりたくない。医師の面子など万波にとっては、二の次三の次で、どうでもいいことだ。

こうした状況では広島大学の協力が得られるうちに、市立宇和島病院のスタッフだけで、移植ができるような態勢を一日も早く整える必要があると思った。幸いなことに、移植を推進したいという万波の思いを近藤は理解し、援助を惜しまなかった。

近藤はドナーとレシピエントとの組織適合性の検査技師を養成することに着手した。市立宇和島病院の検査技師を広島大学に派遣し、検査技術を習得させた。

広島大学の二人の医師にも、移植手術をするたびに広島から来てもらうのは困難で、二人に代わる医師を一日も早く市立宇和島病院で確保する必要に迫られた。近藤にだけ任せておけばすむ話でもなく、万波自身も適任者を探したし、弟の廉介にも移植手術に関心を持つ医師を見つけるように言った。

一九七八年の年が明けると、万波誠は広島大学の二人の医師、弟の廉介、西、光畑らの協力を得て、二例目、三例目の移植を進めた。

広島から市立宇和島病院に駆けつけてくれる土肥、福田医師に、万波は感謝の気持ちを伝えたいと思った。海に潜り、ウナギを獲った。手術を終えて広島に戻る二人に言った。

「食ってくれ」

二人はウナギを受け取った。

万波はウナギを自分でさばき、魚を釣っては料理していた。土肥も福田もそれくらいはするだろうと思っていた。しかし、もらっては見たものの、二人には生きたウナギをどうしようもなく、気味が悪かったようで、瀬戸内海を渡るフェリーのデッキから放り投げていたようだ。

この頃になると、万波が担当する腎不全患者に移植手術が実施されたというニュースが流れていた。

それを知り、移植を受けたいと伝えてきたのは、葛西清だった。妻と二人でミカンを栽培して生計を立てていた。透析を開始して二年目になる。長男は春から小学校二年生になるはずだ。

診察のたびに、葛西は移植について万波に尋ねてきた。

「移植を受けた患者はどうされているんか、教えてもらえますか」

どの患者も元気を取り戻している。万波自身もこれほど移植がうまくいくとは思っていなかった。レシピエントの状況は、患者たちにはさしさわりのない程度に説明した。万波の説明よりも、慢性腎不全患者が透析を離れて生活できるようになる現実に、患者たちは驚き、自分の目を疑った。

それまで一日置きに透析を受けていた患者が、術後の治療に市立宇和島病院を訪れてくる。診察を終えると、透析ルームには向かわずに帰宅していく。その様子を見て、多くの患者が移植医療に大きな期待を寄せるようになった。

万波はすでに行われた三人のレシピエントが尿を排泄し、透析から離れて生活している様子を説明した。

「元気にはしているが、まだ半年も経っておらんでな、成功したとは言えん」

万波は慎重な態度を崩してはいなかった。免疫抑制剤は一生飲み続けなければならないし、拒絶反応を完全にコントロールできる状態ではなく、手探りの状態だった。

南アフリカで世界最初の心臓移植が行われ、それ以降各国で競うように移植手術が相次いだ。しかし、その後にはレシピエントの長い葬列が続くだけだった。まさに実験医療で人体実験の段階だった。それを全面否定していては、医学の進歩などあり得ない。医学の進歩は患者の尊い命の犠牲の上に成し遂げられてきた。そこにあるのは患者を救いたいという思いだけで、医師の名誉、名声欲など入り込む余地などない。そんなものが医療現場に持ち込まれていいはずがない。

幸いにも、腎臓移植は心臓と異なり、移植した腎臓が生着しなくても、透析で命をつなぐことができる。しかし、まったく生命の危険がないかといえば、そうではない。免疫拒絶反応のコントロールは困難を極めていた。

そうした説明も移植を希望する患者にしたが、実際に移植を受けた患者が透析を離脱している姿を見ると、自分も同じように元気になれると思い込む。働きたいと思っている患者ほど、透析から逃れたいという思いが強い。

葛西清もその一人だった。

夫婦二人で築き上げたミカン農園を、さらに大きくしていきたいと意欲的だ。それを阻んでいるのが透析で、その日は働けなくなるのがわかると、早朝から起き出し農作業をして、午後から市立宇和島病院にきて透析を受けていた。それでも以前のようには仕事ははかどらない。

「女房が腎臓をくれると言うとるが、一度、女房にも移植の話をしてもらえんだろうか。どんな手術になるのか、俺たちには想像もつかんでな」

移植医療はまだ始まったばかりの医療で、一般にはまだ理解されていなかった。

「移植を考えているのなら、こんど都合のいい時に奥さんと一緒に来てくれんか。そん時に説明するから」

「来週の透析の日、夕方迎えに来てもらった時にでも、万波先生から説明してやってください」

それから一週間後、葛西は万波の診察を受けた。

「この間の件だけど、今日の透析が終わったら女房に移植の説明をしてもらえんだろうか」

「午後の診察が終わった後でいいなら時間はある」

「透析は五時半くらいには終わるんで、それから診察室の方におうかがいします」

こう言い残して葛西は透析ルームに向かった。

その日の診察すべてが終了したのは午後六時を少し過ぎていた。看護師に案内されて葛西夫婦が診察室に入ってきた。

妻の美穂子とは透析ルームや待合室で何度か顔を合わせていた。しかし、落ち着いて話をするのはそれが最初だった。葛西とは中学校の同級生同士と聞いていたから、美穂子も四十五歳になる。真夏のミカン畑で働いているのは歴然としている。畑から直行したのか、髪も後ろで束ねただけで化粧もいっさいしていない。

万波の前にくると、頭を下げながら言った。

「いつもお父さんがお世話になってます」

「まあ、座ってください」

葛西は患者用の椅子に座った。看護師がパイプ椅子を一つ用意してきて、美穂子に座るように勧めた。美穂子の表情は固く強張っている。いくら夫の健康を取り戻すためとはいえ、自分の腎臓を摘出し、夫に移植するのだ。不安にならない方がおかしい。

どこから説明をすればいいのか。

「ご主人の慢性腎不全についてはわかっておるな」

万波は葛西に確かめるようにして聞いた。

「それは俺の方で説明してあります。透析を受けなければ死んでしまうって」

もう一度説明した方がいいようだ。万波は腎臓の機能について説明した。

「腎臓は体内の余分な水分とミネラル、老廃物を排泄し、血液をきれいにする役割があるんだ。その機能が葛西さんの腎臓にはなく、それで透析器で水分やミネラルを取り除き、血をきれいにしている」

ベッドに寝て透析を受けている葛西の横に椅子を置いて、美穂子が話し相手になっていることもあった。透析の重要性は理解しているようだが、腎機能についての十分な知識はない様子だ。

「腎臓は二つあって、一つを摘出し、移植しても、その後のドナーの生活に大きく影響することはない。それで身内から一つ提供してもらってレシピエントに移植すれば、透析をせずに以前と同じように働けるようになる。でも、臓器を移植すればなんでもいいというわけにはいかんで、移植するにはHLAといって臓器にも相性というものがあるんだ」

ドナーとレシピエントのHLA型適合率の高い方が移植の成功率は高くなる。

「その検査結果が良ければ移植は可能になる。まずはすべての検査をしてみようと思う」

さらに、詳細に移植について説明をしても、HLA検査で不適応と出てしまえば、他のドナーを探すしかない。

万波の解説を一言も口を挟まずに聞いていた美穂子だが、恐る恐る口を開いた。

「もしもですよ。もしも私の腎臓がお父さんの移植に使えるとしてですよ。私の腎臓が一つになったとして、私も今までのように働くことはできるのでしょうか」

「医学的には問題なしということにはなっているが、でも、交通事故かなにかで残された方の腎臓が損傷すれば、その時は透析を受けなければならなくなる」

「寿命が短くなってしまうなんてことはあるのだろうか」

説明を聞いていて葛西本人が不安になったようだ。

「移植が始まったばかりで、そうしたデータが出ているわけではないが、まあ、寿命には影響を与えないだろうと考えられている」

葛西が移植後の美穂子の体を気遣っているのがわかる。

「わかりました。以前と同じように働けて、お父さんの体が元に戻るんだったら、腎臓を取ってもらってもかまいません」

美穂子はすでに移植の決意を固めているように感じられた。

「患者が移植手術を受けて元気にしているというのは、俺も知っている。万波先生を信頼しているが、うまくいかなかった場合、俺はどうなるんだ」

葛西夫婦は、カッと目を見開いて万波の顔を見つめながら聞いてきた。二人が最も聞きたいことなのだろう。

「自分の臓器ではないのだから、排除しようと免疫システムが攻撃を開始する。ＨＬＡが適合する臓器を移植できたとしても、拒絶反応は必ず起きる。うまくコントロールできたとしても、感染症にかかる割合が高くなる。拒絶反応が極端にひどい場合、せっかく移植した腎臓だが摘出しなければならなくなる。そういう事態もあり得る」

「そうなればまた透析ですか」

「そういうことになる」

二人の話を聞いていて、美穂子が苛立った様子で万波に問いただした。

「万波先生、万が一、拒絶反応が出てですよ、移植した私の腎臓を取り出すような事態になったとして、その時はお父さんの命はどうなるんですか」

「強い拒絶反応が出た時には、移植した腎臓を摘出すれば、それで問題ないはずだ。透析には戻るが、生命の危機に陥るということもないと思う」

実際、アメリカの論文に目を通せば、そうした事実が記載されていた。

美穂子の顔に微かだが、安堵の色が滲んだ。

「二人でよく相談してみてくれんか」

万波はそう答えた。

「わかりました」と、美穂子は答えたが、完全に不安が払拭された顔ではなかった。

移植は、ドナーの健康が損なわれるような事態は絶対に避けなければならない。たとえレシピエントが移植によって健康に戻れたとしても、ドナーの健康が失われては何のための移植かまったく無意味で、医療とはいえない。ドナーの健康を維持しつつ、レシピエントの健康を回復させてこそ成功といえる。後は二人が出す結論を待つだけだと、万波は思った。

その次の透析の日も、葛西夫婦は二人で診察室に入ってきた。やはり二人とも緊張して、万波の前に並んで座った。結論が出たのだろう。

「あれから女房ともいろいろ相談してみたんだ」

葛西が口火を切った。

万波が無言で頷く。

「移植を受けようと思う。元気になって、もう一度畑仕事に精を出してみようと、女房とそう決めた」

万波は視線を美穂子に向けた。

「私の腎臓が使えるのなら、どうか主人に移植してやってください。お願いします」

美穂子も相変わらず不安はあるようだが、覚悟を決めたのだろう。

それでも万波はもう一度同じ説明を繰り返してから言った。

「検査を始めるが、考えが変わったら、その時はいつでもいいから言ってほしい」

いくら夫婦で話し合ったとしても、移植というこれまでに経験したことのない医療に挑戦するのだ。決心が揺らぐことも、変わることもあり得る。いつでも患者と医師の間で、意思の疎通がはかれるような状況を保つ必要がある。

「手術の数分前でもかまわないからな」

万波は念を押すように言った。

「ありがとうございます。でも、二人で十分話し合って決めたんで、気持ちは変わらないと思う」

葛西が毅然とした口調で万波に答えた。

「私ら夫婦は、親を戦争で失って苦労してきました。所帯を持ってからも、苦労して、苦労してようやくミカン農園を持てるようになりました。子供も何度か流産して、諦めかけていたところ授かった子なんです。子供のためにも、ミカン畑をもっと大きくしたいし、あの子が一人前になるまではなんとか夫婦で頑張ろうって話をしました」

美穂子の言葉にも固い決意がうかがえる。

万波は二人の思いをなんとしてもかなえてやりたいと思った。


早速、血液、ＨＬＡ検査が行われた。市立宇和島病院ではまだこうした検査ができるような状況ではなく、前回同様に広島大学医学部付属病院に委託された。結果を待ちわびていたのは、万波よりも葛西夫婦だった。

一日置きに、透析が終わりぐったりしている葛西と、迎えにきた美穂子の二人で診察室にやってきた。結果が出れば、こちらから連絡すると伝えてあるが、待ちきれないのだろう。

ＨＬＡ検査は採血してすぐに出てくるわけではない。二人のマッチングが合えば、移植に向かって一歩前進になるが、それまではひたすら結果が出るのを待つしかない。

十日目、広島大学から検査結果が送られてきた。移植は可能という判定だった。すぐに葛西夫婦に伝えられた。

前日、葛西は透析を受けたばかりで、その日は朝からミカン畑に出て働く日だ。待ちわびているだろうと思い、万波が葛西に直接電話を入れた。葛西本人が受話器を取った。用件を告げると、

「いつから入院すればいいですか。手術日はいつになりますか」

と、矢継ぎ早に聞いてきた。

「二人の健康状態をチェックして、手術に問題なしとわかった段階で、手術の日程は決める。まずは二人して健康診断を受けてほしい」

葛西の方は定期的に検査を受けているので、ほぼ問題はない。美穂子の方も急峻な斜面のミカン畑で毎日農作業に追われている。問題はないと思うが、摘出手術に耐えられるかどうか、全身の状態を詳細にチェックする必要がある。

美穂子は農作業を休み、一日がかりで健康診断を受けた。美穂子の全身状態は良好で、摘出手術にも問題はないと判定された。二人は一日も早い手術を希望した。

「太郎の夏休み前にできることなら手術してほしいんだ」

長男の太郎は小学校二年生になったばかりだ。

「私の従妹に面倒をみてもらうようになっているんです」

葛西は、戦後親戚の家をたらい回しにされながら成長してきた。美穂子の父親もビルマで戦死し、母親の手一つで育てられた。子供にだけは肩身の狭い思いはさせたくないと、葛西は駐車場で万波と二人だけになると、自分の子供の頃の体験を語った。

「俺と女房と太郎と、丹精込めて作ったミカンを秋には万波先生に食べてもらうから……」

その後は言わなくても、葛西の思いは万波にも伝わってくる。

大きな果実を収穫するために、夏にかけて摘果をしなければならない。収穫と同じように重労働だ。

秋には、以前のように元気な体を取り戻してミカン畑で働けるようにしてくれと、言いたいのだろう。

ミカンなど、どこの畑で収穫したものでも同じだと思っていた。しかし、市立宇和島病院に勤務するようになって、ミカンも日照時間、海からの照り返し、寒暖の差によって、味が大きく左右されるのがわかるようになった。

「秋の収穫期を楽しみにしているよ」

万波が答えると、葛西は嬉しそうに笑った。

その後はすべてが順調に進んでいった。

七月に入り、従妹が運転する車で、葛西夫婦が梅雨明け間近な日に入院した。太郎も両親の着替えや、洗面道具を車から降ろし、病室に運んだ。葛西夫婦は二人用の部屋を取った。その方が気がねをすることなく、一人息子の太郎や、入院中、太郎の世話をしてくれる美穂子の従妹にも会える。

入院手続きはすぐに終わった。

万波が病室を訪ねると、ベッドには太郎が寝転がって、三人はパイプ椅子に座り、話し込んでいた。

「私の従妹の麻美で、留守中は太郎の世話をしてくれることになっています」

麻美が椅子から立ち上がり、深々と頭を下げた。

「従姉《ねえ》さんをよろしくお願いします」

二人は姉と妹といった付き合いをしているのだろう。麻美も夫と一緒にミカンを栽培しているようだ。

「従姉さんはどれくらい入院するようになるのでしょうか」

麻美は美穂子の入院期間が長期になるのを心配していた。

「手術後、十日もすれば元気になって退院できると思う」

万波の答えを聞いて、麻美はホッとした表情を浮かべた。

「手術はいつ頃になりますか」

美穂子が聞いた。

「一週間くらいしてから、移植ということになると思う」

万波は手術までの日程を説明した。葛西清には拒絶反応を最低限に押さえるために、手術前一週間前後から免疫抑制剤の投与が始まる。

梅雨が明けた頃には、手術日程も決まった。

葛西夫婦の移植手術は、香川労災病院の西光雄医師が協力してくれることになった。この手術は、美穂子の腎臓摘出は弟の廉介、移植手術は万波が担当した。市立宇和島病院で移植が開始された頃は、広島大学の二人の医師や、呉共済病院の光畑、万波誠の同級生だった下関済生会総合病院の上領頼啓らが協力して移植が進められた。次第に廉介、西、光畑らの瀬戸内グループが結成されていった。

万波は移植手術に自信を持っていた。葛西清を移植で救えると思った。

「手術した後、どれくらいで面会はできるようになるのでしょうか」

麻美がベッドに寝ころぶ太郎に視線を送りながら聞いた。

「順調にいけば、術後二日もすれば話はできるようになるだろう」

「太郎、よかったね。手術した後、すぐにお母さんと会えるようになるって」

麻美が太郎に話しかけた。

「うん」

太郎が頷いた。まだ小学校二年生だ。これから両親が受けようとする手術がどれほど重大なものか、理解できるはずがない。

「手術したその日に話くらいはできると思うが、手術直後は麻酔が効いていて話したことは覚えていないかも……」

万波は手術に向けて、麻美にも理解しておいてほしいことを説明した。

手術の準備は着々と進められた。

9　恐怖

三十歳になったばかりの佐渡登の死は、大島の心に暗い影を落とした。しかし、いつまでも佐渡の死に心を乱されているわけにはいかなかった。岩月医師の日本滞在は一年半と最初から決められている。その間に大島、藤田、浅野の三人の医師は、岩月医師から腎臓移植のすべてを学び取らなければならない。

佐渡登の死を無駄にしないためにも、大島は次の移植に挑戦しなければならないと思った。移植はまだ三例だが、もはや後戻りは許されなかった。佐渡登の死に報いるためには、腎臓移植を医療として確立するしかないのだ。

中断すれば、「移植はまともな医療ではない」と自ら認めたのと同じだ。それは大島を信じて、ドナーとなった三人の母親と、母親からの腎臓提供を受けた三人のレシピエントに、自分が行った移植手術はすべて誤りだったと言うのに等しい。どんなに苦しく、つらくても継続していくしかなかった。佐渡登の母親春佳が背負った重荷は大島の比ではない。

社会保険中京病院の腎臓移植手術は継続された。

――全身全霊、力の限りを尽くして手術、治療にあたるしかない。

そう心に決めて手術に臨んだ。それは藤田、浅野の二人も同じだった。しかし、成績は向上しなかった。

移植手術が行われれば、自宅に帰る時間もなく、レシピエントの急変にも対応できるように病院に泊まった。レシピエントの年齢に応じて、内科医や小児科と連携しながら、移植された腎臓が生着するように、文字通り寝食を忘れて、術後はレシピエントの管理にあたった。移植手術が行われた夜は当然のごとく病院に泊まり込み、レシピエントの容態が安定するまでは、一週間でも十日でも帰宅は許されなかった。

大島、浅野、藤田の三人は、腎臓移植の技術については自信を持ち始めていた。しかし、拒絶反応のコントロールに関しては試行錯誤を繰り返すしかなかった。

結局、岩月医師が中京病院に在籍している間に行った移植手術は十五例に達した。

日本全国で行われた一九七三年の移植手術は、生体腎移植数八十二例、献腎移植四例、七四年は生体腎移植百十七例、献腎移植八例で、二年間で生体腎移植百九十九例、このうち十五例、七%を中京病院の大島らが執刀していたことになる。

しかし、四人のレシピエントは一年以内に死亡していた。その中には子供の患者もいた。母親の腎臓を摘出してその子供に移植した。子供の皮膚に母斑《ほくろ》のようなものがあった。そこからメラノーマが発生し、悪化して皮膚ガンになった。ガンが全身に転移して死亡した。

母親は大島にいっさい文句を言わなかった。母親は涙を流しながら深々と頭を下げるだけだった。それだけに、大島は心にメスを突き刺されたような気分だった。激しくなじられた時よりも苦しかった。

大島は酒で苦しさを紛らわすようなことはしない。酒は元々強くないし、楽しく飲むものだと思っている。

しかし、岩月医師のアメリカへの帰国が迫ってくると、酒席をともにする機会が増えていった。

中京病院で手術を受けたレシピエントの一年生存率は八割を切っていた。その数字が移植を進めている大学病院、大規模病院の一年生存率に大きく劣るかというと、そんなことはないが、移植を開始して一年半の間に、四人もの患者が亡くなっていた。大島の心の奥底には沈鬱な思いが沈殿していた。亡くなった患者のことを忘れることはできない。しかし、その思いを手術室に持ち込んでいたのでは、次の移植手術はできなくなってしまう。

岩月医師が、一ヵ月後にはアメリカに戻るという頃だった。岩月医師も帰国が迫っているからだろうか、伝えておきたいことがあると、大島、浅野、藤田を酒の席に誘った。その晩は名古屋の繁華街栄町に出た。

時々、大島も足を運ぶ割烹料理屋だった。中年夫婦が二人で切り盛りする店で、カウンター内で亭主が料理を作り、妻が客のところに運んでいた。カウンター席の後ろをそのまま真っすぐ進むと六畳ほどの和室があり、大島が店を訪れると、いつもその和室を用意してくれた。

その晩の岩月医師はいつになく酒のペースが速かった。酒が進むにつれて雄弁になった。三日ほど前に、レシピエントが死亡していた。それで岩月医師も心が荒んでいたのだろう。浅野も藤田も、岩月医師の話を聞きながら酒をあおるように飲んでいる。

「お前らには地獄に行く覚悟ができているのか」

岩月医師が大島、浅野、藤田に一人ずつ確かめるように尋ねた。それぞれの心を覗こうとするようなしゃくりあげる視線だった。

「地獄ですか」唐突な質問に大島が聞き返した。

「そうだ、地獄だよ。俺は腹をくくっているが、お前らも死んだら地獄へ行くんだ」

盃では物足りないのか、岩月医師はコップで酒を飲んでいた。

意味がわからずに大島が聞き返した。

「どういうことですか」

岩月医師が声を荒らげながら答えた。

「健康な人間にメスを入れて、何の問題もない腎臓を摘出している。それを慢性腎不全の患者に移植している。立派なことをしていると思ったら大間違いだ。それだけではない。腎臓をもらった人間の体まで、時には助けられずに命を奪う結果になっている。これが俺たちのやっている移植医療だ。俺はもう覚悟している。もう地獄に行くしかない。お前らもそう覚悟しろ」

欧米では、移植は死体から摘出された腎臓が移植に用いられる。生体からの摘出は極めて少ない。一方日本では、家族から提供された腎臓が移植に使われている。

やはり三日前に亡くなった四十代の患者のことが頭から離れないのだろう。妻から提供された腎臓を移植した。中学生と小学生の二人の子供がいた。中学三年生になった長女は将来医者になると、心に決めていた。父親の慢性腎不全についても、県立図書館に足を運び、調べていた。母親のＨＬＡ検査をする時にも一緒についてきた。

「先生、私の腎臓も検査してくれませんか」

長女は大島にそう言ってきた。予期していない長女の申し出に母親は絶句した。

いくら父と娘という関係であっても、未成年からの臓器提供は禁じられていた。大島はそれを説明した。

幸いにも母親の血液型もＨＬＡも、移植可能という検査結果だった。

移植当日、二人の子供は学校を休んで病院で待機した。子供たちは両親を同時に手術室に見送っている。母方の祖父母も病院に駆けつけていた。それでも孤島に二人だけで取り残されたような顔をしていた。

母親の腎臓を摘出すると、大島は手術室を出て、四人が待機している部屋に行った。

「まずはお母さんの腎臓摘出は無事成功し、これからお父さんの体に移植します。お母さんは集中治療室に移されます。一時間ほどすれば意識は戻りますが、まだ朦朧としているはずです。私はこれから移植チームに加わります」

長女は目を真っ赤にしながら大島に言った。

「お父さんをよろしくお願いします」

中学生とは思えない態度だった。

それから六時間後、岩月医師と大島が、移植手術が無事終わったことを四人に説明した。長女は安心したのか、両手で顔を覆い泣き出した。

「泣かなくても大丈夫」

祖母が慰めた。

父親は手術から数日後、尿を排泄するようになった。一つのヤマは乗り越えて、移植手術は一応成功したことになる。しかし、移植した腎臓をどう生着させるのか、第二のヤマを越えない限り、成功とはいえないのだ。

両親が入院している間、長女は細々とした親の世話をそつなくこなしていた。父親の様子を見に来た岩月に、長女は何も言わずに深々と頭を下げた。

「来年は高校受験なんだよね。頑張るんだよ」

岩月医師が長女に声をかけた。

長女は岩月医師に礼を述べるとともに言った。

「頑張ります。私、将来は岩月先生のような医師になるつもりです」

ベッドに横たわる父親が微笑みながら、「ありがとうございます」と、岩月に小さな声で礼を言った。

母親は二週間の入院で退院できた。

その頃から父親は自力で排尿できるようになった。しかし、拒絶反応が予想以上に強く出た。

父親は移植から三ヵ月もしないで死亡してしまった。

その患者や長女のことが岩月医師の脳裏から離れないのだろう。長女は医師になりたいと岩月医師に告げた。そう言われて、うれしくないはずがない。しかし、父親の命を救えなかった。その現実が岩月医師を苦しめていた。

移植は一家にとっては希望だったに違いない。しかし、父親の死は一家から希望を奪った。長女のことを思うと岩月医師は酒でも飲まないといられない心境だったのだろう。それは大島も浅野も、藤田も皆同じだった。透析を続けていればまだ生きられたはずだ。

本来なら死体から提供された腎臓で移植手術を行うべきだが、生体腎移植は、親子や兄弟、夫婦といった家族間での移植だ。家族は強い愛情で固く結ばれているからと、例外的に認められているにすぎない。だからこそ、生体腎移植は医師にも精神的に強いストレスがかかるのだ。

一九七五年、岩月医師がアメリカに戻ってしまった。中京病院の状況は一変した。緊急時には岩月医師がそばにいて、指揮を執り指導してくれた。アメリカでの移植経験がある岩月医師の指導に従えばよかった。しかし、それからは三十歳になったばかりの大島がすべての責任を負わなければならなかった。

岩月医師が去った後、大島は自分でもまったく予想もしていない事態に陥った。手術室に入れなくなってしまったのだ。移植手術への重圧に心が折れかかった。

レシピエントが死亡すれば、レシピエント本人やドナー、家族の期待が大きいだけに、その時の遺族の怒りはとても受け止められるものではないのを、大島はすでに知っていた。岩月医師が去った後は、これらの重圧を一身に担うことになる。

大島はある作家の言葉を思い出していた。自殺した高名な作家を批判していた。

作家の描いた作品を読んで、勇気づけられたり、元気を与えられたりする場合が多々ある。そうした作家が自死を選択するというのは、医師がそれまでの治療、手術、投薬、そのすべてが誤りだったと患者に告げるのに等しい。だから、一歩でも作家として歩み出した人間は自殺してはならない。そう戒めていた。

大島には前を見て歩くことしか許されない。大島はすでに四人の死と、その家族の落胆と絶望を抱え込んでいた。それに耐えるしかないのだ。しかし、そう思えば思うほど手術室に入るのが苦しくなった。手術室に入ろうとすると心臓の動悸が激しくなり、鼓動が自分の耳にも届いてくるような気がした。とてもメスを手にできるような状態ではなかった。

どうすればいいのか。移植を志した医師が手術室に入れないなどと患者に知られれば、二度と移植手術などできなくなってしまう。通常の泌尿器科医としての勤務は、何の問題もなく、診察、治療にあたることができた。しかしどうしても手術室には入れなかった。

帰宅しても無口になりがちだった。心配して妻の春江が体調を気遣ってくれたが、妻にさえも事実は言えなかった。浅野や藤田は薄々異変に気づいていたようで、二人とも大島に次の手術を求めてはこなかった。

大島は不安で押しつぶされそうになった。しかし、病院に一歩入れば、そんな様子を一瞬たりとも見せるわけにはいかない。患者には動揺していると絶対悟られてはならない。

移植手術への恐怖感は、どんなことをしてでも自分自身で抑え込むしかなかった。そのためには何故四人のレシピエントが死ななければならなかったのか、その原因を徹底的に突き止めて、二度とそうした患者を出さないようにすることだ。

大島は十五例の移植を徹底的に分析した。

何故、移植した腎臓が生着しなかったのか。

アメリカで行われている腎臓移植とほぼ同じぐらいの生着率、生存率を維持しているからといって、このまま移植を推進していいという理由にはならない。大島はそう思った。十五例のうち、現在も生着しているケースではなく、生着しなかった例や四人の死亡例を徹底的に分析した。

アメリカでは死体からの移植が主流で、生着しない場合は、その後は人工透析治療でやり過ごし、次の移植の機会を待つという方法が取られる。しかし、死体からの腎臓提供がほとんど望めない日本では、家族から与えられた腎臓は貴重で、稀だった。医師もレシピエントも、なんとかして生着させようと懸命になった。拒絶反応が起きると、免疫抑制剤を増やし、移植した腎臓を維持しようとした。その結果、感染症、合併症を引き起こし、それを重篤化させ、死に至った。

——大丈夫だろう。まだ大丈夫だ。まだ……。

判断の遅れが死につながった。

日本では不確かな医療とされた移植を、確かな医学として成立させるためには、成功例だけではなく、うまくいかなかったケースを分析し、何故レシピエントの期待に応えられなかったのか、それを明確にすることだと大島は考えた。

移植学会には、通常は成功した移植例が報告される。しかし、大島は違っていた。移植を医療として確立するために、中京病院で行った腎臓移植のうち、腎臓の廃絶例、レシピエントの死亡例を論文にまとめ、移植学会をはじめとする関係学会に発表した。

「成功例よりも失敗例を論文として発表し、移植治療法を学問として体系化する必要がある」

亡くなった患者に報いるにはそれしか方法がない。

しかし、浅野も藤田も難色を示した。

「いくらなんでもそんなことをすれば、ますます我々は異端視されてしまいますよ」

浅野が不安を叩きつけるような口調で言い放った。

名古屋大学医学部を卒業したばかりの若い医師たちが、無謀にも腎臓移植手術を始めた。

「リーダーはあの大島とかいう変人だ」

移植医の間では大島は奇人、変人を飛び越えて狂人という医師さえいた。

「通常の生活に戻れたレシピエントだってたくさんいるのに、何故そのケースを発表しないのですか。私たちだけではなく、他の病院だってレシピエントが死亡しているケースはたくさん出ています」

藤田も語気を強めた。

二人の言う通りで、腎臓移植は、どの病院でも拒絶反応と合併症の壁を乗り越えられずに苦悩していた。レシピエントの死亡も相次いでいた。

しかし、大島は成功した移植手術ではなく、いい結果が得られなかった手術を徹底的に分析した。何故レシピエントは死ななければならなかったのか、その原因をはっきりさせない限り、移植は再開できない。中京病院の移植手術の失敗例が、大島と同じように移植に志した医師らの道標になればいいと思った。しかし、そうした考え方をする医師は極めて少なかった。

移植学会に失敗例を発表すれば、どんな噂が流れるか、大島には十分予想がついた。

案の定、大島がレシピエント四人の死亡例を発表すると、すぐに批判が飛び交った。

「どこの馬の骨ともわからんヤツがとんでもないことをやり出した。移植が失敗するのも当然だろう。人体実験と同じだ」

大島らは陰でこう囁かれた。当然それは大島の耳にも入ってきた。

移植は最先端の医療で、移植手術をやっていたのは大学病院が通常だった。中京病院は少し大きな町医者程度にしか、移植学会では思われていなかったのだ。

大学病院の医師らからは訝る表情で見られていた。

「大学を出たばかりの若い連中が移植をやろうなんて、そもそも最初から無理な話で、できるはずがない」

「アメリカで徹底的に移植医療を学んできた医師が必死になってやっている。それでも限界があるのに……。

素人集団に移植医療ができるはずがない」

批判というよりも中傷だった。

しかし、十五例を冷静になって分析したことによって、大島は一筋の光明を見いだした。合併症による死を防ぐためには、一定程度の拒絶反応が出たら、生着を断念すると決めた。拒絶反応をもう少し抑え込めれば、生着したかもしれないと思える時でも、大島はためらわずに腎臓を摘出することにした。

ドナーから摘出した貴重な腎臓が無駄になる。それでもレシピエントの生命を守るためには、そうするしかない。

岩月医師が帰国前に言った言葉も、重くのしかかってきた。

「地獄に行く覚悟ができているのか」

岩月の言葉は、心に突き刺さり、爪の間に入った棘のようにいつまでもうずいた。それはレシピエントが無念のうちに生涯を閉じていく現実に直面し、救われると信じていた家族の悲しみや怒りに直面したからだ。

ドナーはただ腎臓を摘出しただけで、家族を救うこともできなかった。

健康な身体にメスを入れる。果たしてこれが医療と言えるのか。

「ドナーとレシピエントは家族愛で結びついている。一心同体だ」

だから健康体にメスを入れることが許される。

そんな理由を考えてみたところで、レシピエントの死の前には言い訳でしかない。

——俺はいったい何をやっているんだ。

岩月医師が中京病院に在籍していた一年と半年、腎臓移植は十五例、一年以内に死亡した者は四人。メスを置くまで腎臓移植を続けたとしても、死亡率をゼロにすることはもはや不可能だ。しかし、限りなくゼロに近づけることはできる。死亡した四人のレシピエント、そしてその家族に報いるには、腎臓移植を医療として確立する以外にないと思った。

すでに移植の世界に足を踏み入れた大島には、引き返すことは許されなかった。腎臓移植を、透析治療の両輪となる治療法に確立するしかない。それだけが医師として生きようとする大島に残された道だった。

移植手術を再開した。

レシピエントには必ず拒絶反応が出た。過去の移植手術例を分析し、改善すべきことは改善した。それでも思ったように成績を向上させることはできなかった。

強い拒絶反応が起きると、大島は迷うことなく移植した腎臓を摘出した。レシピエントが死亡するケースは減った。しかし、生着率は落ちる一方だった。思い描いていたような結果を出せずに苦悩する大島に、心ない医師がからかうように聞いた。

「今日の手術は腎臓を移植するんですか。それとも摘出なんですか」

何を言われても耐えるしかない。

それでも中京病院の大島らの果敢な挑戦を評価する東京大学、大阪大学、京都大学の医学部教授も少数だがいた。しかし、多くは大島らの実績を無視した。中京病院で行われている移植は、学会では評価の対象外の扱いを受けていた。

移植医は一年三百六十五日、患者中心の生活になる。二、三日の徹夜などは当然で、一週間のうちベッドで眠れるのは一日あるかないかだ。通常の医師の生活ではなくなる。大島は移植医を志した後輩たちとともに、その生活を甘受し、その生活に耐えてきた医師らとともに積み重ねてきたデータが、移植学会という世界ではまったく無視された。

どれだけ実績を積み重ねてきたかということが、医師の評価にはつながらなかった。権威のある学会誌に論文をどれだけ発表したかで、医師の評価が決まった。

大島伸一の名前は、一部の移植医や泌尿器科医の間では高く評価されたものの、彼の業績は学会ではまったく無視された。

10　拒絶反応

市立宇和島病院四例目の腎臓手術は、五月の第一週、月曜日に行われることになった。日曜日の夜には、西光雄医師は宇和島ステーションホテルに宿泊する。

市立宇和島病院で万波誠、万波廉介医師らと打ち合わせをした後、移植スタッフで食事をし、翌日の手術に備える。すでに電話でドナー、レシピエントの状態は詳細に伝えてある。打ち合わせといっても、再確認する程度ですんだ。

月曜日の午前中は、万波誠医師は外来の診療にあたり、午後からは休診にした。

ドナーとなる葛西美穂子には、手術の前日からグルコース（ブドウ糖）と生理食塩水が点滴投与されている。ドナーを脱水状態にさせないようにしておくためだ。

午前中に二人の最終意思確認はすませてある。二人とも緊張しているが、手術への意思は強固だ。前三例の移植は、ドナーの健康は保たれ、レシピエントも透析から離脱している。四例目も成功させてみせる。万波は確信を抱いた。

葛西清が透析から離脱し、急な斜面のミカン畑で美穂子と一緒に働く姿が目に浮かぶ。成功させて秋の収穫には、二人が丹精こめて栽培したミカンを食べてみたいと思った。

早めの昼食を終えて、三階の手術室に向かった。


美穂子から腎臓を摘出するのは、弟の廉介、移植は万波誠が執刀する。

葛西は前日に透析を受け、ヘマトクリットも四〇%あり問題はない。ヘマトクリット値は血液中に赤血球が占める割合のことだ。

手術室は三階フロアーに三室設けられている。医師、看護師用のドアを入ると、更衣室がある。そこで手術着に着替えて更衣室を出ると、左手には手術室が三室並び、かなり広いスペースの空間があり、ここに手術をする患者がストレッチャーで運ばれてくる。

右手には手洗い場が設けられ、ここで殺菌、消毒を医師や看護師がする。

弟の廉介、西医師らはすでに手洗いをすませて、手術室に入るところだった。

レシピエントは免疫抑制剤によって免疫力は落ちる。レシピエントを感染症から守るためには、最大限の注意を払う必要がある。万波も手の皮膚が剥けるのではないかと思えるほど、消毒液で手を洗い、医療用ブラシで爪の間の汚れまでかき出すように洗った。

真ん中の手術室には美穂子が運ばれて、すでに麻酔がかけられ、麻酔医がバイタルサイン測定器の数字に目をやっている。

いちばん奥の部屋に葛西清がやはりベッドに横たわっている。

看護師らが医療機器の最後の確認作業を終え、いつでも手術に入れるように準備を整えていた。

不思議と緊張感はない。手術室の照明もメスを入れる部分を鮮明に映し出している。

「よろしくお願いします」

万波はスタッフに言った。

万波は手術助手からメスを受け取った。右側腹部より恥骨上部に弓状にためらうことなく一気にメスを入れ、皮膚を切開した。左側腹部は吻合する血管が深いところにあり、一般的には右側腹部にメスを入れる。

腹斜筋膜が露出する。止血した後、外腹斜筋膜を繊維方向に分けると腹膜が露出するので、剥離しながら切開を進める。

小腸から大腸への移行部、回盲部付近で下腹壁動脈、静脈を二重結紮し、切断する。シュピーゲルラインを鼠径部靭帯まで進め、ここから直角方向にメスを入れ、右側の腹直筋肉を恥骨より一センチくらいを残して切断。

ここまでは教科書通りに進められている。

野犬を使って摘出、移植を何度も繰り返して練習してきた。移植は出血量を減らし、いかに短い時間で終わらせるかに、生着率、成功率がかかっていると言っても過言ではない。

万波は皮膚切開の範囲で筋肉を切断した。助手が開創器をかけて視野を良好にしてくれた。剥離は外腸骨動脈から始めた。

総腸骨動脈は内腸骨動脈と外腸骨動脈に分岐する。

内腸骨動脈は外腸骨静脈の内側にあり、内腸骨動脈の後面に内腸骨静脈が密接している。外腸骨動脈との分岐部近くの前面で表面に付着している毛細血管、神経、結合組織を薄く剥ぐようにして剥離、さらに血管を転がしながら外膜表面に付着している神経、小血管も剥離、これにテープを通して吊り上げる。剥離を進め、分枝を結紮、抹消側を結紮、糸針でかけ二重結紮した。

摘出された移植腎の腎動脈との吻合は、内腸骨動脈の動脈硬化が進んでいた場合は外腸骨動脈を使うが、通常は内腸骨動脈を使う。葛西清の動脈は年齢相応の血管で、内腸骨動脈にまったく問題はない。

次は外腸骨静脈を同じ要領で剥離していく。移植腎の腎静脈との吻合は外腸骨静脈を用いる。内腸骨動脈、外腸骨静脈の剥離が終わり、万波が看護師に告げた。

「こっちはいいぞ」

看護師が隣の手術室に走った。看護師はすぐに戻ってきて、「今、来るそうです」と言った。

後はドナーから摘出された腎臓が運ばれてくるのを万波は待つだけだ。


美穂子は仰向け状態で寝ていた。しかし、下腹部は横を向いた状態だ。

腎臓の摘出は万波廉介と西医師が担当することになった。

「そろそろ始めるぞ」

と、廉介は言ってメスを助手から受け取り、第十一肋骨に沿って後腋下線から腹直筋まで一気にメスを入れた。さらに腹直筋縁に沿って臍下三、四指の高さまで真っ直ぐに切開した。

廉介はすでに三例を経験しているせいなのか、メスさばきにためらいは感じられない。

外腹斜筋と腹直筋膜をメスで切開し、第十一肋骨を後腋下線くらいから切除する。内腹斜筋をその下の腹横筋を傷つけないように剥離していくと後腹膜腔へ到達する。さらに腹直筋縁の筋膜を腹膜から剥離し、下方へ切開を伸ばす。

前方に腹膜、後方の腎筋膜（Gerota筋膜）は、内側は腎脂肪被膜で被われていて、腎臓、副腎のバリアの役目を果たしている。

腎臓に触れられるようになったら、腎筋膜を切開する。その後、開創器で十分な視界が取れるようにする。それから腎臓の剥離、摘出が始まる。

西医師は摂子で腎脂肪被膜を、腎に極めて近いところで引っ張った。廉介がそこにメスを当てながら切除、剥離を進めていった。剥離を進めると、腎臓が下へ降りてくるようになる。

腎臓の上極から外側、前部、後部、下極と腎茎部を剥離した後、腎門部を残して尿管の剥離に取りかかる。腹膜を内側に鉤で反転し、腸腰筋の内側縁が見えるところまで剥離すると、尿管の走行状態が確認できる。尿管下部に三号ネラトンカテーテルを通し、尿管を把持する。尿管を引っ張りながら周囲組織から剥離していく。

尿管の剥離が終わると、最後は腎茎部血管の剥離に取りかかる。腎静脈の上を覆っている脂肪組織を、直角鉗子を使って剥離切断して、腎静脈の前面を露出させる。卵巣静脈の入口が確認できる。腎静脈より五ミリほど離れた位置で二重結紮して切断。次は静脈の両側を直角鉗子で剥離していく。

腎を持ち上げ、腎下極から腎茎部、腎門部をよく見ながら、腎盂と腎茎部の間を剥離し、できるだけ腎盂から離して静脈を剥離する。

腎動脈は腎静脈の後ろを走っている。その周囲を、腎神経やリンパ管などが索状膜状に取り巻いていて、目で確認するのは困難だ。腎茎部上方の脂肪組織を、腎動脈の拍動を手の指で確認しながら、直角鉗子を用いて前面から剥離結紮していく。さらに、腎動脈前面と後面の索状物を結紮切断すると、腎動脈が露出する。

腎動脈の剥離は、左副腎静脈の分岐部で行うと、腎動脈を長く取ることができる。

腎血管、尿管の剥離がすむと、後は腎臓の摘出だが、合図と同時に摘出できるように、尿管だけは腸骨動脈の交差部の真上で切断し、尿管は体外に出しておく。後は移植チームと連絡を取り合いながら摘出の時を待つ。

尿の流出は順調だ。廉介も西も創部から手を放し、腎臓を安静に保った。

しばらくするとレシピエントチームの看護師が、ドナーチームの部屋に入ってきて告げた。

「よろしいそうです。お願いします」

廉介と西は腎臓の摘出に取りかかった。

腎動脈を二重結紮し、すぐに切断した。さらに同じ要領で腎静脈を切断し、腎臓を摘出した。

摘出した腎臓は冷やした生理食塩水に浸したままコリンズ液で灌流する。腎動脈断端付近には血栓ができていることがあるが、腎臓内に流入させてはならない。

灌流した腎臓を素早く万波に運んだ。

ステンレスバットに乗せられた腎臓が運ばれてきた。

血管吻合は、静脈、次に動脈といった順で、腎動脈と内腸骨動脈、腎静脈と外腸骨静脈との間で行われ、腎臓は腸骨窩と呼ばれる骨盤の中の右側に移植される。葛西清の腎臓はそのまま体内に残される。

静脈の吻合部を決めると、万波は血管鉗子をかけて全遮断した後、中央部をモスキートで把持して舟型に静脈壁を剪除する。

静脈は中枢端、末梢端、後壁中央と三ヵ所に針糸を通し結紮、末梢側の糸を用いて腎静脈と縫合を開始する。

静脈の吻合が終了しても、血管鉗子はそのままにしておき、動脈の吻合にかかった。

動脈は、ブルドッグ鉗子をかけて結紮部を中枢側で切断、一度瞬間的に鉗子を開いて血栓がないかを確認する。前壁、後壁に糸を置き、縫合していく。

万波は静脈、動脈の縫合が終了した後は、静脈、動脈の順で遮断を解除した。縫合に不具合があれば、血が噴出する。縫合した個所から微かに血が滲む程度の出血が見られる。オキシセル（止血剤）を軽く押しあてると、すぐに止まった。

美穂子の腎臓が夫の清の腸骨窩に移植され、白みを帯びた腎臓に血流が再開されると、すぐにピンク色に変わる。順調に血が流れている証拠だ。さらに腎臓は硬さも取り戻していく。

「これでいい」万波は自分に言い聞かせるように呟いた。

腎臓から伸びた尿管は、体外に出しておく。腎臓は血流の再開とほぼ同時に尿を作り出す。最初は細い微かな水流だが、すぐに間断なく尿が排出されようになる。それを確認した上で、尿管膀胱吻合に取りかかる。

バルーンカテーテルを使って約二〇〇ミリリットルの生理食塩水を注入し、位置を確認した上で、中央よりやや恥骨よりを小さく切開する。ここに尿管口をつぶさないように膀胱粘膜と縫合するのだ。

ここまではすべて順調に進んだ。後は抗生剤を含んだ生理食塩水で創内を洗浄し、側腹部より腎上極周囲の空間に、鼠径部より傍膀胱部にドレーンを挿入し、止血を確かめてから筋肉の縫合に取りかかった。

尿道より膀胱にカテーテルが挿入され、少しずつだが、ベッド横に取り付けられた蓄尿袋には尿がたまり始めている。

万波は蓄尿袋の前にかがみ込み、一滴、一滴、滴となってドレーンから流れ落ちる尿を見つめた。最初の頃に排出される尿は血が混じっているが、すぐに通常の尿が出始めた。滴と滴の間隔も次第に短くなっている。それを確認すると万波は言った。

「よし、大丈夫だ」

葛西清の移植手術は成功した。

後は免疫拒絶反応をどのようにコントロールするかだ。

ドナーとなった葛西美穂子の回復は早かった。十日経過すると、手術痕も塞がり、重い荷物を持ち上げたり、重労働をしたりしない限り日常生活は可能になった。しかし、葛西はＩＣＵに入ったままだ。

美穂子との直接の面会はまだ無理だった。ＩＣＵの廊下側はガラス張りで中の様子は見える。そこまで美穂子に来てもらい、ベッドに寝たきりの夫を見舞ってもらうしかなかった。手術直後は看護師に付き添われ、車椅子を押されてＩＣＵまで来ていたが、三日目からは自分一人で歩いてやってきた。

美穂子は二人部屋に入ったままで、万波が美穂子を診察するために二人部屋を訪れると、不安を口にした。

「主人の回復が遅れているようですが……」

美穂子は歩けるようになると、一人でＩＣＵに来ていた。一週間が経過しても一般病棟へ移れない葛西に、不安は苛立ちに変わっていった。

葛西清には強い免疫拒絶反応が現れていた。

手術直後は排尿も順調だった。移植した腎臓が十分に機能していた。しかし、術後一週間ほど経過した頃から、葛西には発熱が見られた。その上、排尿量が低下していった。移植した腎臓の痛みを訴えるようになった。

拒絶反応の典型的な症状だ。腎臓の機能は明らかに低下している。

対処法は、免疫抑制剤を併用しながらステロイド剤の大量投与（パルス療法）だ。うまくいけば拒絶反応を抑えられる。食事と睡眠を十分にとり、体力をつけてこれを乗り切るしかない。

免疫拒絶反応は、腎移植を受けた患者全員に起こり、逃れる術はない。火事と同じで初期消火が重要だ。これを誤るとボヤが大火災へとつながる。

しかし、ステロイドの大量投与は、一時期は拒絶反応を抑えることができても、免疫力が低下し、風邪やインフルエンザなどの感染症にかかりやすくなる。日和見感染をしばしば引き起こす。免疫力が低下し、通常では問題とならないような病原体に感染し、病原体は、細菌、ウイルス、真菌（カビ）など多岐に渡る。発症すると、体の各種臓器に感染症状が出て、重篤な場合は死に至る。

不眠症やうつ状態に陥ることもある。

葛西清には、それまでの三人とは異なる激烈な超急性拒絶反応が起きた。それでもアザチオプリンとステロイドで対応していくしか術はない。万波にとっては初めての経験だ。

パルス療法の効果は見られるが、パルス療法は感染症に直結する。アザチオプリンとステロイドだけでは、患者は激流の上に渡された丸木橋を渡るようなものだ。激流に滑り落ちることなく、患者を向こう岸に辿り着かせなくてはならない。そのためには移植技術をさらに磨く必要があるが、同時にレシピエントにどのように免疫抑制剤を投与すれば、拒絶反応を抑え、感染症から守れるのか、それを習得する必要がある。

葛西は小康状態を保っている。超急性拒絶反応はひとまず乗り越えた。しかし、急性拒絶反応、慢性拒絶反応が待ち受けているのは明らかだ。どうやって克服し、葛西を以前のように元気でミカン畑で働けるようにしてやればいいのか。いくつも論文を読みあさったが、最終的には症状を見ながら、アザチオプリンとステロイドの投薬量を変えて乗り切るしかないのだ。日和見感染は、抗生剤を使用しながら抑えてはいるが、度重なる使用に、菌にも耐性がついていく。

対応に苦慮している時だった。山口医大時代の野球部で一緒にプレーをしていた友人で、アメリカに留学中の上領頼啓から手紙が届いた。上領は一九七六年八月から二年間の予定で、文部省から派遣され膀胱ガンの研究のためにウィスコンシン大学に留学していた。

長い手紙だった。中にはイラストも描かれている便箋もあった。上領はウィスコンシン大学教授でベルツァー教授（Folkert O Belzer）の移植を見学していた。その様子を万波に詳しく書き送ってきたのだ。

その手紙を読み、万波はいてもたってもいられなくなった。ベルツァー教授の下で移植を学びたいと思った。

移植術は当然だが、レシピエントを安定した状態に保つためには免疫抑制剤をどのように処方したらいいのか、多くの臨床例を経験しているベルツァーから様々なことを学べると万波は思った。上領から手紙をもらった翌日、万波は返信した。

――ベルツァー教授について移植を学びたいが、受け入れてくれるか聞いてほしい。

その手紙を投函してから一ヵ月も経過していなかった。上領から手紙が届いた。

ベルツァー教授に君を受け入れてくれるか聞いてみた。返事は一言だった。

――『sure（もちろんだ）』

手紙を受け取ると、万波は後ろ盾になって、市立宇和島病院で腎臓移植を可能にしてくれた近藤副院長に退職を申し出た。

「この病院を辞めさせてもらえんだろうか」

「なんですか、また藪から棒に。辞めるってどういうことですか」

「アメリカで移植の勉強をしてきたい」

近藤は困惑しきった表情を浮かべた。

市立宇和島病院でも透析治療が受けられるようになった。移植にも挑戦したいという万波に、近藤副院長は最初戸惑っていた。

日本の主だった大学病院が腎臓移植手術を開始したばかりで、誰がどう考えても四国の外れに位置する市立病院が挑戦する医療ではない。そう思うのが自然だ。

「デンバーでスターツル医師の腎臓移植は見たことがあるが……」

近藤はアメリカ留学中に移植手術を自分の目で確かめ、腎臓移植の意義を十分に認識していた。近藤の理解と協力の下に市立宇和島病院で移植手術が開始された。

しかし、四例目は患者、患者家族の期待に応えられず、いまだに容体は芳しいとはいえない。葛西のこともあり、万波はアメリカで腎臓移植について学びたいと心底思った。

ウィスコンシン大学のベルツァー教授は、万波を受け入れると言ってきた。

「市立宇和島病院で腎移植は始まったばかりだというのに、今度はアメリカ留学ですか」

近藤はあきれ返っている。

「どうしても行きたい……」

「アメリカに留学するって、奨学金は取り付けたんですか」

「そんなものはありません。自費です」

ベルツァー教授の下で移植を学びたいと思ったのは、葛西の術後の状態が思わしくなかったからだ。

近藤はしばらく考えさせてくれと、決断を保留した。万波は近藤が辞職を認めてくれなくても、留学を決行するつもりでいた。葛西の容態を考えれば、一日でも早くアメリカに渡りたかった。

しばらくすると近藤から呼び出された。

「市立宇和島病院からの出張ということで、一年間ウィスコンシン大学で勉強してきてください」

近藤は院長、市当局を説得し、万波の出張許可を取り付けてくれた。そのおかげで、万波はウィスコンシン留学の費用、そして留学期間中の給与を補償された。安心して移植について学ぶことができる。

万波は一九七八年七月、アメリカに向かった。

万波が留学している間は、山口大学の同級生が一年間という約束で市立宇和島病院の泌尿器科で診療にあたることになった。

ウィスコンシン大学があるマディソン空港に降り立つと、上領が空港まで出迎えてくれた。久しぶりに会ったというのに、入国手続きをすませて出てきた万波を、上領はダビデの石膏肖像でもデッサンするような目付きでじっと見つめていた。

「着いたぞ」

挨拶する万波にハッとしたように上領が言った。

「靴を履いている万ちゃんを初めて見た」

野球の練習や試合でスパイクを履く以外は、学生時代からサンダルで通してきた。靴を履いている万波がよほど珍しかったようだ。スーツを着込み、ネクタイをしている。それに旅行鞄を手にしていた。野球の遠征試合に行く時も、ユニフォームから下着、スパイク、グローブまですべてを風呂敷に包むか、紙袋に入れて移動していた。

万波がアパートを借りて一段落した頃に、上領は留学期間を終えて日本に帰国した。

ウィスコンシン大学で学ぶ日々が始まった。

万波は、ベルツァー教授が行う移植手術はすべて見たいと思った。そして、レシピエントに対してどのように免疫抑制剤を投与しているのか、それらのすべてを頭に叩き込むつもりだ。

日本の腎臓移植はまだ始まったばかりで、十分なデータもなければ、発表された論文も少なかった。というより、移植医すべてが手探り状態で移植後のケアにあたっているのが実状だった。免疫抑制剤の投与は患者の容態に細心の注意を払いながら、その投与量を決めていくしかない。

市立宇和島病院で四例の移植手術が行われ、そのすべてに立ち会っている。四例目の葛西清は免疫拒絶反応に苦しんでいた。四人の患者もそうだが、葛西の術後は特に気になり、脳裏から離れない。一日も早く学ぶべきことを学び、市立宇和島病院に戻りたい。

万波は、上領のように文部省からの派遣でもなく、また日本の有名な大学病院から紹介状を携えてやってきた医師でもない。しかし、ベルツァー教授は快く万波を迎え入れてくれた。もともと開放的な性格なのか、移植手術には立ち会わせてくれたし、レシピエントの処方についても、彼の臨床経験を語ってくれた。

ベルツァー教授の移植手術を見て、万波は自信を深めた。問題は術後のレシピエントの管理なのだ。ベルツァー教授は多くの患者を診てきた。その経験は貴重で、彼の持つデータは喉から手が出るほどほしいものだった。


アメリカの土を踏んでから三ヵ月、留学期間はまだ九ヵ月以上も残されていたが、万波は帰国した。そのまま市立宇和島病院に戻った。この間に、院長は退職し、近藤が院長に就いていた。

泌尿器科病棟に戻り、明日からでも患者の診察にあたりたいと考えていた。そこに近藤新院長が通りかかった。怪訝な表情で万波に尋ねた。

「どうしたんですか、万波先生、休暇でも取って一時帰国ですか」

「ベルツァー教授のところで勉強するのはもう終わりにして、宇和島に帰ってきました」

「はぁ……」

近藤は寝起きに水でもかけられたような顔をしている。

「もうこれ以上おっても仕方ないと思って、それで帰国しました」

驚きのあまり次の言葉が出ないのか、近藤は呆然としている。

「これさえあれば、もう大丈夫です」

ベルツァー教授の患者のカルテだった。

カルテにはレシピエントの術後の容態、術後管理、免疫抑制剤の投与量が詳細に記録されている。

万波はアメリカの最先端医療を自分の目で確かめ、術後、患者をどのように治療しているのか、百人以上の記録を持って帰国したのだ。これで葛西を救えると確信した。

万波が帰国したことを知ると、葛西は美穂子の運転する車に乗って市立宇和島病院へやってきて、診療開始と同時に診察室に入ってきた。三ヵ月ぶりに会った葛西は万波の予想以上に衰えていた。

最初に診てもらおうと早朝から順番取りをしたのだろう。

万波が日本を離れる前に診察した葛西とは別人だった。万波の留学中に入退院を繰り返していた。美穂子から摘出された腎臓は機能しているが、急性、慢性の拒絶反応に苦しめられる三ヵ月間だったのは明らかだ。カルテにはパルス療法が複数回行われていると記載されている。そうでもしなければ感染症から守れなかったのだろう。

葛西は口をきくのも億劫だと言う表情で無言だった。

「主人は以前のように働くこともできず、ほとんど家で寝たきり状態なんです。アメリカで勉強なさってきたんでしょう。なんとかして主人を元通りの体にしてやってください」

美穂子も看病に疲れ切っていて、表情は暗かった。前任の医師から入院、加療を勧められたが、同じことの繰り返しで、葛西は入院を拒否して自宅療養をしていた。

「自宅にいれば、子供が学校から運んでくるウイルスにどうしても感染しやすくなる。入院してくれんか」

万波は、ベルツァー教授からレシピエントの治療カルテをコピーさせてもらったことを葛西に説明した。

「これを参考にしながら、どのような治療をしたら感染症にかからず、以前のように働けるようになるか、検討してみたい」

葛西が重い口を開いた。

「女房と所帯を持って苦労しながらやっとここまで来たんだ。ミカン畑をもっと大きくしたいし、子供が一人前になるまではなんとか頑張りたいんだ」

今にも消え入りそうな弱々しい声だったが、葛西はすがるような目で万波を見据えていた。

どんなことをしてでも拒絶反応を軽減し、働けるような状態に戻してやりたいと思い、万波はベルツァー教授から譲り受けたカルテのコピーを何度も読み直した。これぞという治療法は見つからなかった。アザチオプリンとステロイドを駆使しながら乗り切るしかないのだ。

腎臓を摘出してしまえば、拒絶反応からは解放されるが、それでは何のために美穂子が腎臓を提供したのか、まったく意味がなくなってしまう。しかし、度重なるパルス療法で、葛西の体力は失われていた。

日和見感染を抑え込むために様々な抗生剤を使い、ウイルス、病原菌に耐性ができてしまい、効かなくなっていた。今度重篤な感染症を引き起こせば、生命の危機に見舞われるのは明らかだ。というよりカルテに記載されているデータを見る限り、葛西が生きていること自体が奇跡といってもいい状態だった。

自宅療養を選んだのは、葛西は病院ではなく思い出のつまった家で、夫婦二人で切り開いてきたミカン畑を見ながら死んでいきたいと考えたからだろう。それでも万波の帰国直後には入院してくれた。しかし、入院したその夜から体調を崩した。合併症は重篤で、すべての臓器がダメージを負っていた。何から手をつければいいのか。

万波は持ち帰ったカルテから思いつくすべての治療を葛西に施した。しかし、そのすべてに効果が見られなかった。

自宅から美穂子と長男が呼び寄せられた。葛西はICUに入ったままで、万波も葛西にかかりきりだった。意識がなくもうろうとしている葛西に美穂子が呼びかける。

「しっかりして、お父さん」

葛西は無反応だ。今度は長男が枕元で父親に声をかけた。

「お父さん」

かけた言葉はそれだけだった。しかし、葛西はカッと目を見開き、天井を見つめた。

「助けてくれ、万波先生、頼む」

こう言ってすぐに葛西は目を閉じてしまった。

葛西は新年が開けるのと同時に亡くなった。

ようやく家族が持てた、子供を一人前に育てたいと、病院の駐車場で顔を合わすたびに言っていた。葛西は「助けてくれ」という言葉を残して死んだ。

11　無脳症児移植

「地獄へ堕ちろ」と言った岩月医師の言葉は大島伸一の心に残り、忘れることはなかった。

生体腎移植では、移植医自らがドナーを説得し、提供を求めることなどない。透析を受けている患者の姿を見て、家族が腎臓を提供してもいいと医師に伝えてくるのが一般的だ。「一心同体」の家族間だからこそ、生体腎移植は可能になる。そう思って大島は移植を続けた。しかし、その判断に迷いが生じるケースも出てくる。

移植を再開して間もない頃だった。

移植手術を受けたいと中年夫婦が相談にやってきた。夫が慢性腎不全で人工透析治療を受けていた。ドナーになるのは妻だ。

「二人で話し合ったことです。妻もドナーになるのに同意してくれています。移植が果たして可能なのかどうか、検査していただけるでしょうか」

夫が来院の意図を告げた。

妻も夫に頷きながら話を聞いていた。

妻は終始無言だったが、夫の説明を否定しなかった。

大島はHLA検査について説明し、採血検査をするようにした。

その夜だった。そろそろ帰宅しようと思っていた大島に、昼間採血した妻から電話が入った。

「今日していただいた検査の件でご相談があるのですが……」

検査結果はまだ出ていない。

「それでしたら結果が出た段階で、ご主人を交えて詳しくお話をしたいと思いますが」

大島はそう答えた。

「病院では本当のことが言えなくて……」

妻は言いよどんだ。夫が一方的に説明するばかりで、妻が無口だったのが、気にはなっていた。

「どういうことでしょうか」

妻からの電話の真意がわからずに聞き返した。

「私の腎臓は、適合性に問題があるという検査結果にしてもらうわけにはいかないでしょうか」

その一言ですべてを悟った。妻が腎臓を提供すると結論が出たので、移植の相談に来たという説明だったが、実際はそうではなかったのだ。妻は納得しないまま、夫に連れられて来院していた。

「事情はわかりましたが、虚偽の検査結果を伝えるわけにはいかないし、奥さんが承諾していないのに、腎臓移植はできません」

妻は黙りこくってしまった。

「奥さんから電話があったことはいっさい話しません。もう一度、お二人でよく話し合ってください」

大島はそう言って電話を切った。それ以上何も言えなかった。

その夜、二人の間でどんな話し合いがもたれたのか、大島は知らない。しばらくすると、夫婦二人で社会保険中京病院にやってきた。

「何かあったのですか」

夫は診察室に入るなり、大島に聞いた。

妻が夫に何も説明していないのはすぐにわかった。

何事が起きたのかわからずに、執拗に大島に食い下がってくる。しかし、大島は口をつぐむしかない。

「移植についてもう一度意思を確認し合ってみてください」

それ以上の説明は無理だ。

妻は下を向いたままだ。夫は大島を見ては、妻に視線を送り、再び大島に視線を向けた。動揺しているのは明らかだった。

その後、二人が診察室にやってくることはなかった。

ドナーの意思確認ほど困難なものはない。夫婦だからといって「一心同体」などと思い込むことがいかに危険をはらむか、大島は生体腎移植の困難さを思い知らされた。

仲の良い兄弟でも、結婚し、新たな家庭を築くと、さらに意思確認は複雑になる。

四人兄弟の一人が腎不全患者だった。他の三人は健康で、「自分の腎臓を移植してやってくれ」と大島に熱い口調で訴えた。仲の良い兄弟に思えた。

それぞれ妻を帯同し、大島の説明を真剣に聞いていた。検査の結果、最も適合した腎臓を移植する方向で話し合いが決着した。夫たちのやり取りを三人の妻はそばにいて、すべて聞いていた。夫の腎臓提供に異論を唱える妻は一人もいなかった。当然妻たちも、自分の夫が腎臓を提供することについて、それぞれ夫婦で話し合って、納得しているものだと大島は思った。

このケースも大島のところに電話が入った。相手はそのうちの一人の妻だった。

「うちの主人の腎臓は不適合だということにしてください。お願いします」

大島に懇願した。その妻は夫の腎臓提供に不同意だった。

この時も、大島はすべての兄弟と妻に集まってもらい、「もう一度、皆さんで話し合ってください」と言うしかなかった。

前回とはまったく異なる大島の対応に、何が起きたのか、大島を問い詰めるが、事実は明かせない。「現状では移植は無理です。もう一度話し合ってみてください」と繰り返すだけだった。

夫婦、兄弟だからといって必ずしも「一心同体」とはいかないケースが多々出てくる。親から提供された腎臓を子供に移植する場合は、比較的起こりにくいが、それでも人間関係に微妙な歪みが生じる。

親から腎臓提供を受けた子供は、他の兄弟の手前、遺産相続を放棄した。妻から腎臓を提供してもらった夫は、預金名義や不動産を妻の名義に書き換えた。

提供したにもかかわらず、うまく生着せず自責の念にかられた妻、そして妻に腎臓を提供させたことに苦悩する夫。本当は提供したくはないが、世間体を考えて兄のために提供した弟。

父や母に提供してほしいと思っていても、それが言い出せずに一年も二年も苦悶し続けた透析患者もいた。

ドナーが本意ではなく、納得もしていないのに、複雑な人間関係から同意せざるをえない状況に追い込まれてしまうケースがあるのを、大島は生体腎移植を進める中で知った。生体腎移植を行う医師は、ドナーとレシピエント、その二人を取り巻く家族の人間関係にまで目を配る必要がある。その上で、ドナーの意思が真実かどうかを見極めなければならない。

大島は生体腎移植を進めながら、腎臓移植は死体から提供された腎臓で行うべきだという思いを強めていった。

移植開始から五年が経過した一九七八年一月、金沢医科大学病院から突然大島に連絡が入った。ドナーが現れ、二つの腎臓が摘出されるという。その頃、金沢医科大学病院では、腎臓移植は行われていなかった。それで移植を進めていた中京病院に、移植を望む患者がいるのか、打診があったのだ。

大島はその提供された腎臓で、移植手術をすると即答した。二つの腎臓は、一つは名古屋第二日赤病院、もう一つは中京病院に運ばれ、レシピエントに移植されることになった。

死体から提供された臓器の移植はルールもなく、病院の独自の判断で行われていた。レシピエントの選択は医師の裁量権の範疇で、医師が判断、決定することが可能だった。移植を希望する慢性腎不全患者の中から、血液型、ＨＬＡが最も適合する患者を選んだ。中京病院で移植手術を受けるレシピエントは成人式を直前に控えた男性だった。

ドナーは六十歳以下と年齢以外の情報はなかった。

摘出は金沢医科大学病院で行われた。二つの病院がそれぞれ、摘出された腎臓を受け取りに金沢まで車を走らせた。帰路はパトカーの先導を受けて名古屋に戻った。

心臓が停止したドナーからの腎臓移植は、大島にとっては初めての経験だった。生体腎移植よりも生着率が低くなるのは知られている。

死体から摘出された腎臓の移植については、論文を読んで大島は知ってはいたものの、移植後、どのような経過を辿るのか、実際には見てはいなかった。しかし、成人式を迎える青年への移植は順調に進んだ。腎臓は機能してくれた。


初めて死体腎移植が行われてから三ヵ月後、一九七八年四月、愛知、岐阜、三重、名古屋市の三県一市によって東海腎臓バンクが設立された。死体から提供された腎臓移植を推進するための任意団体だった。全国でも画期的な試みとしてスタートした。

全国の移植施設、移植を望む腎不全患者の注目を集めた。任意団体であったが、日本で最初の腎バンクだった。

三県一市の腎臓移植を希望する患者の登録が行われ、患者の血液型、ＨＬＡなどの情報が集められた。その中から提供された腎臓と最も組織適合度のいい患者に移植手術が行われるようになった。

東海腎臓バンクが設立されてから二年後、その成果は着実に数字となって現れていた。愛知、岐阜、三重の三県で行われた死体腎移植は、二年間で十二例に達した。岐阜大学医学部附属病院二例、藤田医科大学病院五例、名古屋第二赤十字病院一例、中京病院四例だった。

それまでに死体腎移植が多かったのは、千葉大学附属病院で、五十例を超えていたが、それは過去十五年の総数だ。岡山大学病院も二十例を超えていたが、数年間の実績で、それと比較しても東海腎臓バンクの試みは確実に成果を上げ、腎臓移植の未来に一筋の光を投げかけるものだ。

しかし、腎臓提供が行われる施設は限られていて、医師の個人的な努力に大きく依存していた。限られた施設での医師の個人的な努力による成果という意味では、死体からの腎臓提供は不確定要素が高く、腎臓提供数が不安定であるのは紛れもない事実だった。

それでも生体腎移植を減らし、欧米並みに死体腎移植を増やしていくには、移植を志す医師が、まず臨床医を説き伏せて、その次に臨床医から亡くなった患者の家族に臓器提供の意義を説明してもらい、家族の理解を取りつけるしか手がない。

東海地区で二年間に十二例の死体腎移植が行われたのは、大島ら移植を志した医師たちが、臨床現場の救命救急医、脳外科医の医師を説得したからにほかならない。

すべての手を尽くし、救えなかった患者が出た時には、家族を説得し、臓器提供をしてもらえないだろうか。移植で患者を救いたい。移植で救える患者がいる。その気持ちを臨床現場の医師たちにわかってもらう以外に、大島らに術はなかった。

患者の生命を守りたいというのは、医師共通の思いだ。中には大島らに共感してくれる医師も出てきた。しかし、救急現場の医師にしてみれば、臓器提供の話を持ちかけ、遺族を説得するなどというのは本来の仕事とはかけ離れ、しかも過度のストレスを抱え込むだけだ。

心臓発作、脳溢血などで運ばれてきた急患、交通事故で重傷を負ったケガ人。うろたえる家族の期待を背負って、救命救急医療の現場の医師は、患者の命を救おうと懸命に努力する。

しかし、それでも救えない命はある。死を家族に伝えなければならないケースも当然出てくる。それまで命を救おうと必死になっていた医師が、「臨終」を告げた瞬間から、臓器提供の話を遺族にしなければならない。

——亡くなられた方の臓器を必要としている患者に提供してもらえないでしょうか。

たった今まで救命に全力を上げてきた。患者が亡くなった瞬間から、掌を返したように臓器提供を持ちかける。

ほとんどの家族が戸惑い、激しく拒絶する。圧倒的多数の遺族が臓器提供を拒否する。

年間約七十五万人が死亡している。仮にそのうちの十万人が臓器提供可能だったとする。一%の人が臓器提供に理解を示し、同意してくれれば千人、二千個の腎臓が移植として使えるようになる。

臓器提供に同意してくれるかどうかは、最後の最後までわからない。しかし、大切な家族を失った遺族は、現場の医師がどれほど懸命になっていたか、それを目の当たりにしている。そうした姿を見ていた遺族の中にはごく一部だが、臓器提供に同意する者が出てきた。

医師の個人的な努力によって移植のための腎臓が確保できたという事実は、見逃すことのできない一面だった。

腎提供登録も日本全体で八千九百五十八人、一位は東京都の千八百三十三人、二位は愛知県で千百十二人だった。愛知県での登録が始まったのは東京都よりも六ヵ月遅れで、そのことを考慮すると、愛知県での腎臓移植に対する取り組みは、他県と比較すると進んでいたと思われる。東海腎臓バンクの取り組みが成果を挙げていたからだろう。

臓器を提供してもらえるかどうかの結論は、最後の瞬間までわからない。了解が得られれば、その場で腎臓摘出が行われる。

その時に備えて、救急医療の医師らが最善を尽くしている一方で、移植医はその病院に寝泊まりして待機した。

生体移植を回避しようとすれば、臓器提供は遺体から摘出するしかない。移植は他人の死の上に成立する医療なのだ。

——移植医は患者が死亡するのを待っている。

この否定しがたい現実に移植医は向き合わなければならない。

しかし、家族を失ったばかりの遺族にはまったく関係のない話だ。

理解が得られない時は、非情な言葉が投げつけられる。「ハゲタカ」、「人でなし」と。どれほどこうした罵りの言葉を聞いてきたことか。

臓器提供があるかもしれないと聞けば、その病院に駆けつけ、待機態勢を取る。当然、その患者は生きているし、救命医は必死に生命を維持しようと最善の治療を尽くしている。家族も祈るような気持ちで、それを見守っている。

移植医はその患者の病棟、病室に様子を見に行く。

「まだか」思わず大島は口にしてしまった。

「もうじきだ」と担当医も苛立ちながら答えてしまう。

「まだか」は「まだ死なないのか」であり、「もうじきだ」は「もうすぐ死ぬ」の意味だ。

燃え尽きそうな微かな命を、救命医は消してなるものかと必死に治療にあたる。

一方、不運、不幸な死を期待しているわけではないが、移植医はその緊張した医療現場のすぐ横に身を置く。もうすぐ尽きる命がある。その体から摘出された臓器でよみがえる命がある。移植医が見つめているのはレシピエントの命だ。

患者を救いたいと思う気持ちが先行し、暴走し、思わぬ誤解を生むこともある。常識を欠いているとしか思えないような言葉が自然と口に出てしまう。

人の死に不謹慎であり、患者やその家族に礼を失しているのは明らかだ。しかし、生体移植ではなく、死体からの移植を目指せば、移植医療の現場には常にこうした状況がつきまとう。

移植医療を推進、拡大していくには、どんなになじられ非難されても、救命救急医、患者遺族からの理解を取り付けるしかない。

そうして腎臓提供者が現れると、登録リストから適合する五人のレシピエント候補が選ばれる。人工透析を受けている病院に通知され、意思の確認が行われる。しかし、移植の承諾がすぐに得られる例は少なかった。

移植のチャンスが回ってきても、慢性腎不全患者は、移植の実態を知ると手術を敬遠した。いざとなると尻込みする患者が多かった。

生体腎移植でも、まだ思うような成績を出せずに移植医は苦悩していた。死体からの臓器を使った移植は、さらに生着率が落ちるという厳しい現実が横たわっていた。臓器提供はあったが、仕方なく適合性の低いレシピエントに移植し、思ったような移植実績が残せないという悪循環に、移植医は直面せざるをえなかった。

慢性腎不全は大人にだけ発症する病気ではない。子供にも発症する。アメリカでも提供される臓器は少ない。まして日本では、圧倒的に子供の移植臓器は不足する。子供への腎臓移植に関するアメリカの論文を目にした。

移植専門誌には「モンスターベビー」から臓器が摘出と記されていた。「モンスターベビー」の意味がわからなかった。読み進めると、生まれたばかりの無脳症の子供から腎臓を摘出し、移植していたのだ。

無脳症は脳のすべて、あるいは一部が欠損している疾患で、生まれてきた無脳症の新生児は数時間から数日後には必ず死亡する。胎児の先天性形態異常で、発生率は一千人に一人と言われている。

無脳症児をドナーソースにした腎臓移植のケースが書かれていた。これを読み、大島は救命救急医だけではなく、産婦人科医にも協力を求めた。

「無脳症の子供が生まれたら、臓器提供を親に打診してほしい」

大島は必死だった。大島は八歳になる腎不全患者を抱えていた。

大人でさえも人工透析治療は肉体的にも大きな負担となる。ましてや子供であればなおさらだ。

子供への移植は、一九六〇年代後半から七〇年代前半には数例から十数例程度だった。一九七五年に二十例を超え、年を追うごとにその数は増えていく。子供への腎臓移植も生体腎移植が多い。

子供への人工透析治療は一九六五年に初めて導入された。子供への人工透析治療は、成長障害をもたらす。子供の場合、移植は早い方がいい。

大島は子供の腎臓がほしかった。何としても八歳の女子に移植をして、他の子供と一緒に通学させてやりたかった。

一九八一年十二月、無脳症の子供が生まれたと名古屋大学医学部附属病院から連絡が入った。三十六週で生まれた無脳症児は、生死の間をさまよっていた。それでも体重は二〇〇〇グラムだった。

名古屋大学医学部附属病院が両親の説得にあたってくれた。腎臓摘出に同意が得られた。

「これであの子を救える」

大島はそう思った。八歳の女の子の笑顔が心に浮かんだ。女の子に笑ってほしいと思った。その姿を両親に見せてやりたい。見せてやることができる。

未熟児で生まれた小さな体の無脳症児は、頭部は額からスイカを斜めに切り落としたような状態だった。頭蓋骨はなく薄い膜で被われている。

出生からまだ数時間しか経過していない。目の前の無脳症児はわずかに手をばたつかせている。しかし、衰弱しているのは明らかだ。状態から見ればおそらく数日後どころか、十数時間後には生命の灯は確実に消えるだろう。それは医学上の事実だ。

——この子はいずれ死ぬ。死は医学的な事実だ。生存は不可能なのだ。

しかし新生児の心臓は動いている。弱いが呼吸もしている。肌は当然暖かい。健康な体で生まれてくれれば、母親に抱かれていたかもしれない。泣いているようにも思えた。

産婦人科医から、無脳症児が出生した時、どのような対応をするのかを聞いたことがある。

事実かどうかはわからないが、戦前、無脳症児が生まれた時は、すぐに濡れた布が被せられるか、バケツにつけられた、と。あるいはそのまま何もせず放置され、死ぬのを待ったらしい。

「残念ながら死産でした」

親にそう告げるまでが産婦人科医の使命だったと聞かされた。

無脳症児にメスを入れ、腎臓を摘出すれば、どうなるか。大島には十分わかっていた。

ためらう必要はない。

アメリカでは無脳症児から摘出した腎臓を、子供の慢性腎不全患者に移植し、論文発表もされている。

そう自分に何度も言い聞かせた。

中京病院の移植は五十例に達していた。摘出手術にもはや不安はなかった。

家族間で行われる生体腎移植は、健康なドナーから片方の腎臓を摘出する。

亡くなったドナーからは二つの腎臓を摘出し、二人のレシピエントに移植される。

しかし、新生児、しかも脳を持たない未熟児にメスを入れるのは初めての経験だ。

大島の心にはそれまでとは違って思い惑う気持ちが首をもたげた。

その新生児から二つの腎臓を大島は摘出するつもりだ。

この子は生きられないのだ。もう一度自分に言い聞かせた。いや、もう何度も自分にそう言い聞かせている。

――八歳の女の子を救うためだ。

そう思わなければ、メスが入れられなかった。実際、八歳の子供を救うためだと、無脳症児の両親を説得した。

片付かない思いを吹っ切るようにして、大島は言った。

「メスを」

メスを握った瞬間に不安は消えた。いや、消えたのではない。そんなものを引きずっていたのでは、新生児から腎臓を摘出することなどできない。

死体から摘出された臓器移植は、「命のリレー」だと移植を希望する患者が言っていたのを新聞で読んだ。人間には必ず死が訪れる。命のリレーは親から子へ、子から孫へと引き継がれてきた。

それが医学の発展によって、亡くなった人の臓器があれば、患者の命を救えるようになった。

慢性腎不全の患者は生きられる。命のリレーが可能になったのだ。しかし、これは命のリレーと言えるのか。

無脳症児はまだ生きている。

メスを入れた瞬間、両手足をばたつかせた。実際にはばたつかせたように見えただけかもしれない。大脳が欠損しているのだ。痛みを感じるはずがない。あるとすれば反射神経だ。

迷いを断ち切るように、メスを新生児の右腹部に入れた。腎臓を二つ摘出した後、新生児がどうなるか脳裏をよぎった。

新生児は確実に心臓の鼓動を止め、呼吸は止まる。

それでも大島は摘出手術を進めた。

手術中は八歳の慢性腎不全患者のことだけを考えるようにした。

「あの子を救ってやる」

大島はそう考えて摘出を行った。

右の腎臓、次は左の腎臓だ。二つの腎臓を摘出すると、残された手術は新生児の開腹部分をきれいに縫合するだけだ。その手術は名古屋大学附属病院の医師らに任せ、大島は二つの腎臓を保存液に入れて、中京病院に救急車を走らせた。摘出した腎臓は一分でも一秒でも早くレシピエントに移植した方が生着率は高くなる。

それに大島は無脳症児が横たわる手術室には、それ以上いたくなかった。

八歳児の両親には、無脳症児から摘出した腎臓だということは告げなかった。不幸にして生きられなかった新生児からの臓器提供だと説明した。

両親はそれを聞くと、

「どうか亡くなられた子供のご両親に、私たちが心から感謝していると伝えてください」

と、言った。

生まれたばかりの子供を失う親の悲しみがどのようなものなのか、十分想像がつく。慢性腎不全は不治の病だった。以前なら八歳まで生きることは到底できなかった。それが透析によって八歳まで生きることができた。

提供された腎臓が生着するかどうかは未知数だ。しかし、移植によって透析から解放されれば、通学し、一般の児童と一緒に学び、遊ぶことができる。

感謝を伝える両親の言葉を聞き、臓器移植は命のリレーだと大島は思った。いや、思うことができたと言うべきかもしれない。

「大島先生が、元気にしてくれるからね。もう少しの辛抱だよ」

母親が娘に話しかける。

患者は手術については理解していない。しかし、近いうちに退院できると思っている。何としても期待に応えてやりたいと思った。


摘出した二つの腎臓を八歳の女の子に移植した。

しかし、この移植は回復不可能な強い拒絶反応が現れ、七十七日目には移植した腎臓を摘出しなければならなかった。

無脳症児から腎臓を摘出し、移植した日本での最初のケースとなった。大島はそのケースも論文として発表した。

しかし、論文発表の前に新聞社の取材依頼を受けた。移植の事実を知っているのは限られた医療関係者しかいなかった。「殺人罪で告発」しなければと考えた医師からマスコミに情報が流されたようだ。

しかし大島は記者の取材を受けることにした。

記者は最初から移植医療には反対している様子だ。

「生きている無脳症児から臓器を摘出したようですが、無脳症児を大島先生は人間と思っていないのですか」

予期していない質問を記者は口にした。

死ぬ運命にある無脳症児であっても、大島医師の腎臓摘出は医療に名を借りた「殺人」ではないのかと言いたげでもあった。

無脳症児が人間か人間でないか、そんなことを自分の中で問い質してはいなかった。いや、無意識のうちに避けていたのかもしれない。

大島は返答に窮した。突然聞かれて激しく動揺した。

記者の質問への答えにはなっていなかったが、大島は言った。

「臓器移植には慎重でなければならないと思っている。でも、子供の腎不全患者を救うためのドナーソースになると考えて、摘出、移植に踏み切った。提供された腎臓によって助かる命があることを忘れているのではないか。助けられる命が失われていることをぜひ考えてほしい」

そう答えたが、記者は納得していなかった。

記者より大島自身が納得できる答えを持ち合わせていなかった。

12 臓器危機《オーガンクライシス》

移植医療に大きな革命をもたらしたのがシクロスポリンという免疫抑制剤だ。

一九七二年、ノルウェーの土の中から、トリポクラディウム・インフラーツム・ガムスという名前の土壌菌の代謝物が発見された。一九七六年、この代謝物に免疫抑制効果があることを、スイスのサンド社のボレル博士が突き止めた。

一九七八年九月、ローマで第七回国際移植学会が開催された。ここでイギリス・ケンブリッジ大学のロイ・カーン教授が、腎臓移植後に免疫抑制剤としてレシピエントに投与し、画期的な効果が得られたと発表したのだ。

シクロスポリンの登場は、移植医療に革命をもたらした。この免疫抑制剤によって、移植臓器の生着率、レシピエントの生存率が高くなった。また、それまでは医師の裁量権の範囲で行われていた腎臓の摘出、移植だが、一九八〇年には、心臓が停止した後の角膜と腎臓の提供を可能とする「角膜と腎臓の移植に関する法律」が施行された。この法律によって死者からの角膜と腎臓の摘出が可能になった。しかし、無制限に医師が摘出できるようになったということではない。
「死体からの眼球又は腎臓の摘出をしようとするときは、あらかじめ、その遺族の書面による承諾を受けなければならない。ただし、死亡した者が生存中にその眼球又は腎臓の摘出について書面による承諾をしており、かつ、医師がその旨を遺族に告知し、遺族がその摘出を拒まないとき、又は遺族がないときは、この限りでない」

いわゆる「角腎法」によって、角膜、腎臓の提供者は増えると思われていたが、増えたという実感は万波にはなかった。亡くなった人から腎臓二つを提供してもらえれば、二人の慢性腎不全患者に移植ができる。「角腎法」は移植を望む者にとって新たな希望だった。しかし、そうした移植が増える兆しはまったくなかった。

その一方で、家族間で行われる生体腎移植数は確実に増えている。

五十代、六十代の患者は透析治療を受け、働き盛りの世代は移植を強く望む傾向が強かった。家庭を維持するために働きたいと考えるし、子供を育てるためにも元気でいたいと思うのが当然だろう。

さらにこれから社会の一線に立ち、働き、結婚して家庭を持つという二十代、三十代の成人が慢性腎不全を発症した家庭では、親はなんとしても自分の子供に移植を受けさせたいと考える。

市立宇和島病院で移植が行われたという情報は、患者の間に拡散し、診察中に移植後のレシピエントの状態を聞いてくる者も多くなった。万波は心して楽観論を口にするのは避けた。シクロスポリンを使用すれば、八割以上、あるいは九割のレシピエントが移植に成功し、透析から離脱していた。残りの患者は残念ながら、拒絶反応をコントロールできずに、移植した腎臓を摘出し、透析に戻る。すべての患者が移植で救えるわけではない。

生着した腎臓が機能し、通常の生活を送れるようになったレシピエントも、いつまで腎臓が機能するのか、それにも個人差があり、断定的なことはいえなかった。それでも透析患者は、透析ルームで顔を合わせていた者が、移植を受けると一ヵ月に一度程度、万波の診察を受けるだけで、元気にしている姿をじかに見る。移植を受けたいと患者本人も考えるようになるし、家族も移植を受けさせたいと思う。

しかし、どんなに移植を望んでも、簡単には移植のチャンスは回ってこない。

法律は施行され、死亡した患者が生前臓器提供の意思表示をしていたとしても、医師は遺族を説得しなければ、臓器を摘出することはできない。いずれにせよ臓器提供をしてもらうには、遺族の了解を取り付けなければならない。この手続きは以前と何も変わるところはない。

家族から提供してもらえる患者はいい。家族からの提供が望めない患者は、死亡した第三者からの臓器提供を待つしかない。

慢性腎不全の原因は、腎臓自体が病態を持つ一次性のものでは、代表的なものはＩｇＡ腎症だ。血尿やたんぱく尿などの症状が現れる慢性糸球体腎炎の一種で、日本人を含むアジア人に多い病気とされる。

生活習慣病に起因する二次性のものでは、糖尿病性、高血圧性腎症（腎硬化症）などがある。

この他には遺伝性のものもある。

透析を受けている尾中サチは遺伝的な慢性腎不全と思われた。父親がやはり慢性腎不全だった。尾中サチの夫は、地元でタクシーの運転手をしていたが、交通事故で死亡。その後はサチ一人で長女の光代を育ててきた。

光代が松山市内の専門学校を卒業した頃から、サチの体調が思わしくなく、しばらくして透析を受けるようになった。一人娘の光代は、病気の原因はムリして母親が働き続けた結果だと思い込み、自分の腎臓を母親に内緒で移植してほしいと、万波に訴えてきた。

そんな要望には応えられるはずもなく、万波は拒絶した。それでも光代は泣きながら移植を懇願してきた。

光代によると、母親に自分の臓器を提供すると申し出たが、娘の腎臓をもらってまで生きたくはないと、サチは激しく移植を拒絶した。母の手一つで専門学校を卒業し、松山市内の会社で働いていた光代は、松山市内のマンションで一緒に暮らそうと誘っているが、早く結婚し、生きている間に孫を見たいと、サチは故郷の宇和島市から離れようとしないらしい。

「いくら娘のあなたが了解しているとはいえ、患者本人の了解を得ることなく、移植手術なんてできるはずがない。よく相談してみなさい」

万波はそう助言したが、とにかくサチはいっさい聞く耳を持たないようだ。無理もない。親から子への移植は多いが、子から親への移植となると、その例は少ないというのが現実だ。

「誰か、親戚に提供してくれそうな人は?」

「伯父がいますが……」

「伯父さんには相談してみたのか」

光代は首を横に振りながら答えた。

「伯父さんからはもらえません」

伯父は慢性腎不全とはまったく無縁で、通常の生活を送っている。なかなか切り出せなかったようだが、意を決して光代が臓器提供を頼んだ。

「すまんが俺の腎臓は諦めてくれ」

うなだれる光代に申し訳なさそうに伯父が言った。

「俺にも子供が二人いる。万が一、子供に移植が必要になった時のために、残しておきたいんだ」

万波が耳にしたこうした類の話は、一つや二つではない。移植をめぐって家族関係に、修復しようのない深い亀裂が生じてしまうケースもある。

竹田慎太郎一家がその典型だ。竹田慎太郎は四十代半ば、妻と二人の子供と四人家族。近くに母親が一人で暮らしていた。父親は慢性腎不全で早逝している。父親の商売を引き継ぎ、宇和島市内に二店舗、八幡浜、伊予大洲にそれぞれスーパーマーケットを持ち、経済的には恵まれている。

慎太郎は、父親が日々衰弱していく様子や、死に至る経過を高校生の時に目の当たりにしていた。透析を受ければ、今までのようにスーパーマーケットの経営に専念できなくなる。いずれ透析を受けなければと考えながらも遅らせてきた。

父親は亡くなる二、三年前から体中にシミのような斑点がいくつも現れた。それと同じものが慎太郎の体にも出てきた。

万波は透析を受けるように説得した。慎太郎も限界に来ているという自覚はあったのだろう。シャント造営の手術承諾書にサインして、透析を受けるようになった。今までのように四つのスーパーを移動し、経営にあたることは困難になった。

しかし、一緒に透析を受けていた患者が、家族から腎臓を提供してもらい、移植手術を受け、元気になっていくさまを慎太郎も見ていた。

「先生、俺も移植手術を受けたいのだが……。どうしたら臓器がもらえるのだろうか」

万波は亡くなった第三者からの臓器提供は極めて少なく、現状では家族から提供してもらうしか方法がないことを説明した。

「それなら女房が納得して、提供すると言ってくれればいいんだな」

竹田慎太郎は帰宅すると、妻に移植の話を伝えた。

竹田夫婦が二人して相談にやってきた。妻は臓器提供に理解を示し、明日にでも手術をしてほしいと万波に言った。妻の話では、透析を受けた日はほとんど仕事にならないで、ぐったりしているらしい。翌日、早朝から四店舗を走り回っている。

「車を運転しているのですが、いつか事故を起こすのではないかと心配で……。以前のように元気で働けるようになるのなら、私の腎臓を取って、主人に移植してやってください」

万波は慎太郎と妻のマッチングを検査に回した。しかし、ＨＬＡのタイピングは合わなかった。強い拒絶反応が予想された。妻からの移植はムリだった。

どうしても移植を受けたかったのだろう。諦めきれなかった慎太郎は七十歳前の母親に実情を訴えた。母親は、夫を慢性腎不全で失い、一人息子の慎太郎までもが同じ病で命の危険にさらされているのを知り、腎臓を慎太郎に与えると約束してくれた。

ＨＬＡ検査をした。マッチングに問題はなかった。移植に向けて準備が進んだ。

母親に対して何度も臓器提供の意思確認が行われた。ところが入院当日、母親の意思が翻った。母親は突然、臓器提供に難色を示した。医学的な助言、説明は万波にはできるが、こうなると当事者二人の話し合いに誰も介入することはできなくなる。

母親は手術が一週間後と聞かされて、腎臓摘出への恐怖を口にした。

「もう少し生きて、孫の成長を見守りたい」

慎太郎がたまりかねて言い放った。

「その孫を育てるために、俺にはオフクロの腎臓が必要なんだ」

この一言で母親と慎太郎の亀裂は決定的になってしまった。慎太郎は一日置きに透析を受けている。おそらく母親と慎太郎との関係が以前の状態に戻ることは二度とないだろう。

家族間で移植が話し合われ、ドナーを選び、決める段階になるとこうした話が必ずといっていいほど、患者と患者を取り巻く家族の間で交わされる。こんな話を聞くたびに、万波は複雑な思いにかられた。

生体腎移植ではなくて、死んだ人からの移植を増やさない限り、家族を崩壊させかねない問題が影のように移植にはついて回る。

浮かぬ顔をしている万波に近藤が声をかけた。

「お疲れのようですね」

万波は弱音を吐くようなことはしないが、近藤院長との付き合いは長い。何か問題を抱えているのは、近藤にはわかってしまうのだろう。

「家族から提供された腎臓ではなく、死んだ人からなんとか腎臓がもらえるようにできんもんでしょうか」

「『角腎法』ができましたが、状況は何も変わりませんね」

近藤も臓器提供が増えない現実を十分に認識している。

臓器提供を増やすには、救急外来や脳外科、心臓外科の医師に協力してもらうしかない。万波は、弟の廉介、西、光畑らとともに、亡くなった患者遺族に対して臓器提供の説得にあたってくれる医師を探すことから始めなければならなかった。もちろん万波自身も、市立宇和島病院の外科医師らに、不慮の事故や、突発的な病気で死亡した患者遺族への説得を頼み込んでいた。

「それだけではやはり限界があるでしょう」

近藤は万波に講演を要請した。そこで移植医療の必要性を訴えろというのだ。

「ワシは人の前で話なんかできんよ」

万波は即座に断った。近藤は万波が承諾するはずがないと最初から予想していた。それ以上は何も言ってこなかった。しばらくすると、近藤から一緒に食事でもしようと、昼食に誘われた。

土曜日の午後一時、市立宇和島病院で落ち合おうと約束した。土曜日の午前中は外来の診察があるが、午後は休診で、万波は入院患者の回診にあてた。当然、近藤はそれを知っている。

近藤の運転する車に乗せられた。近くのレストランにでも連れて行かれるのかと思った。しかし、近藤は宇和島商工会館の駐車場に車を止めた。商工会館の中にはレストランはない。

「降りてください」

近藤は商工会館の中に入っていった。

「ここです」

連れて行かれたのは二階の会議室で、机が並べられ、三十人くらいが席に着いていた。彼らの前には、特注の出前の弁当が並べられていた。一番前の机だけが彼らと向き合うように置かれ、近藤と万波が並んで座った。

「これはなんの集まりですか」

万波が聞いた。

「宇和島ロータリークラブのメンバーで、昼食会に呼んでいただきました。食事の後、移植の話でも少ししてくれますか」

近藤が耳打ちした。

突然の話に万波は逃げ出したい気分だった。弁当を開いたが落ち着いて食べている気にはなれず、喉を通らなかった。

「移植の何を話せばいいんですか」

「ドナーが少ない現状と、移植によって救いたい患者がたくさんいるんだっていうことを話してくれますか」

万波は弁当を半分も食べなかった。

メンバーが弁当を食い終わったのをみはからって、近藤が立ち上がり言った。

「私の隣におられるのが市立病院の泌尿器科医の万波誠先生です。彼が中心となって腎臓移植手術を進めていますが、ドナーが一向に増えません。十七年前の和田医師による心臓移植の〝後遺症〟なのか、移植と聞けば、まだ生きている人間から臓器を取り出して移植をすると思っておられる方がいるかもしれません。しかし、移植というのは死んだ人から臓器提供を受けて、移植でしか病気を治せない患者のために手術して、その患者の生命を救う医療です。市立宇和島病院は、四国では最初の腎臓移植を行い、執刀したのが万波先生です。今日は彼から直接移植の現状を語ってもらおうと、この席にお呼びしました」

近藤が座ると、会場から拍手があった。万波に話をしてくれという催促なのだろう。万波は立ち上がった。

「突然の話で、なんも用意はしとらんで、思いついたまま話をさせてもらいます」

万波は、移植の倫理的な問題、「角腎法」の意義について話をしろといわれても、それを要領よく解説する技量はない。

「私が今、抱えている患者の中に、臓器提供があれば、今すぐにでも移植をしてやりたい者がおるが、その人たちの話をしてみたいと思う」

万波は、尾中サチと光代、竹田慎太郎一家の抱えている問題を、患者本人や家族が特定できないように説明した。

昼食を兼ねた「講演会」で、ロータリークラブの会員も生命にかかわる問題が話されると思っていなかったようで、万波の話に私語はいっさいなく、真剣な眼差しで話を聞いてくれた。

万波は三十分くらいで話を終えた。患者でもない人に、これほど長く移植の説明をしたのはそれが最初だった。どれほどの効果があるかわからないが、移植への理解を深めてもらうにはこうした地味な活動が必要なのかもしれない。

病院に戻らなければならない時間が迫っていた。昼食会が終わると、会員が万波のところに歩み寄ってきた。

「患者さんたちが大変な思いをされているのが、先生のお話でよくわかりました」

「移植を望まれている患者さんたちが、一日も早く移植を受けられるようになるといいですね」

そんな言葉をかけてきた。しかし、腎臓提供に協力したいという者は誰一人としていなかった。

移植は他人の死の上に成り立つ医療だ。腎臓提供をするということは、本人が死亡するか、あるいは身内の中から死者が出た時にのみ可能なのだ。できることなら自分の死や身内の不幸など考えたくないというのが本音だろう。

臓器提供への理解が進み、移植が一般的な医療になるのか、万波には見当もつかないが、しばらくはこうした啓蒙活動を地道に続けていくしかないのだろうと思った。


生体腎移植は、一九八〇年代後半から医療として慢性腎不全患者には認知されるようになった。多くの患者が市立宇和島病院を訪れ、万波に移植の相談をもちかけた。血液型、ＨＬＡに問題がなければ移植手術は行われた。

検査の過程で思わぬ病気が発見されることがある。神田勇と嘉子は五十代半ばの夫婦だ。すでに二人の子供は自立していた。夫が慢性腎不全で、透析に入ってすでに五年が経過していたが、ドナーは現れなかった。

嘉子は夫が透析に入った当初から自分の腎臓を提供すると万波に伝え、血液型、ＨＬＡのマッチングに特に問題はなかった。しかし、夫の勇は妻から腎臓提供を受けて移植することに強い抵抗を見せた。

「健康な妻の体を傷つけてまで……」

夫婦ともに高学歴で、移植についてはかなりの知識を持っていた。

神田勇は高校の教師で、透析は授業を終えた後に受けた。しかし、それほど偏差値も高くない荒れた生徒の多い公立高校で、神田が担当していた生活・進路指導にも透析が影響し、十分な指導ができなくなった。

生徒が補導され、警察から連絡があると、深夜であろうと神田は生徒の引き取りに警察に車を走らせた。神田のところに連絡が入るということは、親が引き取りを拒否したか、無関心なのか、そのどちらかだ。

神田の熱血教師ぶりは、他の透析患者からも聞いて万波は知っていた。その仕事に支障をきたすようになったのだろう。透析後、鉛の塊でも背負わされたような足取りで、市立宇和島病院からタクシーで警察に向かう神田を何度か万波自身も目撃している。

最終的には嘉子が夫を説き伏せたようだ。

「定年まで現役教師を続けたい。やり遂げたいと思っているんです」

そのために妻からの臓器提供を受けると本人も決意したようだ。

嘉子も夫が教師を続けられるのであればと、臓器提供には積極的だった。

移植は神田が時間を取りやすい八月に行うことになった。嘉子の腎臓に問題がないか、検査が行われた。腎機能も正常だった。しかし、ＣＴ画像で、小さな腫瘍が発見された。

悪性か良性なのかは細胞を取って検査するしかない。ガンかどうか、ガンの悪性度を調べるには、腎臓に細い針を刺して組織の一部を取り検査する生検しかない。しかし、腎細胞ガンの生検には出血のリスクが伴う。

良性腫瘍だからといって放置しておくこともできない。腫瘍は良性、悪性にかかわらず切除するのが適切な治療法だ。

腫瘍が四センチ未満の小径腎ガンであれば、ガンの部分だけを切除し、腎臓を温存するというのが腎細胞ガンの対処方法で、それが世界的なスタンダードになっている。しかし、片方の腎臓が健常であれば、再発、転移をおそれて多くの患者が全摘しているのが現実だ。

万波は嘉子の腎臓に腫瘍が発見されると、すぐに二人を呼んで事実を告げた。

「それならいい方の腎臓を摘出して、夫に移植してもらえれば……」

「腎機能の悪い方を移植するというのが原則で、レシピエントが健康になっても、ドナーの健康が損なわれたのでは、なんのための移植か、まったく意味がなくなってしまう」

万波が移植の原則を説明した。

「移植するよりなにより、女房の腫瘍の治療を最優先してください」

神田は自分の体より、妻の体を気遣った。

「もし腫瘍が良性だったら、私の腎臓は移植に使えるのでしょうか」

通常は悪性、良性にかかわらず腫瘍が発見された段階で、その臓器は移植不適応とされる。悪性腫瘍となると、ガンが持ち込まれると考えられ、移植は忌避されている。

「でも、四センチ未満の小さなガンであれば、そのところだけを切除して、腎臓は残しておいてもいいというのがスタンダードなら、悪いところを取り除いてもらって、その腎臓を移植しても再発しないのではないでしょうか」

万波の説明に嘉子は疑問を抱いた。

その通りだ。万波の解説は矛盾しているのだ。小径腎ガンにかかった腎臓は、ガンの病巣を除去、腎臓を残すのが原則だとしている。再発、転移するのなら、残さないで全摘にするのが正しい治療法ということになる。部分切除で、腎臓を残すという選択は、悪性腫瘍を取り除いた腎臓にも腎機能が期待できるし、再発、転移も少ないと考えられるからだ。

「皆、ガンの再発、転移をおそれ、実際には全摘にするケースが圧倒的に多いんだ」

「これまでに小径腎ガンの腎臓を移植したケースはないのでしょうか」

「ないと思う。でも小径腎ガンに限らず、ガンにかかった人の臓器は移植には用いてはならないというのが、移植学会のガイドラインになっているんだ」

「理由はガンが持ち込まれるからということですか」

神田が聞いた。

万波は頷いた。

「良性であれば、移植してもいいのでしょうか」

嘉子が尋ねた。

「理屈の上で可能だが、ガンが腎臓の表層側にあって生検がしやすい場所なら、細胞を取って検査もできる。でも、奥さんの場合、腎臓の内部にできているので、そこに針を刺すのは出血の危険性がある」

「事前に良性か悪性か、診断が難しいということでしょうか」

嘉子が訝る表情で聞いた。

「せっかく女房が痛い思いをして提供してくれる腎臓です。ガンを取り除いて、その腎臓を移植してもらうわけにはいかないのでしょうか。万が一、再発、転移しても万波先生にご迷惑をかけるようなことはしませんから」

　神田が移植を懇願した。

「少し、時間をくれんか。論文を調べ、友人の医師らと相談をしてみる」

　その日はそう答えるのが精一杯だった。

13　禁忌

万波は、神田の妻嘉子のCT写真を何度も繰り返してみた。左の腎臓には表層側から二センチないしは三センチほど内部に浸潤し、およそ直径三センチ程度の広がりを見せる腫瘍がある。悪性、良性にかかわらず腫瘍は取り除かなければならない。

腫瘍が四センチ以上であれば迷うことなく腎臓を全摘にする。四センチ未満なら、腫瘍部分を除去して、摘出せずに残してもかまわないとしている。残された腎臓は十分に機能するからだ。

しかし、腎動脈、腎静脈の血流を止め、腎臓にメスを入れて腫瘍を取り除くためには、二、三時間はかかる。腫瘍の浸潤がひどければ、一度腎臓を摘出し、その上で取り除く手術をして、再度、嘉子に戻すという自家腎移植をしなければならない。さらに手術時間は長くなる。

嘉子の年齢を考えると、自家腎移植はあまりにも肉体的な負担が大きく、避けるべきだろう。実際には開腹し、腎臓を見てみなければ判断はつかないが、CT画像からは嘉子の左側の腎臓の治療は、部分切除が最適な治療方法ということになる。自家腎移植よりはましだが、それでもリスクは伴う。

弟の廉介や、西光雄医師、光畑直喜医師にも意見を聞いてみるが、おそらく同じ意見に落ち着くだろう。

嘉子の場合、腫瘍の一部を取って生検に回し、腫瘍が悪性か、良性なのかを調べる。悪性なら、その事実を告げて、ガン除去後も定期的に健康診断をして、再発や転移がないか、経過を見守る必要がある。本来ならそうした治療法が採用される。

しかし、腎臓を摘出し、腫瘍を除去して夫へ移植してほしいと、嘉子は強く望んでいる。夫もその腎臓移植を要望している。

摘出した腫瘍を病理検査に回して、悪性か良性かを判断している時間的な余裕はない。迅速診断でも一時間はかかるだろう。

治療目的で摘出した嘉子の腎臓を、腫瘍が良性ならば、それを夫に移植しても腎臓は機能するはずだ。では、悪性ならどうなるのか。泌尿器科では四センチ未満の場合は、腎臓を摘出するのではなく、部分切除して腎臓を温存しろと指示している。残しても再発転移のおそれが少ないからだ。

摘出した腎臓にガンがあり、それを取り除いた腎臓を移植した例は果たしてあるのだろうか。万波はそうした論文があるかどうか確かめてみたが、結局見いだすことはできなかった。

一週間後の診察日、夫婦二人で診察室に入ってきた。

患者が座る椅子に真っ先に座ったのは嘉子の方だった。神田勇は看護師が持ってきた椅子に腰かけた。

「どうでしょうか、私の腎臓は夫に移植できるのでしょうか」

嘉子が待ちきれずに万波に聞いた。腎臓を摘出した後、病変を除去し、その腎臓を移植に使えるかどうかに、夫が透析治療から解放されるか否かがかかっているのだ。

　嘉子は訴えかけるような目で万波を見つめた。神田勇も妻の腎臓が移植に使えるのか、気が気ではないだろう。万波の返事を待っている。

「良性であれば、腫瘍を取り除いてすぐに移植できる。しかし、良性か悪性か、迅速診断でわかったとしても、生検に回してみない限り、悪性度は迅速診断だけでは判断がつかない。悪性だった場合どうなるか。ガンが持ち込まれる可能性は低いとは思うが、そうした移植に関する論文は今のところみられない以上、最終的にはあなたたちがどう判断するかによると思う」

「私たちはもう決めているんです。たとえ悪性であっても、それを取って妻に残しておいてもいい腎臓なら、私に移植しても大丈夫ではないかと、そう思うんです」

　神田が言った。

「移植を受けた患者は、拒絶反応を抑えるために免疫抑制剤を服用しなければならない。そのために通常より免疫力は落ちる」

「どういうことでしょうか」

「免疫抑制剤のおかげで、移植された臓器はレシピエントの体内でも機能してくれる。でもウイルスやバイ菌に感染しやすくなる。ガンも同じで、通常であれば抑え込まれるガン細胞が暴れ出す可能性もある」

「それを考えていたら、移植はできなくなってしまう。移植後、腎臓にガンが再発すれば、その時に対応を考えるしかない。それが私たち夫婦で出した結論なんです。そのリスクよりも、以前と同じように教壇に立って、教師の仕事を続けたいんです。どうか妻の腎臓を移植できるようにしてください」

　神田が懇願した。

「わかった。他の医師たちとも相談してみる」

万波は廉介、西、光畑の三人の医師にもＣＴ画像を見せ、判断を求めた。ガンがレシピエントに持ち込まれるかどうかは不明だが、そのリスクよりもレシピエントが手にするベネフィットを考えると、三センチにも満たない大きさの腫瘍なのに、夫への移植を諦めるにはあまりにも惜しい。

「移植後、ガンの定期検査をしばらく続け、再発が見られた時はすぐに摘出するということもあり得ると、納得してくれているのなら、いいのではないだろうか。そのあたりは何度も二人に確認を求めておいたらいい」

西医師の意見だ。

「腫瘍もそれほど大きくない。とにかく臓器提供はないに等しい。こうした現状では、本来なら廃棄すべき腎臓でも、利用できるのなら使って、慢性腎不全患者を救っていかなければならないのでは」

光畑医師にも異論はなかった。

弟の廉介は「兄貴に任せる」とだけ答えた。

万波はそれでもすぐに決断できなかった。ガンでなければ悩む必要はない。良性なら腫瘍を除去して移植すればいい。悪性腫瘍の場合、どうすべきなのか。一番簡単で無難な方法は移植を断わり、腎臓提供を待てと患者を突き放す指導だ。しかし、それでは神田の教師生命を奪うことになる。

ガンの腎臓を部分切除し、患者の体内に残しても、再発、転移した例はこれまでにはなかった。ということは妻から夫へ移植したとしてもすぐに再発、転移するとは考えにくい。しかし、万波の思考のシーソーは水平になったまま停止してしまった。

万波に決断させたのは、神田の教師への情熱だった。透析では教師人生はまっとうできないと考えていた。その情熱が万波の心を揺さぶった。

万波は神田嘉子から腎臓を摘出し、夫に移植することを決意した。


神田嘉子から腎臓を摘出する手術はいつものように廉介と西医師の二人が担当した。何のトラブルもなく腎臓の摘出は成功した。すでに数百例の移植手術を万波誠と瀬戸内グループは経験していた。

嘉子の体内から摘出された腎臓を西はステンレスバットに置いた。看護師が隣の部屋に運んだ。

すべての作業が精密機器のような正確さで進められ、一瞬の滞りもない。

摘出された腎臓が万波医師のところに運び込まれてきた。腎臓の部分切除は腫瘍の性状、部位により上極あるいは下極の部分切除、くさび状切除、腫瘍核出術の三つがある。神田嘉子の腫瘍の除去はくさび状切除で手術が行われる。

どの手術でも、早期の腎血流のコントロール、阻血による腎障害の防止、完全な腫瘍の摘出、腎切除面の確実な止血、腎盂腎杯の正確な閉鎖を行うことが重要なのだ。

腫瘍とともに正常腎実質を約一センチつけて切除する。腫瘍の辺縁より約一センチ離れた位置で腎被膜を切開し、腫瘍部分をくさび状に切除する。

腎盂腎杯の閉鎖と切除面の止血を行い、くさび状に空いた腎切除面を寄せ縫合する。

「すぐに検査に回してくれ」

しかし、腫瘍はほぼ良性だと万波には判断がついた。腫瘍も取り切ったという確信はある。神田夫婦は、リスクがあったとしても、嘉子の腎臓を移植することを望んでいる。

万波は検査結果を待たずに、夫の勇に移植した。阻血時間を短縮できるし、感染症を引き起こす確率も低くなる。

手術はすべて順調に進んだ。

腫瘍の検査結果はやはり良性だった。


神田夫婦は三ヵ月もすると以前と同じような生活を送るようになった。神田勇に移植された妻の腎臓は、万波が思っていた以上に機能を発揮してくれている。妻の嘉子は、腎臓を摘出したが、術後の経過は良好で、今のところ問題はみられない。定期的な検査、経過観察はする必要があるが、生検の結果、良性腫瘍で再発転移のおそれはなくなった。

しかし、夫の勇の方は、透析から離脱したが新たな不安を抱えていた。

診察に来るたびに、不安を万波にぶつけた。

「移植した腎臓はどれくらいもってくれるのでしょうか」

それは万波にも答えようがない。数年で廃絶して透析に戻らなければならない患者もいれば、十年が経過しても移植当時と同じ機能を維持してくれる腎臓もある。どんなに規則正しく免疫抑制剤を服用し、節制した生活を送っていても、廃絶に追い込まれる患者はいる。

「とにかく女房からもらった腎臓を五年はもたせてください」

神田は両手を合わせて万波を拝むような仕草をしてみせた。

「そんなことはせんでくれ」

苦笑いを浮かべながら答えた。

「これぱっかりはわからんのだ」

急性の免疫拒絶反応を抑えたとしても、慢性の免疫拒絶反応は徐々に進行する。神田が五年と言ったが、その期間が気になり、万波が聞いた。

「五年は大丈夫だと思うが、五年間に何か意味があるのかね」

「妻の協力もあり、万波先生に移植してもらい、元気になれた。定年まで現役の教師で、仕事を続けたいんです」

評判通りの熱血教師なのだろう。

神田勇が診察室で語る不安は、いつまで移植した腎臓が機能するかだ。

「学生の時から教師になるのが夢だった。実際教師になり、私はやりたいことはいつもやってきたし、思うとおりに生きてきました。その時その時を全力で生きてきたと思っています。透析になってからはこのまま透析を続けた方がいいのか、それとも移植を受けるべきなのかは心底悩みました」

透析後の余命は、透析を導入した年齢にもよるが、五年が経過すると四割の患者が亡くなる。さらに十年経過すると六割が死亡するという現実がある。

「透析しながらも六割の患者が五年生きているのなら、移植をしないでおとなしくしていたほうがいいのではと考えた時もあります。それを乗り切ればさらに五年生きられるかもしれない。移植をしないで徐々に弱っていく不確かな十年の人生を選べばいいのか」

移植医療は、シクロスポリンの登場によって、免疫拒絶反応はコントロールできるようになり、合併症のリスクも激減した。しかし、移植医療には未知な部分がまだ多い。

「透析を受けながら、五年、あるいは十年生きられたとして、そのうち正味何年くらい動けるのか、自分のやりたいことができるのか。移植して透析から離脱して確実に五年間、教師として生きられるのなら、そっちの方がいい。その後の五年間は透析に戻ったとしてもかまわない。二つの選択肢のどちらを取ったらいいかなんて、いくら考えたって結論など出るはずがない」

しかし、神田夫婦は二人で何度も話し合い、移植の道を選択した。神田勇は、高校の教師に復帰し、非行に走る生徒に、夫婦二人で悩みながら出した結論について話しているようだ。

「生徒に、まじめに勉強しなさい、頑張って懸命に生きるんだ、なんていう説教より、悩みに悩んで出した移植の決断を生徒に聞かせた方が、説得力もあって効果的なんです」

神田勇は笑みを浮かべながら言った。

話を聞いていると、不安も迷いも神田勇からは感じられなかった。おそれというのは、生徒指導にあたっている最中に、急に体調を崩し、生徒の対応にあたれなくなることだった。

「行けるところまで行ってみます。考えたからってどうなるものでもない。定年まで教師を続けられて、さらにその後も、妻からもらった腎臓が機能してくれれば、それはもう最高の人生になります」

そんな人生が送れるようにするのが医療の使命だと、万波は思った。

神田嘉子から夫への移植は、腫瘍が良性だったこともあり、何もかもが順調だった。神田勇は以前と同じように教壇に立ち、生徒の生活指導にも支障をきたすことなく、定年まで働けそうだと語っている。

一ヵ月ごとに検査を行っているが、免疫拒絶反応はコントロールできているし、腎臓も十分に機能している。神田勇の移植によって、本来なら移植の適応外とみなされた腎臓でも、腫瘍を切除して移植しても十分に機能することがわかった。ただしそれは良性腫瘍の場合で、悪性だった場合には、ガンの持ち込みについては未知数だ。

しかし、提供される腎臓は極めて少なく、家族間で行われる生体腎移植でも、今後、神田と同じようなケースは予想される。神田の成功例は、一つの希望につながった。

呉共済病院の光畑直喜医師から相談を受けたのは、神田夫婦の移植から三年が経過した頃だった。

「神田さんと同じように教師をしていた透析患者がおるんだが、この患者に腎臓を提供してもいいという第三者のドナーが現れそうなんだ」

「第三者のドナー？」

万波は聞き返した。一般的には、第三者のドナーとは、亡くなった人のことを指し、血縁関係のない、しかも生きている第三者のドナーは考えられない。

光畑医師によると、ドナーは農業を営む七十五歳の男性で、呉共済病院で左の腎臓と大動脈をつなぐ腎動脈に三センチ大の動脈瘤が見つかった。

患者のパフォーマンスステータス（全身状態）が良ければ、腎臓ごと摘出して動脈瘤を切除し、再び患者の体内に戻す自家腎移植手術をする。しかし、年齢を考えると、患者に与える負担は極めて大きく、合併症の危険も少なくない。光畑医師は、患者、患者の家族と相談の上、左の腎臓の摘出を決めていた。その腎臓を光畑は移植しようと考えていた。

レシピエントになる高校の元教師は妻から提供を受けて一度移植は受けている。しかし、その後移植した腎臓は廃絶し、透析に戻った。二度目の移植ということになる。

「血液型とHLAはどうなっている」

万波医師が聞いた。

「ドナーと一致している。HLAも特段の問題はない」

光畑はすでにすべての検査を終えていた。

「それなら移植には問題はないのでは」

「移植に協力してもらいたい」

光畑は万波、廉介、それに西医師に、呉共済病院での移植に協力を要請した。

泌尿器科の医師は、患者と密接な関係を持てば持つほど、患者の置かれている状況を知ることになる。それは光畑医師も同じだった。

移植を望む元教師は、透析に入ると生活は一変した。透析をしたその日は仕事にならなかった。夕方透析を受けて、授業への影響を極力回避した。

しかし、透析の影響は翌日になっても現れ、教壇に立っても思うような授業ができなかった。結局、高校を退職するしかなかった。患者は経済的にも精神的にも追いつめられているらしい。

患者は学校から塾に職場を変えて、生活の立て直しをはかったが、以前と同じ収入を得るのは到底不可能だった。

「何のために透析しているのかと疑いたくなるほど、とにかく透析後の状態が悪かった」

透析患者の中には、極度の透析困難症に襲われる者もいる。元教師もその一人で、自殺までほのめかしていた。

「夜中に目を覚ますと、自分の腎臓を提供してくれた妻が隣に寝ているんですよ。子供部屋には中学生と小学生の二人の子供もいる。女房の顔を見る度に、子供二人を女房に任せて、自分だけ死を選ぶのは卑怯だと思って、自殺を思いとどまっているんです」

こうした透析患者に移植希望登録をして、ひたすら待ちなさいと説得しても、移植への道は果てしなく遠い。医師は彼らの訴えに、無力感にさいなまれることになる。

万波らが、呉共済病院でこの移植手術を行ったのは、一九九一年だ。ドナーは七十五歳だが、腎機能はまったく正常だった。

術後、ドナーは腎臓が一つになったが、以前と同じように農業に復帰した。

一方、レシピエントも透析から解放された。

「一度移植がダメになり、もう何もかもあきらめかけていたんで、再び移植できて本当にうれしい。光畑先生には心から感謝しています」

こう言ってレシピエントは退院していった。

その後、レシピエントの生活は完全に元に戻った。以前の高校に戻ることはできなかったが、私立高校がレシピエントを採用し、再び高校の教壇に立つようになった。

高齢でしかも第三者のドナーによる移植手術は、手術そのものが珍しい。

病気治療のために摘出された腎臓は、ホルマリンの中に保存され、病理学検査に回される。通常は五年間保存されてから焼却処分にされる。

そうした腎臓で慢性腎不全の患者が救えるのなら、一定のリスクを理解し、許容する患者に対して、ためらうことなく移植を進めるべきではないのか。万波はそう思った。

家族から臓器提供をしてくれる者を探せといっても、それは容易ではない。こうした患者に、他人から提供される移植臓器を待てと言ってもまったく意味がない。砂浜から一粒のダイヤモンドを探しあてろというようなものだ。

14　修復腎移植

万波誠と野村正良との付き合いは長い。市立宇和島病院の泌尿器科の医師として働くようになって十五年が経過した頃から野村を診察してきた。

松山市に本社を置くローカル紙愛媛新聞の記者だ。

「実は、ガンで摘出しなければならん腎臓が出そうなんだ」

野村にはまだ手術の痛みが残っているはずだ。ガンの腎臓が摘出されると聞いても、その手術が自分とどのように関係があるのかが理解できずに、苦しそうな表情を浮かべている。

野村は万波を見つめているが、目には精気がない。一ヵ月の間に、二度の手術をしている。最初は妻から提供された腎臓を移植。激烈な拒絶反応が出たため、二度目はその腎臓の摘出手術だ。

「それで……」

「部分切除で、腎臓を残しておいても問題はないと思うが、その患者は再発、転移をおそれて、全摘を望んでいる」

万波は患者の年齢、性別、居住地区は伝えなかった。

「十分に機能する腎臓をもったいないと思っているんだ」

野村は何かを言おうとしたが口ごもった。

万波の考えていることが野村に伝わったのだろう。

〈まさかそのガンの腎臓を私に移植しようと……〉

寝起きの顔に冷水を浴びせかけられたように、目を見開き、万波を凝視している。そのまさかの移植を実施しない限り、野村が透析から離脱して新聞記者を続ける方法はないのだ。野村が了承すれば、一度目は死体腎移植、二度目は妻からの生体腎、そして三度目の移植手術になる。

万波は以前行った妻の神田嘉子の腎臓を摘出、夫の勇へ移植したケースについて説明した。

「その奥さんの腎臓にもやはりガンがあったのでしょうか」

「いや、最終的には良性腫瘍だった。だが、これまでガンであっても部分切除で、腎臓を残しておいた患者からガンが再発したり、転移したりしたケースは出ていない。私はガンを取り切ってしまえば、再発もなく十分機能してくれるだろうと思っている」

野村も今後の人生がかかっている。真剣な眼差しで万波を見据えている。二人の視線が縄のように捻じれて絡まる。

野村の半生は、慢性腎不全との闘いと言っても過言ではない。その野村に、万波も医師人生を賭して伴走してきた。

松山の本社から宇和島支局に転勤になり、その頃の野村は取材に飛び回っていた。自覚症状はあったようだが、健康診断を受けるのを先延ばしにしていた。突然の発熱、痙攣に襲われ、そして重度の倦怠感に見舞われた。妻の久美子に強引に連れられてやってきたのが最初だった。

「手遅れにならないうちに、早く病院に行って、診察してもらって」

妻の久美子の言葉に、渋々市立宇和島病院へやってきた。野村はまだ三十代半ばといった年齢だった。

最初に診察したのは内科医の近藤医師だった。

近藤は検査結果を見て、野村に告げた。

「これはひどい。腎臓はほとんど機能しとらんですよ」

さらに精密検査が必要となり、緊急入院となった。その野村を担当したのが万波だった。それまでに野村は入院した経験もなく、テニスをやるなど健康には自信があり、取材、執筆に多忙な日々を送っていた。

主治医となった万波は、野村の腎臓から細胞の一部を取って、腎生検にまわした。近藤医師が指摘する通りだった。

「腎臓はほとんど壊れている。いずれは透析を受けなければならなくなるから、覚悟しておくように。透析は明日から受けるようになるか、来年かはわからないが時間の問題だ。それまでは仕事をしていてもかまわないが……」

野村自身は、まさか透析治療を受けるほど悪化しているとは想像もしていなかった。疲労が重なり、十分な休養を取れば回復するだろうと高をくくっていた。支局勤務は三年間だが、三ヵ月を残して松山に戻り休職することになった。

透析に入れば記者の生命が絶たれると考えたのか、野村は民間療法に頼ることになる。最初は針灸だった。病院での検査は悪化の一途を辿っているが、鍼灸師は確実に回復に向かっていると断言した。

検査の数値を見れば、透析以外に助かる術がないのは明らかだった。それでも野村は透析を決断できずにいた。

「ひょっとしたら、回復のチャンスがまだどこかに残されているかもしれない」

しかし、松山市内の医師からも万波と同じ結論を突きつけられた。

「残念ながら、病状はどんどん進んでいる。透析はもはや避けられません」

休職から半年、梅雨が降りしきる日のことだった。

「これは何かの間違いで、俺が透析になるはずがない。どこかに透析を避ける方法があるはずだ」

野村は自分にそう言い聞かせていたようだが、そんな方法があるはずもなかった。

医師からついに宣告された。

「透析に備えて、シャントの手術をしてください」

それでも野村はシャント手術を受けなかった。それどころか透析を忠告する医師を無視して、病院にも通わなくなってしまった。

野村に待っているのは破滅だけだった。

「透析を拒否して死を選ぶか。思い直して透析を受けるか。どちらにしても、人生は終わったようなものだ」

野村は万波の診察を受けた時、そんな言葉を漏らしていた。頭をかきむしるような絶望感に包まれていたのだろう。妻もいるし、子供も一人いた。

「休職期間は三年間、それを過ぎれば退職に追い込まれる。妻や子供の生活はどうなるのか」

野村は藁にもすがる思いだった。よくなるという評判を聞けば、医師の忠告を無視して民間療法を試した。吸い玉と言われる半球形のガラス玉を使った浄血療法、玄米食や自然食品などを中心にした食事療法。どれを試しても腎臓が回復することはなかった。

休職してから八ヵ月が経過していた。やがて口や手足がしびれるようになり、歯茎からはコールタール状の真っ黒い血が流れ出てきて、止まらなくなった。体は衰弱し、死は一歩手前まできていた。

透析に入れば職場への復帰は遠のく。透析を回避する方法はないのか、民間療法もすべて試したが効果はなく、万策尽きた。そんな野村のために妻の久美子が腎不全関係の書籍を読みあさり、ＣＡＰＤ（連続携行式腹膜透析）という新しい透析の方法があるのを見つけた。

体液に似た成分に、ブドウ糖などを加えた透析液をチューブから腹内に送り込み、腹膜の浸透圧を利用して余分な水分、老廃物などを透析液に取り込むというものだ。

透析液を出し入れするためにカテーテル（管）を腹部に埋め込む手術をし、カテーテルを通して、約二リットルの透析液を、一日平均四回交換しなければならない。常に腹部が膨張し、カテーテルから細菌が侵入し、腹膜炎を起こす可能性があるが、人工透析よりも自由に動けるという利点があった。

一回の交換時間に三十分から四十分かかる。ただ締め切った清潔な部屋ならどこでも患者自身の手で行える。小便と同じ色に変わった液を腹から出し、新たに透析液を入れる。血液透析に比べ、体への負担が軽くなり、水分、食事制限もそれほどない。

野村はCAPDを試みた。血液透析を回避し、職場復帰を果たすことができた。しかし、休職期間は一年半に及んだ。

一九八七年四月、死体腎の移植を推進するための四国地方腎移植センターが発足し、愛媛県立中央病院に事務局が置かれた。

野村は四国地方腎移植センターを早速訪れて、移植希望の登録をした。四番目の登録だった。しかし、登録は気休めでしかなかった。死体から提供された腎臓で移植手術を受けるのは、宝くじで一等賞を引き当てるようなものだ。

野村は職場復帰し、CAPDには細心の注意を払っていたが、カテーテルから細菌が入り込み、やはり腹膜炎を起こした。

「今度また腹膜炎を起こしたら、CAPDができなくなってしまう。なんとか移植を受けたいが、どうにかできないものだろうか」

移植センターにすでに登録はすませてあるが、何の音沙汰もない。

愛媛県内の移植は、一九八八年当時、市立宇和島病院が百七十二例、愛媛大学医学部附属病院が五十例、松山赤十字病院が五例だ。このうち死体腎移植は、市立宇和島病院が二十四例、愛媛大学附属病院が七例。家族から提供された腎臓による生体腎移植だけではなく、死体からの腎移植も市立宇和島病院が抜きん出ていた。

万波を中心に、弟の廉介、西、光畑の四人の医師は、四国、中国地方の救命救急医を説得して回った。

「思わぬ事故で家族を失った犠牲者遺族、急な病で身内を失った患者家族に移植の意義を説明し、なんとか腎臓を提供してもらえるように説得してほしい」

こうして提供された腎臓を、万波らは透析が限界にきている慢性腎不全患者に移植していたのだ。

野村は妻を連れて、市立宇和島病院へ移植の相談にやってきた。

「ＣＡＰＤを始めたんですが、腹膜炎を二度も起こし体調が悪くて……。記者を続けていますが、毎日を送るのがやっとという状態です。なんとか腎移植が受けられんもんでしょうか」

妻の久美子は、移植医療について自分で学んでいた。久美子から尋ねられた。

「血液型が違うと、やっぱり駄目なんですか。できるなら、主人に私の腎臓をあげたいんですが……」

野村の血液型はＢ型、久美子はＡ型だった。

「外国では血液型が違っても、すでに移植が成功している例がある。日本でも近い将来、必ずできるようになると思う」

万波はそう答えた。

妻からの腎臓移植は困難で、野村は自分の身内にも相談してみたが断られ、移植は望むべくもなく厳しい状況に置かれていた。

「透析はやっぱりしんどいでしょう。すぐにというわけにはいかんですが、年間に三、四人は死体腎の提供がありますから、移植を受けられる可能性は十分あります。血液型と組織が適合する死体腎が入れば連絡しましょう。その時は、すぐに病院に来てください」

万波は野村にそう伝えた。

野村は四国地方腎移植センターと、市立宇和島病院が斡旋する二つのルートで移植手術を待つことになった。

しかし、一年が経過しても野村に適合する死体腎は見つからなかった。

野村が愛媛新聞の宇和島支局を離れてから二年目の冬、二月中旬、夜の十一時過ぎのことだ。万波は野村に電話を入れた。すぐに本人が出た。

「死体腎が二日後くらいに入る予定ですが、移植を受ける気はありますか。確定したわけではありませんが、可能性は四〇%くらいです」

ＨＬＡの適合性などによって、免疫拒絶反応の起きにくい患者に回ってしまう可能性もある。

「是非お願いします」

野村の返事からは迷いは感じられなかった。

喜んでいる野村の姿が目に浮かぶ。しかし、最終的には、適合性に問題が生じ、他の患者に回すしかなかった。こればかりは万波の力ではどうすることもできない。

それから三週間後だった。野村に再び移植のチャンスが回ってきた。自宅に電話すると、野村は愛媛新聞の編集部に出社し、まだ帰宅していなかった。

妻の久美子に告げた。

「今度は大丈夫、移植は受けられる。可能性は八〇%」

「わかりました。すぐ主人に伝えます」

久美子が弾む声で答えた。

「今夜中には宇和島に来てほしいのだが、来られるだろうか」

「すぐに行きます」

気のせいか、久美子の声は涙ぐんでいるように聞こえた。

すぐに野村に連絡が取られたのだろう。

久美子の運転する車で、深夜零時過ぎには宇和島に到着した。二人には病院近くのホテルにチェックインしてもらい、万波からの連絡を待ってもらった。午前二時前、万波は野村に連絡した。

「病院に来てくれるか」

駆け込むようにしてやってきた二人を万波が迎えた。

「今度こそ移植が受けられるんですね」

野村は不安を口にしたが、この時すでにレシピエントは野村に決定していた。野村も久美子も信じられないといった顔をしている。

「大丈夫、移植は受けられる」

万波が答えると、二人は「よかった」と、顔を見合わせながら喜んだ。野村は診察室に入り、久美子は病院内に備えられている公衆電話に走った。移植手術が受けられるようになったと、親戚に電話をするのだろう。

診察室に入った野村から採血し、クロスマッチを行った。死体腎の血液と野村の血液を混ぜて、抗体反応を確かめる検査だ。さらに移植後の拒絶反応に備えて免疫抑制剤を手術前から服用してもらう。

それが終わればホテルに戻ってもらい、十分な睡眠を取ってもらうことだ。しかし、数時間もすれば夜が明ける。野村は腹膜炎に悩まされ、体力はかなり衰弱していた。手術のために少しでも体力を回復してほしい。

野村の手術は午後からだった。そんなに睡眠は取れなかったはずなのに、はつらつとした、気迫に満ちた顔をしていた。

万波が手術室に入ると、すでに野村は手術台に載っていた。

「大丈夫ですからね」

看護師長が野村に声をかけた。野村が無言で頷く。

全身麻酔で移植は行われる。野村の移植は二時間足らずで終了した。すべてが順調に進んだ。

移植と同時に腎臓は尿を作り出し、最初血が混じったが、時間が経過するごとに普通の尿を排泄するようになった。

野村は劇的な回復を見せた。膀胱は収縮していたために、一、二時間おきにトイレに行かなければならなかったが、その度に血液中に蓄積していた老廃物が尿とともに排出され、老廃物を示す数値は、一日ごとに改善していった。

それまでは汗をかくこともなかったが、一晩寝て起きると、着替えをしなければならないほど寝汗をかき、ベッドのシーツも毎日交換するほどだった。

野村の移植手術は成功した。次は免疫拒絶反応をいかにして抑えるかがカギになる。万波は野村をしばらく無菌室に入院させた。外部との接触を避けるためだ。

「シクロスポリンというすぐれた免疫抑制剤が出ているので、薬の調整も細かいところまで可能になっている。拒絶反応は抑えることができるが、しばらくは個室で静かにしていてください」

野村はすぐにでも退院し、仕事に復帰したいといった表情を浮かべた。それほど奇跡的な回復ぶりだった。

野村は四十歳の誕生日を市立宇和島病院で迎えた。

「自分は何という幸せ者だろう。人生の折り返し点で、消えかけていた火が明るく灯り、生まれ変われるなんて……。命を与えていただいた腎臓の提供者と、そのご遺族に心から感謝したい。万波先生はじめ多くのスタッフに支えられて、今の自分があるんだと思う。いくら感謝しても足りない。微力ながらも、これからはできる限り社会に恩返しをしなくては……」

こんな言葉を万波や移植のスタッフに言い残して、野村は退院していった。


それから十一年間、移植した腎臓は機能してくれた。一、二ヵ月に一度は松山市から自分で車を運転し、宇和島市までやってきて、万波の診察を受けていた。

夏に腎炎を再発して、市立宇和島病院へ運ばれてきた。

診察してわかったのは、腎炎はかなり進んでいて危険な状態だった。野村の免疫拒絶反応はコントロールされていた。しかし、移植した腎臓は限界に達していた。

以前は血液の異なるドナーからの腎臓移植は敬遠されていたが、十年の歳月は異なる血液であっても、医学の進歩によって移植手術は可能になっていた。

夫婦間の話はすでにすんでいた。妻の久美子から腎臓を提供してもらい、野村は二度目の移植を受けることになった。

久美子からの腎臓摘出も、その腎臓を夫の野村に移植する手術もすべて順調に進んだ。

しかし、予期していない事態となった。急性の免疫拒絶反応が現れたのだ。万波は躊躇《ちゅうちょ》することなく、移植した腎臓を摘出した。摘出時期を間違えれば、野村が死に至ることもあり得るのだ。

「もう透析で頑張るしかないと覚悟しました」

野村はこう万波に伝えたが、痛々しいほどしょげ返っている。何度となく死線を乗り越えて死体腎を移植、その腎臓が機能し、新聞記者として活躍してきた。

それなのに二度目の移植は、たった一週間で摘出しなければならなかったのだ。血液透析を導入すれば、これまでのように記者として働くのは困難になる。

再び移植希望者に登録しても、野村には絶対に腎臓は回ってこない。移植を取り巻く状況は、野村が最初の移植を受けた当時とはまったく変わっていた。

移植医療については、八〇年代に入ると脳死の問題が医師レベルだけではなく、社会全般でも論議されるようになってきた。ドナーから臓器を摘出するにあたって、いつ摘出が可能なのか。

――脳死状態。

心臓が動いていても、脳が死んでいれば、それは人間の死だとする考え方だ。

心臓が停止した患者から摘出した腎臓でも移植は可能だ。しかし、心停止のドナーから提供される腎臓よりも、脳死段階で提供される臓器の方が移植は成功率が高くなる。移植で最も生着率、生存率が高くなるのは生体腎移植だ。次いで脳死移植、心停止から提供された腎臓がそれに続く。

心臓や肺は脳死段階のドナーから摘出しなければならない。

和田心臓移植の時、論議すべきだった問題が持ち上がってきたのだ。

移植を必要とする患者本人、患者団体やその家族は、脳死段階で移植ができるように、移植を法制化しようと考えた。

それに対して、移植に反対する人たちからは「お前らは人殺しだ」、「そこまでして生きたいのか」と罵声が飛ぶ。

一方、患者たちは、

「私たちは移植でしか生きる方法がありません。私たちに死ねというのでしょうか」

と、悲痛な反論をした。

こうした激しい議論を経て、臓器移植法案は継続審議になったり、廃案になったりしながらも、一九九七年「臓器提供に限って脳死を人の死とする」臓器移植法が成立した。

臓器移植法の成立を見込んで、最適な移植希望者が移植を受けられるように、日本腎臓移植ネットワークが一九九五年四月に設立された。さらに一九九七年の臓器移植法の施行と同時に、日本臓器移植ネットワークとして改組され、脳死後の臓器提供の対応が始まった。

臓器移植ネットワークが発足すると同時に、日本全国から提供された腎臓は摘出した病院の手から離れ、臓器配分の公平、公正を保つために臓器移植ネットワークの管理下に置かれた。

死体腎は日本臓器移植ネットワークを通じて、全国の患者の中から最適なレシピエントに回されるようになった。

万波らが四国、中国地方の脳外科医、救命救急医、多くの病院に懸命に働きかけ、移植のための腎臓を確保しても、その腎臓は臓器移植ネットワークの管理下で全国の患者に配分されてしまう。万波に移植を訴える患者に、それらの腎臓が移植されるということは事実上不可能になった。

その結果、臓器移植にそれほど熱心に取り組んでこなかった地域にも移植のチャンスが訪れ、登録患者を多く抱えている大病院に提供臓器が配分されるという事態にもつながった。


野村が妻から提供された腎臓で二回目の移植を受けたのは、臓器移植ネットワークが成立してから三年目だった。しかし、その腎臓は免疫拒絶反応で摘出しなければならなかった。

臓器移植法が施行されると、万波が自由に扱えるのは、再発、転移を考えて摘出された小径腎ガンの腎臓や、下部尿管ガンのために全摘した腎臓だった。尿管は腎臓と膀胱を結ぶ尿が流れる管だ。この尿管がガンに侵されると、当然尿管を摘出することになるが、同時に健全な腎臓も摘出する。腎臓を残すには、小腸の一部を切り取り、それを管にして尿管として代用するが、ほとんどがオーバーサージャリー（余分な手術）とみなされ、患者もこうした大手術は敬遠する。

この他には良性腫瘍、ネフローゼなどの病気を抱えた腎臓も時には摘出された。これらの腎臓は、通常は廃棄処分され、臓器移植ネットワークの管轄外だ。

野村に移植した妻の腎臓を摘出してから三週間後だった。

万波は市立宇和島病院で、小径腎ガンのある右腎臓の摘出手術を行うことになった。患者は七十歳男性、ガンは二センチにも満たないものだが、腎門部にあった。腎門部には腎動脈、腎静脈があり、動脈、静脈いずれも枝分かれして腎臓と繋がっている。ガンの一部は血管を絡み込んでいた。

患者の左腎臓は健全で、年齢を考慮すると、右の腎臓を摘出した方が、患者に与える手術の負担は少なくなり、リスクも軽減できる。

万波は右腎臓からガンを取り除き、野村に移植してやろうと考えた。

説明を聞き終えると、ベッドの上から野村が聞いた。

「成功する確率は、万波先生はどのようにお考えになっているのでしょうか」

万波はガンが持ち込まれる可能性は二割にも満たないと思うが、冷徹な口調で答えた。

「五分五分」

こう答える万波に対して、野村は二つ返事で「お願いします」と答えた。

「三年でも五年でも、ガンが再発せずに腎臓が機能してくれれば、その間だけでも透析をせずに元気で暮らせる。新聞記者として働ける。それ以上に腎臓がもってくれたらこんな幸運はない」

腎臓が機能している間は、自分らしい充実した人生が送れる。これまでに野村はＣＡＰＤ、死体腎移植、妻からの生体腎移植を経験している。移植と透析とではＱＯＬがまったく違うのを十分に理解している。

「透析を続けていても、余命は二、三年。ガンの腎臓を移植して、二、三年後に再発したとしても、移植をすれば、その間は自由に活動できる。透析を受けながら、制約のある生き方をするのか、あるいは移植を受けて自由に生きるか。リスクを含め、どちらを選択するかは迷うところですが、私は移植を選択します。どうかその腎臓を私に移植してください」

その言葉を聞き、万波は、野村にガンに侵された腎臓を移植することを決意した。

野村はすでに亡くなった人の腎臓で移植を受けている。もはや、臓器移植ネットワークから提供された腎臓で再び移植をするという幸運に恵まれることはないだろう。妻からの移植も強い拒絶反応で摘出せざるを得なかった。

三度目は病腎移植しか道はない。もちろんガンにかかった患者からの臓器移植は禁忌とされているのは承知している。

しかし、ガンを取り切ってしまえば、移植した腎臓から再発することはないのではないか。もはやこれは直感でしかない。

医学的根拠を挙げろといわれても、先行研究は見あたらない。患者にリスクの説明をした上で、最終的な決断は患者と医師で決定するしかない。

どちらかが拒否すれば、摘出した腎臓はホルマリン漬けにされる。しかし、野村も万波もその腎臓を移植するという決断を下したのだ。

日本移植学会のガイドラインからは外れる医療だ。しかし、万波は会員ではない。かつては会員だったが、会費を滞納し、というより会費振込を失念して、すでに何年も経過している。日本移植学会のガイドラインにも縛られる必要はない。

市立宇和島病院で初めて移植を行った時は、山口大学の担当教授の逆鱗に触れ、「破門」騒ぎになった。万波の視界には、目の前の患者しか入っていない。医療は患者のためにある。大学の名誉だとか、医師の権威など、患者にとってはどうでもいいことで意味などない。

ガンにかかった腎臓を移植し、仮に成功したとしても、万波はそれを世間や学界に発表して名声を得ようなどという気持ちはまったくない。

医師を拘束するものがあるとすれば、医師としての良心と、患者との信頼関係だろう。万波と野村との間には信頼関係が成立していると思った。だからガンにかかった腎臓でも移植できるのだ。

15　臨床研究

臓器移植ネットワークが設立されると、提供された臓器はすべて臓器移植ネットワークの管理下に置かれた。地域医療でようやく提供されるようになった臓器を用いて、目の前の患者を救うということが現実的には不可能になってしまった。本来なら廃棄されていた腎臓を再利用した病腎移植は万波誠と瀬戸内グループが必然的に辿り着いた移植だった。生命の危機に直面した患者を救うにはこの方法しかなかった。彼らが行った病腎移植は四十二例で、日本移植学会など関連五学会で構成された調査委員会の報告では、呉共済病院で行われた腎動脈瘤の患者の腎臓を移植した手術が第一例とされた。しかし実際は、その三年ほど前に実施された神田夫妻の移植が最初だった。

移植された腎臓は、夫の体内で正常に機能している。万波誠は神田夫婦間で行われた移植も調査対象になると考えていた。しかし、調査委員の一人は、「それは必要ない」と無視した。その理由を万波が知ったのは、調査委員会の調査が終わり、移植学会をはじめとする関連五学会が共同記者会見で「病腎移植は認められない」と発表した後だった。

移植に用いることのできるいい状態の腎臓なら元の患者に戻せ、ガンにかかった腎臓の移植は禁忌と、病腎移植を声高に非難した移植学会だが、同じような手術をしていた病院があった。それを万波は新聞報道で知った。しかし、その病院に対する対応は、万波や瀬戸内グループとはまったく異なるものだった。

その病院は秋田大学医学部附属病院だ。

腫瘍のある六十代の母親の腎臓を摘出し、腫瘍を切除した上で三十代の長男に移植する生体腎移植が行われていた。移植後、腫瘍の検査で良性と判明したが、病院側は事前に、ガンだった場合は転移の可能性がゼロではないことをレシピエントに伝えて移植に踏み切っている。

結果的には良性だったが、まさに「病腎移植」以外の何物でもない。厚労省のガイドラインでは、秋田大学のケースも腫瘍が発見された段階で、移植は不適応とされる。

万波が疑問に感じたのはそれだけではない。

ガンの腎臓摘出手術は通常、血管経由の転移を防ぐため、最初に動脈を結紮するが、秋田大では腎移植の術式を採用し、万波たちの摘出と同じ方法が採用されている。母親からの腎臓摘出は、動脈の血流を止めるのを最後に行っていた。この方法だとドナーへのガンの転移率が高まると、万波医師らの腎摘出を非難していたにもかかわらず、秋田のケースでは問題にしていない。親子間生体腎移植なら、ドナーにガンが転移しようが、あるいはレシピエントにガンが持ち込まれようが、それは問題にならないと言っているのと同じだ。

何故、万波たちの病腎移植だけが非難されるのか。

万波たちが行った神田夫婦の移植は、秋田大学病院と同じだ。神田夫婦の移植ケースを調査対象から外したのは、万波たちの病腎移植を、「狂気」のなかで移植が進められたと決めつけて、何が何でも病腎移植をつぶしたかったのだろう。移植学会の意図を感じた。

病腎移植は原則禁止に追い込まれてしまった。その後、徳洲会は四百から五百万円といわれる移植費用を全額負担し、臨床研究例を積み重ねてきた。当然、病腎移植を受けられる患者は限られた。せめて先進医療として認可されれば、患者の負担額は八十万から百万円程度で移植が受けられる。保険適用の医療となれば、さらに多くの患者に移植のチャンスが広がる。

共同声明に名前を連ねることを拒否した堤寛藤田医科大学教授は、二〇〇六年当時の広島県医師会の「腫瘍組織登録制度」を分析した。それを基に堤教授は、移植可能な病腎は全国で推定約二千個と割り出した。腹腔鏡手術が普及し、小径腎ガンは全摘ではなく部分切除が推奨されているが、一方でガン患者も増加。相当数の病腎移植が可能だろうという結果を導き出した。

万波が行ってきた病腎移植四十二例のうち、ガンに関係するものは腎臓細胞ガン八例、尿管ガン八例だが、再発、もしくは転移したレシピエントは一人も出ていない。

さらに四十二例中、初めての移植が十四例、二回目二十例、三回目六例、四回目二例だった。

移植を複数回受けるということは、臓器移植ネットワークを通じて移植を受け、さらに身内から提供された腎臓で生体腎移植を受けているか、あるいはすべて身内から提供された腎臓を移植している可能性も十分に考えられる。

こうした患者には、もはや病腎移植しか移植のチャンスはめぐってこないのだ。

これらの腎臓を移植することが、何故人体実験につながるのか。万波には理解できなかった。医療は患者の命を守るためにあるはずだ。救える命を救わないで見捨てることの方がはるかに問題だ。

しかし、厚労省が「原則禁止」を打ち出した以上、それに従うしかない。この問題が明らかになった当初、報道機関は病腎移植と表記したが、患者や万波らを支持する一部の医師たちによって修復腎移植と表記すべきだという主張が出された。すぐにはマスコミの表記は変わらなかったが、一部には、修復腎移植と表記する報道機関も出てきた。

万波自身も、病腎移植よりも、修復腎移植の方が実態に近い表現だと思い、それからは記者の質問に答える時は、修復腎移植という言葉を意識的に使うように心がけた。

宇和島徳洲会病院の万波医師らに唯一残されたのが、有効性、安全性を証明するための臨床研究としての修復腎移植だった。

修復腎移植希望者は、宇和島徳洲会病院に登録する必要があった。

佐藤史佳は松山市に住む五十代の女性患者だが、一連の報道を見て、万波を訪ねてきた。

「以前のように元気になって旅行業界に復帰したいんです。病気の腎臓でもかまいませんから、どうか移植してください」

万波にそう訴える佐藤は思いつめ、深刻な顔をしている。バッシング報道で修復腎移植を知ったようだ。

佐藤は母親から腎臓の提供を受けて、愛媛大学附属病院で移植手術を受けていた。しかし、十五年後にその腎臓も機能を失った。

「移植を受けたいのであれば、ドナーを探してと医師から言われましたが、そんなの無理です」

彼女は一人娘で、兄弟はいない。両親はすでに他界していた。

臓器移植ネットワークに移植希望登録はすませている。

「私の周囲にはネットワークから腎臓提供受けて移植できたという患者は一人もいません。私のところにも一度も連絡はありません」

佐藤のような患者が万波のところに押し寄せ、その数はあっという間に百人を超えてしまった。それだけ移植を望んでいる患者が多いのだ。

臨床研究第一例は二〇〇九年十二月に行われた。

ドナーは五十代男性。呉共済病院で摘出された腎臓が宇和島市まで運ばれてきた。その夜、万波と瀬戸内グループの医師によって、ガンの部位が取り除かれ、慢性腎不全で透析中の四十代男性に移植された。

移植手術は成功した。しかし、万波の気持ちは晴れなかった。いつまでこうした手術を続ける必要があるのか。

ガンにかかったドナーからの臓器移植は、ガンがレシピエントに持ち込まれると考えられ、タブーとされてきた。しかし、免疫染色法と遺伝子検査法が進歩して、移植後に発生するガンがドナー由来かレシピエント由来かを明らかにすることが可能になった。ドナー由来のガンの発生率は極めて低いことがわかってきたのだ。

修復腎移植の支持をいち早く表明した難波紘二医師は、修復腎移植に関係するあらゆる論文を読み、膨大なデータを集め、分析を進めた。

実は万波医師だけではなく、修復腎を積極的に用いて、腎不全の患者を救っていこうとする動きは世界各国で始まっていた。シンシナティ大学は「移植腫瘍登録例」の中から小径腎ガンを切除後に移植された十四例を発掘し、長期追跡したが「再発転移は認められなかった」と二〇〇五年に発表している。

二〇〇七年六月に開催された全米移植外科学会で、万波は修復腎移植の成果を発表する予定だったが、日本移植学会の妨害でその機会を奪われた。しかし、呉共済病院の光畑医師は「小径腎ガンと下部尿管ガンは移植腎ドナーになり得るか」という論文を二〇〇七年六月「トランスプランテーション」に発表し、瀬戸内グループの修復腎移植は世界の注目を浴びた。

二〇〇七年六月、ドイツで開催された「第三回国際生体臓器移植シンポジウム」では、瀬戸内グループの四十二例の修復腎移植について、万波誠、万波廉介、西光雄、光畑直喜、そして難波紘二らの連名で演題を提出し、万波らを支持するフロリダ大学の藤田士朗准教授が講演した。

その年の九月パリで開催された「第二十九回国際泌尿器科学会」で、藤田准教授が修復腎移植の有効性について発表を行った。さらに九月、アメリカ・シカゴの「トランスプラントサミット二〇〇七」で、藤田准教授は、修復腎移植のうち、悪性腫瘍十六例に絞って発表した。

二〇〇八年一月に開催された「米国移植外科学会・冬季シンポジウム」では、万波誠医師自らが四十二例の修復腎移植について発表した。この論文は「優秀論文トップテン」の一つに選ばれた。さらに二〇一一年アルゼンチンで開催された「国際臓器提供調達委員会」で優秀論文、二〇一二年タイ開催のアジア泌尿器科学会で最優秀論文に選ばれるなど注目されている。

アメリカの移植学会で万波移植の成果が発表されて以降、アメリカ国内でも散発的に行われていた修復腎移植が公表されるようになった。

二〇〇七年にカリフォルニア大学サンフランシスコ校でも修復腎移植を報告している。

アメリカでも移植用の腎臓が不足している現実に、二〇〇八年、悪性腫瘍を持つドナーから悪性腫瘍が持ち込まれるかについて研究が進められた。その結果は「臓器移植におけるドナー伝達の悪性腫瘍：臨床的リスクの評価」としてナレスニクによって発表された。

アメリカではすでに、ドナー、レシピエントからインフォームド・コンセントが得られれば、修復腎移植は病院単位で行われる通常の医療となっていた。

二〇〇九年にはメリーランド大学のグループが、一九九六年から二〇〇八年にかけて小径腎ガン切除後の腎移植五例を報告している。

ドイツでは臓器移植法を二〇〇七年に改正し、「治療目的で患者から摘出された臓器」について、その患者に同意能力があり、移植に使用することについてインフォームド・コンセントを得ていれば、移植可能という条項を付け加えている。

万波医師と同規模で修復腎移植を推進してきたのは、オーストラリア・ブリスベーンのディビッド・ニコル医師だ。彼は、一九九六年から二〇〇八年までに五十五例の修復腎移植を行ってきた。彼も修復腎移植で患者を救い、すぐれた実績を残していた。

ＥＡＵ（ヨーロッパ泌尿器学会）の「腎移植ガイドライン二〇一〇年版」には、「ドナー悪性腫瘍のレシピエントへの持ち込み」の所に、「小径腎ガンの再発可能性は低いので、レシピエントのインフォームド・コンセントを得た上で、ガンを部分切除した後に、腎移植を行うことができる」と明記されている。「英国移植学会・生体腎移植ドナーのガイドライン二〇一一年版」にもほぼ同内容の記述が見られる。

二〇一一年二月、ＷＨＯも通達を出した。

「直径四センチ以下の小径腎ガンは、ガンの病変を部分切除し、その断端面にガン細胞がないことが病理学的に確認された腎臓は、移植に用いても低リスクと考えられる」とし、レシピエントの十分なインフォームド・コンセントを得た上で、移植可能としている。

この他にもリトアニア、イラン、イギリスからも報告された。

世界の流れに目を向ければ、修復腎移植は積極的に進められているのは明らかだ。それなのに日本は依然として強い抵抗を見せている。

――何故なんだ。

万波の心には炭酸飲料の泡のように次から次に疑問が湧き上がってくる。

世界で最初に心臓移植に挑戦したのは南アフリカ共和国だ。レシピエントが生存している間は賛辞が贈られ、執刀医は称賛に包まれた。しかし、レシピエントが死亡すると事態は一転し、称賛は非難に変わった。執刀医は「先進国の医療機関から見れば、南アフリカという開発途上国で、その国で世界最初の心臓移植が試みられたことが非難に繋がっているのではないか」と漏らしている。

同じことが市立宇和島病院、宇和島徳洲会病院にも起きたのではないかと、万波にはそう思えてならなかった。修復腎移植が東大付属病院や阪大附属病院、東京女子医大病院で行われていたら、これほどの騒ぎになったのか疑問だ。

修復腎移植によって、ガンが持ち込まれる可能性がまったくないわけではない。しかし、そのリスクと修復腎移植によるベネフィットをどう考えるか。選択権は患者にあるのではないか。それを奪う権利が果たして医療の側にあっていいのだろうか。患者の意思を無視して、決定権を医療の側が握ってしまえば、患者の命や人生を奪うことにもなりかねないと、万波は思った。

　欧米でも、提供される臓器は不足している。しかし、待機時間は、せいぜい四年か五年だ。それまで透析治療を受けて、臓器提供があった時に移植を受ければいい。まさに透析と移植が慢性腎不全の両輪として機能している。

　日本ではとにかく十五年も待たなければ、移植のチャンスは巡ってこない。その間に、多くの患者が死亡している。一人でも二人でも、修復腎移植で患者を救っていくことこそが医療の使命ではないのか。しかし、こうした考えは、移植学会には通用しない。欧米では認められているというのに、ガンが持ち込まれるかどうか、最初から臨床試験をして検証しろというのだ。こんな無茶苦茶な道理がまかり通っている。

　移植学会は、小径腎ガンは部分切除が標準治療で、そもそも摘出しなければならないようなケースはないと主張し、マスコミに公言していた。しかし、部分切除が標準ではないことは、「移植への理解を求める会」が移植学会幹部を訴えた法廷の場で明らかになった。

　被告らが所属する最先端医療を行う五大学七病院では、二〇〇五年までは六〇から六五％の割合で全摘が行われ、全摘と部分切除がほぼ同率に並ぶのは二〇〇六年以降だ。

　病理学会として、修復腎移植の調査に当たった堤教授も同じ指摘をした。

　四センチ未満の腎細胞ガンの摘出を多数見てきた堤教授は、二〇〇四年から二〇〇六年の三年間、東海地区四つの大学病院、地域の中核を担う十四の病院が腎細胞ガンをどのように扱ってきたか実態を調査した。

　全八百六十七件のうち部分切除は百二十九件（一四・九％）、四センチ以下のガンの症例は全体の四八・

二％であり、部分切除率は平均三〇％、中央値で一七％。部分切除の例がいっさいない市中病院が三つ、また四センチ以下のガンの八九％を部分切除にしている大学病院もあった。全国の一般病院を含めると部分切除の割合は中央値よりさらに低いことが予想された。

「データにばらつきが大きいため、平均値より中央値の方が信頼度は高い。全国で行われている部分切除の手術は一割にも満たないことが予想される」

一方、患者らから訴えられた東邦大学医学部の相川厚教授は「修復腎移植を考える超党派の会」で堂々とこう説明している。相川教授も移植学会から派遣された修復腎移植を調査した委員の一人だ。

「これが問題なんです。腎臓のガンで大きさが四センチ以下で被膜という浸潤のないところのガンは、移植してもいいのではと議論が出ています。このようなガンは部分切除すればいいんですよ。それを全部切除するのが当たり前と言っていますが、そんなことはありません。腎臓を温存し、その患者さんの腎機能を守ることが最も重要です。最近の大学では内視鏡で部分切除をやっているんですよ。五十歳代以上のロートルの泌尿器科医は知りませんけど、四十歳代から五十歳代の泌尿器科の専門医であれば部分切除です。すべて取るなんて、今の普通の泌尿器科の経験のある先生であればやりません」

相川教授は言いたい放題だ。

厚生労働省が「修復腎移植を考える超党派の会」に提出した二〇〇七年の手術について調査した泌尿器学会のデータでも、悪性腫瘍手術合計五千八百八十件、このうち腎全摘が四千八百四十八件（八二・四％）、部分切除は千三十二件（一七・六％）。部分切除が「標準治療」と断定するには無理がありすぎる。

移植学会幹部がこれらの事実を知らないはずがない。移植学会幹部は当然把握しているだろう。それなのに何故、万波らには部分切除が標準治療などと事実と異なることを押し付けてくるのか、まったく理解できなかった。

この問題に関心を寄せる国会議員を甘く見たのか、二〇〇八年三月に開催された会合で、国会議員を前にして移植学会幹部の高原史郎はまさかと思えるような発言をした。

「泌尿器科医だが、これまでに腎臓移植はだいたい一千例ほどしている」

と冒頭で挨拶している。

年齢は万波より十歳以上も年下だろう。

彼が所属する大阪大学医学部附属病院のホームページには、臓器移植実施数が掲載されている。腎臓移植は毎年二十例前後が行われている程度だ。腎臓移植累計は、脳死〇、心停止百十一例、生体腎移植五百六十七例、合計六百七十八例。高原が大阪大学医学部助手となったのは一九八五年、これらの移植すべてに関わっているわけではない。他施設での執刀も当然考えられるが、自分が所属している病院でも七百例にも満たないのに、「一千例」の移植手術にはさすがに驚かされる。

万波誠医師が最初に行った腎臓移植は一九七七年十二月だ。その万波でさえ一千例に達したのは二〇一三年三月で、三十五年四ヵ月かかっている。

高原は国会議員を前にして、万波の行ってきた修復腎移植について「生着率が悪い。これはひどい。はっきり言いますが犯罪ですよ」と述べている。

会議に参加した国会議員が質問した。この議員は医師と同時に弁護士資格を持つ。

「修復腎移植が犯罪なら、高原先生は独立行政法人の職員なので告発する義務があります。告発しなければ責任を問われることになります。何故おやりにならないのですか」

この国会議員の質問に高原は沈黙した。医師資格、弁護士資格を持つ議員がいるなどと想像もしていなかったのだろう。

さらにもう一人、議員が質問に立った。

「摘出する必要のない腎臓を摘出し、ドナーの生存率が低いと言われた中で、高原先生が犯罪だとおっしゃいました。厚労省の役人にも何故告発しないのか何回も聞きましたが、まともな返事が返ってこない。犯罪の疑いがあれば、刑事手続きにのっとってやるのが筋であって、それは一切していない。学会も犯罪と断定されるのなら当然やるべきです。それをしないのは何故ですか」

それでも高原は沈黙した。

何も答えられずにいる高原に代わって答えたのは、東京女子医大の寺岡慧教授だった。

「私たちは医学的、医療倫理の立場から、この問題をどう考えるか、どこに問題があったのか、どう評価するのかということを説明させていただいている」

寺岡の述べたことも回答にはなっていなかった。答えられなかったというのが真実だろう。修復腎移植は犯罪などではなく、確固たる実績を残している。

万波医師、瀬戸内グループの実績は、高原自身、十分に理解しているはずだ。その点を三人目の国会議員が誤りを指摘し、婉曲にたしなめている。

「高原教授自身も十数年前、大阪大学附属病院で手術が困難だと判断された患者を、万波さんのところに送っている事実があります。夫婦間と兄弟間の移植です。夫婦間のケースは血液型の問題があり、兄弟間はウイルスの問題で、当時の阪大の倫理委員会に通らないというので、万波さんのところに紹介状がいってい ます。僕はそういう形でやられてよかったと思っているんです。だから最後までそういう姿勢で、この修復腎、病気腎移植をやってもらえたらと思います」

修復腎移植の有効性が、次第に明らかにされていった。それにつれて移植学会の声高な主張もトーンダウンしていった。

それでもガンの持ち込み説には頑強な姿勢を移植学会は崩さなかった。

考えつく理由は一つしかない。そうは思いたくないが、辿り着く結論はそこにしかない。

――患者を透析に繋ぎ止めておきたい。

それが泌尿器科医の本音ではないのか。

移植も透析も泌尿器科が担当する。病院によっては、外科が移植を執刀するところもあるが、泌尿器科の医師が移植と透析を担当するのが一般的だ。障害者として認定された透析患者の医療費は、すべて国庫から支出される。それは二兆円市場とも囁かれている。

病院を経営する側に立てば、透析患者を多数抱えた方が病院の安定経営につながる。

万波批判の先陣を切った高原教授は、二〇〇五年から五年間、ノバルティスファーマ株式会社から二億五千万円の寄付によって開設された、大阪大学「先端移植基盤医療学寄付講座」の教授でもある。

「免疫抑制剤の効果と副作用と直接関連する遺伝子を検討し、移植腎に対する免疫抑制剤のオーダーメイド医療を目指すとともに、移植腎に対する遺伝子治療の臨床研究」を行う講座だ。

高原教授の寄付講座はさらに五年間延長され、ノバルティスファーマ社、アステラス製薬、日本化薬株式会社、中外製薬、医療法人蒼龍会井上病院から合計二億六千三百万円の寄付を得て、二〇一四年まで継続された。

「先端移植基盤医療学寄付講座」に対する奨学寄付金額がいちばん多いのは、ノバルティスファーマ社だ。ノバルティスファーマ社の降圧剤バルサルタン（商品名ディオバン）は、京都府立医大、慈恵医大が臨床研究を行い、その臨床データに改ざんの疑いがもたれた。改ざんに加担したとみられる研究者はノバルティスファーマ社から多額の奨学寄付金を受け取っていた。

個人の学者がこうした寄付金によって研究を推進するのは自由だが、多額の寄付を受けている医師が移植学会幹部に就任することに、道義的、倫理的な問題はないのだろうか。

ノバルティスファーマ社、アステラス製薬の両社は免疫抑制剤のメーカーであり、利益相反を生むような状況が果たしてないと言えるのか。さらにノバルティスファーマ社は降圧剤のデータ改ざんをめぐって大きな社会問題を起こした製薬メーカーだ。

データ改ざんが社会問題になっている二〇一三年八月に、移植学会は「利益相反に関する指針」を発表した。

「産学連携による臨床研究では、学術的・倫理的責任を果たすことによって得られる成果の社会への還元（公的利益）とともに、日本移植学会およびその役員や会員が産学連携に伴い取得する金銭、地位、利権など（私的利益）が発生することがある。これらの公的利益と私的利益が一人の研究者個人に生じる状態を利益相反と呼ぶ」

そして、「利益相反状態が深刻な場合は、研究の方法、データの解析、結果の解釈が歪められるおそれが生じる」とも記している。

当時、透析患者数は三十二万人を超えていた。移植学会の要職についている高原教授が、データ改ざんの疑いのあるノバルティスファーマ社から多額の奨学寄付金を十年にわたって得ている現実は、決して健全とはいえない。さらに、医療法人蒼龍会井上病院は大阪でも屈指の透析病院だ。移植医療と透析は現状では利益相反というべきだろう。移植学会幹部の座についている者が、こうした病院からも寄付金を得ている。

マスコミは高原教授のバックグラウンドにはまったく関心を示さず、何も調べずに、高原、寺岡らが垂れ流す情報をうのみにして、バッシング記事を報道し続けた。

いくら万波がわかりやすく解説し、修復腎移植の有効性を説明しても、彼らは最初から万波の話に耳を傾けるつもりなどなかったのだ。

一方、高原史郎は二〇一一年に日本移植学会の理事長に就任した。日本移植学会理事長の座についている者が、刑事告発された製薬会社から多額の寄付金を得ている現実に、移植学会内部からは批判の声は起きなかった。

ノバルティスファーマ社からの寄付金を受け取っていたのは、臨床腎移植学会の吉村了勇理事長も同様だ。二人とも腎不全患者の生命を左右する社会的地位に就いている。身を正して辞任するなり、あるいは寄付金を返還するのが道理というものだろう。

寺岡教授は修復腎移植の調査に加わっていた。寺岡が放った言葉を万波は生涯忘れることはないと思う。

「病腎移植を進めて、患者から診療報酬以外の金を受け取っていませんか」

寺岡の言葉を思い出すと、万波は今でも体が震えるほどの怒りに襲われる。

無礼な同じ質問が、万波誠に対してだけではなく、弟の廉介、西、光畑らにも浴びせかけられていた。寺岡は修復腎移植の背後で、裏金が動いていると信じ込んでいた。

寺岡は、修復腎移植騒動の真っ最中に日本移植学会理事長に就任し、高原はその寺岡の後、理事長に就任した。移植学会幹部が製薬会社から多額の寄付をもらっていることに、本人も、そして移植学会会員も何も思うことはなかったようだ。

すべての泌尿器科医、あるいは透析専門の病院が患者をそうした目で見ているとは万波も思わない。しかし、これだけ世界とは異なる状況を作り出し、強固に修復腎移植に反対する移植学会は、移植を嫌う泌尿器科医、透析専門医の利益を擁護しているようにしか思えない。

インフォームド・コンセントを書類として残していなかったと万波は非難された。それならば、修復腎移植に反対する泌尿器科医、透析医は、慢性腎不全患者に、透析だけではなく、移植についても十分な説明をした上で、透析治療に踏み切らせているのだろうか。

万波の評判を聞きつけて、北海道や沖縄からも、移植を望む患者がやってくる。ほとんどの患者が口を揃えて言うのは、透析病院では移植の説明は受けられないと。

二〇一一年徳洲会は臨床研究八例を元に先進医療の申請を行った。

これに対して、厚労省が結論を出す日が迫った二〇一二年八月、日本移植学会など関連五学会が、先進医療として認めないようにと要望書を厚労省に提出した。

結局、レシピエントの経過観測が一年では不十分とされ、修復腎移植は先進医療としては認められなかった。日本は世界の移植の流れから完全に取り残されてしまった。

万波の患者の中には、再び教壇に立ちたいと修復腎移植を強く望んでいた教師がいた。裁判が開かれるたびに裁判所に車椅子で駆けつけていた。その教師は移植を受けられずに死亡した。救えたはずの患者が万波の前で何人も亡くなっていった。

16　待機患者

万波は、修復腎移植が先進医療として認可されるように祈るような気持ちで結論を待った。しかし、厚労省が結論を出す日が迫った二〇一二年八月十六日、日本移植学会など関連五学会が、先進医療として認めないように、と三つの理由を掲げた要望書を厚労省に提出した。

一点目には修復腎移植は国際的な基準に照らし合わせてみても、「適応外」と指摘している。

「国際的な基準、指針として、悪性腫瘍を有する生体ドナーは適応外であることが明記されています」

しかし、国際的基準から乖離しているのは日本移植学会の方なのだ。

二点目には相変わらずガンの持ち込みを挙げた。

「ガン患者ドナーよりの移植では、レシピエントにガンが伝播する危険性があることが指摘されています。移植後は免疫抑制剤が投与されるためガンの再発転移が促進されます」

この「ガンが伝播」される根拠として相変わらずイスラエル・ペンの論文を掲げている。しかし、ペンの学説は崩壊しているのだ。ペンの学説は、レシピエントにガンが発生しても、それがドナーからの持ち込みなのか、あるいはレシピエント由来のものなのか判別できない時代の学説だ。

免疫抑制剤が投与され、ガンが発生しやすくなるという指摘については、免疫抑制剤によってはあり得ることだ。しかし、それがレシピエントに不利益とするなら、すべての臓器移植にあてはまることで、それを理由に移植を禁止するなら、あらゆる移植ができなくなってしまう。

移植学会などがあげた三つ目の理由は、ドナーが不利益を被るという主張だ。

「生体腎移植においては、ドナーの人権を守ることが何よりも優先されるべきですが、病腎移植ではこの原則に抵触する危険がある」

患者には十分な情報と説明が与えられ、その上で治療のために全摘出を望んだ患者に対して、透析患者への摘出腎の提供を求める。人権を侵害する余地などない。

ドナーの人権、つまり健康を守るためには部分切除が標準治療だとした。

「小径腎ガン患者に対しては、根治的腎摘術ではなく、腎部分切除術が標準的治療として推奨され、現在は一般化されています」

しかし、患者らが訴えた裁判で証明されたように、臨床現場では部分切除が必ずしも標準治療ではないのは明らかだ。

さらに移植学会は、部分切除、全摘の割合を具体的なデータを提示し、主張しているわけではない。厚労省のデータに照らし合わせても、標準治療というのにはあまりにも無理がある主張なのだ。

二〇一二年八月二十三日、先進医療技術審査部会が開かれた。

白熱した議論が展開されたが、最終的には宇和島徳洲会病院が先進医療として申請していた修復腎移植を、承認しないことに決定した。

「否認」された理由の一つは、ドナーの安全性が問題にされた。小径腎ガンに対しては、「全世界的に根治的腎摘術ではなく、腎部分切除術が標準的治療として推奨されている」とし、全摘か部分切除かにより、長期の生存率が異なり、宇和島徳洲会病院の先進医療の「届出書」では、この点に関する検討が不十分だと指摘された。

宇和島徳洲会病院では、移植手術は水曜日に行われる。移植手術がある時は、岡山から万波廉介、坂出から西光雄、広島から光畑直喜が火曜日の夜には集まり、宇和島ステーションホテルに宿泊する。

夜には宇和島市街の小料理屋で食事をする。話題は先進医療の不認可に及んだ。

「しかし、先進医療技術審査部会も、移植学会の意向を汲んだのかもしれんが、ずいぶん無茶なことをいいよるな」

西が無茶だと言ったのは、部分切除を、相変わらず標準的治療だとしたことではない。小径腎ガンを部分切除にすべきだというのは教科書にも書いてあり、そんなことは百も承知している。無茶だと指摘したのは、反対理由の一つに、小径腎ガンは部分切除で、腎臓を残した方が長期生存率が高くなるとしていたことだ。

「腎臓の片方を残した方が長期生存になり、摘出したら短命になるなら、いくら身内からの提供とはいえ、生体腎移植なんぞ誰もできなくなる。すぐに中止しなければいけないだろう。自分らの言っていることとやっていることが矛盾しているくらいは気づかんのか……」

西の言葉にも苛立ちがこもっている。

家族から腎臓を提供してもらい、患者に移植する生体腎移植。腎臓を摘出しても、残された腎臓が健全であれば、生命予後にはほとんど差異が認められないという理由で、例外的に認められている移植手術だ。部分切除より全摘出の方が、長期生存率が劣るのであれば、生体腎移植は即刻中止にしなければならなくなる。

万波にも先進医療技術審査部会は、継ぎ接ぎだらけの理由をつけて、修復腎移植を葬り去ろうとしているようにしか思えなかった。

レシピエントについても、八例の文献は二〇〇八年時点のものであり、最新のフォローアップに基づいた文献や報告書が必要だとした。八例のうち二例が死亡しているが、いずれも「病気腎移植」と無関係としているものの、その根拠を明確にする必要性があるとされた。また現在臨床研究中の十例についても、レシピエントの経過観測計画が一年であるのは不適切であり、長期間行うべきとした。

「経過観測っていうのは、あと何年すればいいのか……」

弟の廉介も半ば呆れ顔で言った。

小料理屋で食事をするが、酒を飲む者は一人もいない。食事をしながら淡々とした口調で会話が進むが、誰もが苛立ち、怒りを押し殺している。

「患者さんたちが起こした裁判で、移植学会の広報委員が法廷に立って証言したようだが……」

西の声もくぐもる。

法廷には、当時移植学会副理事長だった大島伸一と、吉田克法広報委員の二人が証言台に立った。

大島は当時イスラエル・ペンの学説が否定されつつあったことも、そして、オーストラリアのディビッド・ニコル医師が発表した修復腎移植の論文も知らなかったと証言した。

一方吉田は、ディビッド・ニコル論文をすぐに取り寄せ、移植学会で検討していると証言した。どちらかの証言が誤っているのだろうが、腎臓移植が専門の大島を抜きに検討がされたとは考えにくい。

吉田は原告側弁護人に経過観測期間を問われ、「十年でも短い」と答えた。

「そんなに長期間観測していたら、移植を望む透析患者はみんな死んでしまうだろう」

西が吐き捨てる。

「移植学会の連中は、追い詰められた患者の気持ちを理解しておらんのじゃないか……」

光畑も「十年」という途方もない長い歳月に呆れかえっていた。


その後、修復腎移植の先進医療技術審査部会が開かれたのは、二〇一六年八月だ。「腹腔鏡やダ・ヴィンチの導入により、腎ガンは七センチくらいのものまで部分切除で対応できるようになった。全摘は極めて限られており、修復腎移植の申請は疑問」「ドナーへの腎全摘基準の説明があいまい。全摘を誘導するおそれがある」といった趣旨の否定的な意見が相次いだ。審議が打ち切られる寸前だったが、それを阻止したのはむしろ厚労省だった。

「徳洲会は、委員の先生方の意見を踏まえ、内容を修正して再申請する強い意欲がある」

こうした発言が厚労省から出されたのは、すでに修復腎移植が世界的な広がりを見せている医療だと認識していたからだろう。

さらに二〇一七年十月、先進医療技術審査部会が開催されたが、ここでも認可されなかった。移植学会をはじめとする関連五学会から、前回のように先進医療として認めないようにという「要望書」は出されなかった。

しかし、移植学会の意向を組んだと思える発言が、移植経験のまったくない泌尿器科医から出された。

ところが、ガンが持ち込まれるかどうか、先進医療技術審査部会では肝心の議論はなされていない。あれほどガンが持ち込まれると主張していたのにもかかわらず、ガンの持ち込みにはいっさい触れられていない。

考えられるのは、ようやくイスラエル・ペンの学説が否定されている事実に、移植学会が辿り着いたことだ。ガン持ち込み説については、医学的な論争はすでに決着がついていると悟ったからではないのか。万波にはそうとしか思えなかった。

振り上げた拳を下せなくなった移植学会の意向を汲んだと思われる泌尿器科医が、小径腎ガンは部分切除が標準治療で、全摘になる腎臓はないだろうとしきりに述べていた。その理由は腹腔鏡手術が一般化し、さらにはダ・ヴィンチによる手術が保険適用になったためだとされる。

先進医療技術審査部会で、ダ・ヴィンチによって七センチ未満の小径腎ガンは部分切除が可能になり、全摘になる腎臓は出てこないと主張した。

しかし、この時も小径腎ガンにおける腹腔鏡手術、ダ・ヴィンチによる部分切除、全摘の比率データを提示して主張したわけではない。

結局、修復腎移植が先進医療として認可されたのは、二〇一八年八月の四回目の先進医療技術審査部会だった。

データも提出しないで空理空論を展開する移植学会の主張はさすがに無視されたのだろう。厚労省は七センチ未満の小径腎ガンまでも修復腎移植として利用することを認可した。

それでも移植学会は、今に至るまでガンの持ち込みについての見解を表明していない。そればかりか、生体腎移植が九割、死体から提供された腎臓移植が一割という極めて歪んだ移植状況を放置している。

　こうした状況の中で無謀な渡航移植が盛んに行われていた。生きるためには移植が必要な患者はいる。イスタンブール宣言以降も、渡航移植斡旋組織を頼って、海外での移植手術を受ける患者が後を絶たなかった。日本だけではなく、移植用の臓器は世界的に不足している。そのために二〇〇八年の国際移植学会でイスタンブール宣言が採択されている。

「臓器取引と移植ツーリズム（臓器そのもの、ドナー、レシピエント、または移植医療の専門家が、臓器移植の目的のために国境を越えて移動すること）は、公平、正義、人間の尊厳の尊重といった原則を踏みにじるため、禁止されるべきである。移植商業主義（臓器を商品として取り扱う方針や実践のこと）は、貧困層や弱者層のドナーを標的にしており、容赦なく不公平や不正義を導くため、禁止されるべきである」

　宣言は渡航移植を禁止するように訴えている。

　そのために多くの経済的な犠牲を払って海外で移植を受けてきたレシピエントに対して、移植学会に加盟する医師は「警察に通報する」と恫喝とも思える言葉を突きつけた。

「警察へ通報してもいいのなら診察する」

　渡航移植を受けたレシピエントに対して、帰国後のケアに不安や恐怖感を与えて、渡航移植に歯止めをかけようとした。しかし、こんな方法で渡航移植は止むものではない。

　多額の金を渡航移植斡旋組織に支払ってでも、中国、フィリピン、メキシコ、ブルガリア、ベラルーシ、キルギスへ行くのは、日本では移植のチャンスはなく、生きるためには海外で移植を受ける以外に方法がないからだ。

渡航移植を止めるには、死体からの臓器提供をとにかく増やすしかない。修復腎による移植を少しでも増やして、慢性腎不全の患者を一人でも多く救っていくことだ。修復腎移植でどれほどの患者が救えるのかわからない。

「患者を脅したって、金のある者は海外で移植が受けられるのなら、移植斡旋組織を頼ってしまう。恫喝に意味があるとは思えん」

万波のところには、海外で移植を受けた患者が、術後のケアと免疫抑制剤を求めてやってくる。

患者は透析から離脱したいのだ。生きていたいのだ。

修復腎移植をつぶしにかかり、死体からの臓器提供を増やす努力を何もしないで、渡航移植患者に「警察に通報」するなどという対応が、人道上許されていいものだろうか。

実際、中国で移植を受けた患者が、「診療を拒否された」と浜松の病院を告発し、裁判を起こした。

パソコンなどを使用しない万波は、インターネットについては詳しく知らないが、イスタンブール宣言前には、渡航移植を斡旋する臓器ブローカーが三十社ほどあったようだ。

日本では臓器移植法が施行され、これによって移植に限って脳死を人間の死と認め、脳死移植の道が開かれた。二十年以上の歳月が流れた。しかし現在でも、ドナーが圧倒的に不足している現実は何も変わってはいない。

「こんな惨めな状況に患者を追い込むくらいなら、修復腎移植を認可してくれれば、一人でも二人でも患者を救えたはずだ」

万波は修復腎移植の先進医療認可の遅れに強い苛立ちを覚えた。

二〇〇八年十二月、腎不全患者七人が「幸福追求権」を奪われたとして、移植学会幹部五人を相手に総額五千五百万円の損害賠償を求める「修復腎移植訴訟」を起こした。その判決が二〇一四年十月二十八日松山地裁で下った。

「原告らの請求を棄却する」

松山地方裁判所が下した判決は実に素っ気ないものだった。法廷は一分もしないで閉廷した。

判決では、当時副理事長だった大島伸一被告は、修復腎移植は「医学的に根拠がない」と繰り返しマスコミに発言してきたが、これらは「自説の正当性を強調する趣旨」であり、「医学的意見の表明」で、「仮に修復腎移植の医学的妥当性に関する被告大島の発言が誤っていたとしても、このことをもって、原告らに対する不法行為が成立することにはならない」と棄却理由が述べられている。

高原史郎被告らその他の被告についても、松山地裁はほぼ同様の判断を下した。

修復腎移植は、万波誠医師、瀬戸内グループだけではなく、すでに欧米でも行われている。

松山地裁判決はこうした世界の潮流をまったく無視し、すでに過去のものとなった医学的知識による発言も「社会的通念上許容される範囲を逸脱した違法な表現であるとは言えない」「不法行為が成立することにはならない」とした。

しかし、日本移植学会幹部のこれらの発言によって、修復腎移植を望む患者らは移植の道を塞がれたのだ。

修復腎移植に使用可能な腎臓は毎年二千個くらい出るという試算がある。

判決を受け、原告団団長の向田陽二は怒りをあらわにした。

「修復腎移植は海外で評価され、進められているという現実を無視し、移植学会はすでに時代遅れになっている論文を根拠に修復腎移植に反対している。それを許容範囲、不法行為ではないとしたこの判決は到底受け入れることはできない。修復腎移植によって二千人もの命が救えるというのに……」

原告七人のうち四人は亡くなった。残った三人の原告は控訴した。

慢性腎不全患者は、毎年約三万七千人が透析治療を受けるようになる一方で、約二万七千人が死亡している。

修復腎移植に反対してきた五学会の一つ、臨床腎移植学会の前理事長で京都府立医科大学の吉村了勇教授は、二〇一五年、実刑が確定していた指定暴力団受刑者の健康状態について収監に耐えられないとする虚偽の回答書を作成し、大阪高等検察庁に提出した疑いで、書類送検された。結局、嫌疑不十分で不起訴にはなったものの、移植医療へ大きな不信を招いた。

修復腎移植が社会問題化した当時、吉村は移植学会から派遣され調査にあたった一人で、調査前から、「傷害罪の疑いがある」とまで言い放っていた医師でもある。

さらに厚労省の特別監査官として宇和島徳洲会病院へ監査に入り、「この病院をつぶしてやる」と叫んだ住友克敏が、二〇一〇年九月贈賄容疑で逮捕された。コンタクトレンズ販売店経営会社の取締役から、数年間にわたり合計二千万から三千万円の賄賂を受け取っていたのだ。

逮捕のきっかけとなったのは、取締役が若い女性の下着を盗むためにマンションに侵入し、逮捕されたことだ。家宅捜査され、押収物から住友との関係が明らかになったのだ。監査名目で宇和島徳洲会病院に乗り込んできた頃、一方で住友は多額の賄賂を受け取っていたことになる。

製薬会社から多額の寄付を受けていた高原理事長、組長虚偽診断容疑で家宅捜索まで受けた京都府立医科大学の吉村教授らに、万波らは移植医療への信頼を損ねたと批判されてきたのだ。

修復腎移植で救えた患者は確実にいた。それを阻んだのは日本移植学会だ。彼らは何のために修復腎移植つぶしに躍起になったのだろうか。

「まさか四国の片田舎の医師が始めた修復腎移植をこのまま好きにさせていれば、自分たちの権威に傷がつくとでも思ったのではあるまい。修復腎移植を他の病院でも始めれば、二兆円市場と囁かれている透析医療が脅かされるとでも考えたのか」

いくら考えても万波には移植学会の真意は理解できなかった。

彼らの修復腎つぶしは徹底していた。修復腎移植は生着率も悪く、死亡率が高いと高原教授は主張した。

アメリカ・フロリダ大学の藤田士郎准教授は、万波医師が行った四十二例の修復腎移植を詳細に分析し、修復腎の成果を公表した。

修復腎移植では生存率、生着率ともに五年以降の成績は死体腎よりも劣るという傾向がみられる。その理由について、修復腎移植ではレシピエントの年齢が生体腎、死体腎移植のレシピエントよりも高齢であることが指摘された。

さらに修復腎移植を受けたレシピエントは複数回移植を受けている。移植回数が増えれば、それだけ拒絶反応も起こりやすくなる。

修復腎を提供したドナーの年齢も高齢である。生体腎ではドナーの約七五％、死体腎の約八〇％が六十歳未満だ。これに対して修復腎は、ドナーの約七五％が六十歳以上、さらに七十歳以上が全体の半数近くを占めている。

そこで藤田准教授は、七十歳以上のドナーから摘出された生体腎二百九十九例、死体腎五十四例、修復腎十八例を生着率を比較分析した。

その結果から「ドナーの年齢差を考慮すると、修復腎移植の成績は死体腎のそれと遜色ない」という結論を導き出した。

「患者を置き去りにするどころか、救える命を見捨てるのが、果たして医療と呼べるのだろうか」

日本移植学会の対応は常軌を逸しているように万波には思えた。移植医がメスを執るのが、名声を得ることが目的であっていいはずがない。万波にはそんな気持ちは微塵もない。

修復腎移植を「人体実験」と非難した移植医もいた。無謀な医療行為に見えたのだろう。彼にとっては、万波は悪医にしか思えなかったのだろう。しかし、ガンにかかった腎臓を移植する行為が、患者と何も相談せずに推し進められるはずがない。

医師は決断を迫られるのだ。

六十代の患者は、家族からの腎臓提供は望むべくもなかった。母親は腎臓の病気で亡くなっていた。二人のオジも透析を受けていた。そして姉も移植を受けていたが、移植登録をしていて、ようやく献腎が回ってきたのだ。姉のように移植希望登録をして献腎を待てと、この患者に伝えるのはたやすい。

しかし、透析から離脱したい、生きたいという患者から強い要望が出された時、医師は何をすべきなのか。万波は自分が下した結論が正しかったのか、誤っていたのか、それはいまだにわからない。ただはっきりしているのは後悔する気持ちはまったくないということだ。

17　移植ツーリズム

宇和島市は一年を通じて温暖だが、やはり二月は海からの風は冷たく、外出するのは億劫になる。しかし、三月に入ると寒さも峠を越えて、春の陽射しがレースのカーテン越しに病室にも注ぎ込んでくる。

「万波先生大変です。救急の患者さんが松山空港から今病院に着きました」

ベテラン看護師の三好が泌尿器科の診察室へ飛び込むようにしてやってきた。三好は万波が市立宇和島病院に勤務していた頃から看護師を務めてくれている。万波が徳洲会に移籍した後、彼女も宇和島徳洲会病院へ移った。万波の移植手術を支えるスタッフの一人でもある。

万波は、今までどれほどの数の移植を行ってきたか、いちいち記録をつけているわけではない。万波の移植手術を、ずっとそばにいて看護師としてアシストしてきたのが三好で、彼女はその数を正確に記録していた。いつも沈着冷静な三好がいつになく慌てている。

福祉タクシーから降りた患者がストレッチャーに乗せられて運ばれてきた。意識はあるようだが、ぐったりとして呼びかけに答えるだけの力もない。

患者の横には妻が付き添っていた。患者はジャンパーを着ていた。ジッパーを外すと、緑色のシャツが鮮血で真っ赤に染まっていた。万波は患者をベッドの上に寝かせた。

「このままでは何もできん」

ハサミでシャツも下着も切り裂いて、腹部を見ることにした。

「この傷は……」

患者に代わって妻が答えた。

「イスラマバードで腎臓移植を受けて、昨日の夕方成田空港に着きました。帰国後は万波先生が診てくれる。話はすべてついているからと、移植斡旋業者に言われたので、この病院に来ました」

成田空港に着いた時には、羽田空港から松山に飛ぶ最終便が出た後だった。羽田空港に移動するには患者の出血がひどく、妻はフロントにわからないようにして、空港近くのホテルにチェックインした。

翌朝、成田空港から松山空港に向かうＬＣＣの始発便で松山に着いたようだ。

「松山空港からタクシーで来ました。主人を助けてやってください」

妻が懇願した。

夫が今にも死にそうな状態で、精神的に混乱しているためなのか、妻の説明だけでは詳しい事情は万波には理解できなかった。しかしそれよりも何よりも、患者の救命措置は一分一秒を争うような状態だった。患者の症状はそれほど切迫していた。左腹側部に三〇センチ以上の縫合の痕が残り、縫合した部分から血液だけではなく膿があふれ出ていた。

万波は患者を手術室に運ぶように指示し、外科の医師を呼んだ。手術室にやってきた外科医は、患者の容態を見ると絶句した。

「この患者さんは……」

「海外で腎臓移植を受けてきたようだ。それ以上のことはわからん」

万波も外科医も決断は同じで、一瞬だった。

「腹部を切開してみよう」

皮膚縫合用ホチキスで止められている部分をすぐに開いた。腹部に膿が溜まり、開いた瞬間、溢れ出てきた。万波も外科医も、それを見て、患者は手遅れだと思った。

万波は移植した腎臓が生着せず、抗体反応で腐り始めているのではないかと想像してみた。それならばすぐにでも移植した臓器を取り出す必要がある。しかし、移植した臓器は見当たらなかった。重大な急性拒絶反応が起きたか、あるいは何か他の事情で、移植した腎臓を摘出しなければならなかったのかもしれない。

動脈と静脈が粗雑に結紮されていた。

考えられるのは、移植した腎臓を強引に生着させるために大量の免疫抑制剤が投与され、その結果、感染症を引き起こしたということだ。

その上に移植腎臓の摘出手術によって感染症が重篤化した。感染症を抑えてからでないと本来ならば退院などできるはずがない。患者の長距離の移動など生命に関わる。しかし、どのようなルートを辿ったのかわからないが、患者は成田空港に命からがら到着したようだ。

切開した腹部は、とても縫合できるような状況ではなかった。傷口を開いたままにして、腹部内の膿をすべて外に出してしまう必要がある。患者は外科にしばらく担当してもらうことにした。傷口をまず直さない限り、泌尿器科医としてはなす術がない。

感染症の病原菌を特定するために、病理検査に回した。病原菌はすぐに判明した。

戦後の日本にも一時期見られたが、現在ではほとんど例がない悪性度の高い病原菌で、保健所に届け義務のあるものだった。患者の容態は最悪で、命を救えるかどうか、予断を許さない状況だった。

万波は妻を診察室に呼び、移植に至るまでの経緯を聞き出した。

患者は六十五歳の山川毅で、妻は良枝だった。二人は姫路市で理髪店を経営していた。山川毅が慢性腎不全で透析を導入するようになったのは六年前。

「腎臓移植を希望しても、なかなかそのチャンスは回ってこないのはすぐにわかりました」

透析を受けた日、夫は理髪店に立つことはできなかった。一日置きの透析は、店の経営にも影響した。

インターネットで懸命に調べると、海外での移植を斡旋する組織をみつけることができた。斡旋組織は三つほどあり、電話で問い合わせると、一つの組織は費用を明示した。残りの二つは、大まかな移植費用は教えてくれたが、正確な費用は答えられないという返事だった。

夫婦二人で斡旋組織のオフィスを訪ねた。

最初の海外移植事情研究協会は、メキシコで移植手術を受けることが可能で、費用はおよそ千八百万円から二千数百万円だと告げられた。

「そんな大金、集められない」

二人に工面できる費用ではなかった。

二ヵ所目の斡旋組織は臓器移植119で、ベトナムで移植手術が受けられるという説明だった。費用は千二百万円。その斡旋組織の代表長峰行雄は、懇切丁寧に移植に至るまでの道筋をわかりやすく説明してくれた。費用の支払い方法も、患者の経済事情を考慮してくれて良心的にみえた。

長峰はハノイのビンメック国際病院の写真を示し、その病院で移植が受けられると、二人に説明した。

「日本での移植はドナーとレシピエントの血液型が違っていても、ＨＬＡに問題があっても、移植を行う。拒絶反応を薬で抑えてしまうが、海外での移植はレシピエントにあったドナーを探すことができると、ベトナムでの移植を勧められました」

血液型が違っていても移植ができるようになったのは、日本の移植医療が進んでいるからだ。ＨＬＡが一致するのは一卵性双生児だけで、ＨＬＡはなるべくタイピングがマッチするドナーの方が拒絶反応は少なくてすむ。しかし、いずれにせよ移植後は拒絶反応を抑えるための免疫抑制剤は不可欠だ。

「私たちは長峰の言葉を疑うことなく信じてしまいました」

長峰は言葉巧みに渡航移植へと患者を誘導しているようだ。

もう一つ、山川夫婦が心動かされたのは、移植費用だ。

「頭金として日本円で八百万円、残りは手術後に毎月十万円ずつ支払うという約束でした」

二人が長峰を選んだ決定的な理由がここにあるようだ。

山川夫婦は、臓器移植１１９と二〇一六年七月に、臓器移植に関する「業務委託契約書」を取り交わす。

「契約書」には費用は十二万ドルと記載されている。山川夫婦は長峰を信じて八百万円を支払った。

長峰はすぐにでも移植が可能な口ぶりだったらしい。しかし、山川毅が移植手術を受けたのは、契約から二年以上も経過した二〇一九年二月のことだ。

金を払うと長峰の態度は一変した。

「ビンメック国際病院のスイートルームのような個室で移植が受けられると聞いていたのですが、急にベトナムでは移植ができなくなったと言われ、次から次に渡航移植先が変わりました」

長峰の話はそれからも二転三転する。

渡航先が次から次に変わった。インド、フィリピン、インドネシア、そしてパラオまで候補に挙がった。そのたびに今度こそ、と山川夫婦は思ったが、「ドナーが見つからない」とか「国の方針が変わった」などの理由で移植は引き延ばされてきた。当然長峰に対する不信感は増幅していく。山川夫婦は移植をあきらめ、「頭金」の八百万円を返還するように求めた。

「途中でお金を返してほしいとお願いしましたが、それはできないと断られました」

そして二〇一八年十二月、長峰から突然連絡が入った。

「パキスタンで移植が受けられます」

山川夫婦はその条件として六万ドルを要求された。「契約書」に則って十万円ずつ支払おうとした。

「分割だとさらに移植手術は遅れますよ」

長峰は突き放すような口調で妻に言い放ったようだ。

すでに支払った金を無駄にするわけにはいかない。親戚や銀行から金を借りて、現金六万ドルを山川夫婦は用意した。

山川毅がパキスタンに向かったのは二〇一九年一月末だった。

「ご主人が一人だけで行ったんですか」万波が聞いた。

一人で、しかもパキスタンで腎臓移植を受ける患者がいることに、驚きを吐き出すように大きなため息をついた。

「渡航から帰国まで日本人スタッフが二十四時間サポートするので、言葉の問題はいっさい心配することはない。イスラマバードでは専属の看護師がケアをするという説明を受けたので、長峰さんを全面的に信頼しました」

山川毅は一人イスラマバードに渡った。空港に着いたのは夜中で、長峰が出迎えた。

夫婦間ではメールのやりとりが頻繁に行われていたようだ。山川毅が連れて行かれたのは、「ゲストハウス」と呼ばれる高級住宅街にある一軒家だった。

「その住宅街に入るには、ゲートにはガードマンがいて、外部からは簡単に入れない仕組みになっていたそうです」

「ゲストハウス」内の大部屋にはいくつものベッドが並び、すでに数人の日本人患者が移植手術を待っていた。

「ゲストハウスに入ると、そこの責任者らしきパキスタン人から、絶対にカーテンを開けるな、と夫は注意を受けたらしい」

一日中カーテンは閉め切られ、昼間なのか夜なのかわからない状態に陥った。

山川毅だけではなく、他の患者も透析患者だ。パキスタン人の運転する車で、イスラマバード市内の病院に交代で連れて行かれ、透析を受けていた。

「透析を受けた病院はかなり大きな病院で、そこで透析を受けたと言っていましたが、その費用は同行したスタッフが直接看護師に払っていました」

話を聞いている万波には、戦後間もない頃の混乱期、元従軍看護兵が医師を騙って患者を治療していた時期があったが、パキスタンの医療はその程度に思えた。

山川毅の「ゲストハウス」での待機は二週間に及ぶ。

「二月六日の夜、夫は突然移植すると告げられたそうです」

移植する病院は設備の整った大きな病院と聞かされていたが、「ゲストハウス」と同じ造りの民家だった。

「ゲストハウス」から車で二、三十分の距離のところにあった。

「手術用の強いライトが天井から照らされていたところまでは覚えていますが、その直後から夫の記憶はなく、気がつくとゲストハウスのベッドの上に寝かされていたそうです」

その頃から長峰からメールが頻繁に入る。

〈おめでとうございます！　手術は無事成功です。どうぞご安心ください。後程ビデオを送らせていただきます〉

その五時間後。

〈ご主人の尿の出があまり良くないそうです。今夜再度状態を確認するため手術するとのことです。ご心配だと思いますが、状況がわかりましたら再度ご連絡させて頂きます〉

しかし、この手術は見送られ、しばらく様子を見ることになった。

その夜、山川毅は透析を受けた。

手術二日目、二月七日、長峰から連絡が入った。

〈良い情報です。ご主人の尿が徐々に出始めています〉

その一方で〈お元気で、腎機能はすべて良い検査結果なのですが、尿量が少ない状態が続き、医師も少し心配しているようです〉

「長峰さんは夫の様子を写真や動画で送ってきてくれたし、文面もそばについているような書き方で、イスラマバードにいるとばかり思っていました」

しかし、長峰は日本に帰国していた。山川毅は通訳もなく、一人で移植手術を受けていたのだ。イスラマバードから送信されてきた情報を翻訳し、転送していただけだ。

予後は悪化の一途を辿っていた。それでも山川の帰国のフライトは、十二日に予約が入れられていた。容体が思わしくなく、十五日に延期された。

良枝の説明に万波はただ驚くばかりだった。移植手術を終えて、通常は一ヵ月程度は入院させて、患者の様子を注意深く見守る必要がある。十日程度の入院で退院させ、イスラマバードから東京まで移動するなど自殺行為に等しい。それなのに山川夫婦は疑うこともなく長峰の指示に従っている。

十三日、予想もしていなかった連絡が入った。

〈今現地から連絡があって、ご主人の腎臓は残念ながら摘出されたとのことです。理由は拒絶反応のようです〉

良枝はこの時、長峰が東京にいるのを知った。

「聞いていた説明では、移植される腎臓は二十から三十歳くらいまでの健康なドナーから摘出されたもので、厳しい基準をパスした者だけだと……」

患者の無知、そして一日も早く透析から解放されたいという思いにつけこんだ長峰の手口だった。

「腎臓を摘出した翌日、夫は意識不明に陥りました」

日本でHLAのタイピング検査をし、そのデータを前もって送っておかなければ、ドナーは見つからないだろう。イスラマバードに着いてから二週間で山川は移植手術を受けている。この期間にどうやってドナーを探したのか。それに、通常は一週間前から免疫抑制剤を投与し、拒絶反応に備える。そうした治療が施されたのか、まったく不明だ。万波には理解できないことばかりだった。

それを妻の良枝に尋ねても何もわからない。夫婦は成田空港で二ヵ月半ぶりに再会したのだ。

「手術の後、ほとんど意識がなく、その頃のはっきりとした記憶が夫にはありません。覚えていたとしてもぼんやりとした記憶なんです」

そんな状態にもかかわらず、長峰は北京経由で、山川を一人帰国させようとしていた。パキスタンに入国するのには査証が必要になる。良枝は北京まで迎えに行くようにチケットの手配をしている。

しかし、山川本人はイスラマバードの空港で、二度にわたって搭乗拒否に遭っている。それほど状態は悪かったのだろう。不測の事態に長峰がイスラマバードに戻ったのはこの頃だった。

「夫の状態は、とても飛行機に乗せられるような状態ではなかったのです」

エアラインを変えて出国を試みたが、その時にテロ事件が発生し、空港が閉鎖された。その間にも山川の症状は悪化の一途を辿った。

空港閉鎖が解かれると同時に、外国人が一刻も早く出国しようと空港につめかけた。足止めをくっていた外国人がチケットを奪い合った。エミレーツ航空のチケットをようやく入手することができた。しかし、イスラマバードから日本とは逆方向のドバイに向かい、そこで乗り換えて成田に戻るというコースだった。

三月六日、妻の良枝は成田空港で待機した。

「成田空港に戻ってきた夫を見て、もうダメかもしれないと思いました。すぐにでも救急病院に搬送してやりたいと思いました。でも長峰からは、海外で移植を受けた患者は日本の病院では診療拒否に遭う。診察してくれるのは宇和島徳洲会病院の万波医師だけだと聞かされていました。話はすべて万波医師とつけてあるからと……」

空港近くのホテルで一泊した。

「脇腹はナイフで刺されたように、血が絞れるほどシャツに浸み込んでいました。着替えさせてやりたかったけれど、とてもシャツを脱がせるような状態ではありませんでした」

シャツは血と膿で傷口にへばりついていた。

翌朝、山川の寝たベッドは血だけではなく、体から流れ出た体液でぬれていた。

松山空港からは福祉タクシーで宇和島病院にまでやってきたという話だった。

万波は、長峰などという斡旋業者など知らないし、外国で移植を受けた患者を引き受けると話したこともない。ただ、海外で移植を受けてきた患者であろうとも、診療を拒否したことは一度もない。その情報が患者や斡旋業者に知れ渡っていたのかもしれない。

臓器売買はどこの国でも禁止されている。

イスタンブール宣言前には、多くの患者が海外に出て、移植手術を受けていた。そうした患者がイスタンブール宣言以後、宇和島病院を訪ねてくるケースが増えた。

イスタンブール宣言後は、多くの移植医がトラブルを避けるために、渡航移植患者の治療を渋るようになったのだ。そのために東京からわざわざ宇和島まで通ってくる患者もいる。しかし、診療拒否はもちろん医師法に違反する。

「最初は私の腎臓を提供して夫に移植するつもりでした。でも夫が私の体にメスを入れさせたくなかったのでしょう。それに海外なら、最適の腎臓を移植できると聞かされて、渡航移植に心が傾いてしまった」

日本からの渡航移植は野放し状態にあるといっても過言ではない。背景にあるのは、日本では移植のチャンスがほとんどないのに等しいという現実だ。

イスラマバードの「ゲストハウス」で意識を失った山川の状態を隠すために、長峰は都合のいいように良枝に連絡してきたようだ。

「夫が回復傾向にあるように言ってきましたが、とても信じることはできませんでした。両脇をパキスタン人に支えられながら歩いている動画を送って寄越しましたが、無理やり歩かされているようでした。電話で話している時に、夫の今の姿を出してくれと頼むと、話とはまったく違ってぐったりしていました。夫に電話がつながり話をしていると、泣き出してしまい、助けてくれと訴えてきました」

搭乗拒否に遭うのも当然だった。ジャンパーを着込んだのも、滲み出る出血を隠すためだった。

イスラマバードから成田空港までは、良枝の強い抗議に長峰が付き添った。しかし、着くのと同時に、山川を残したまま長峰は都内へと向かった。

その夜、長峰から連絡があった。

〈明日無事に万波先生のところに入院できることを祈っております。万波先生以外は話がわかりませんので、宜しくお願い致します。他の医師や看護師の目もあるので、突然やってきた移植難民といった体裁で、治療が受けられるように話がついています。あくまでも突然やって来たという設定で、宇和島病院に飛び込んでください。万波先生とは懇意の間柄で、何も心配はいりません〉
「帰国後のケアは万波先生が担当してくれる」
こう聞かされて渡航移植を決意する患者もいたようだ。

移植手術は、術後の管理が極めて重要なものになる。移植した後は、時間をかけてレシピエントの状態を見極めながら治療する必要があるのだ。

しかし、山川は民家を改造した「クリニック」で移植を受けている。おそらく衛生状態は悪かっただろう。一週間後には移植した腎臓を摘出されている。その一週間内に腎臓を生着させようと大量の免疫抑制剤が投与されたと思われる。免疫力が極端に低下した中で、術後も衛生状態は決していいとは言えない「ゲストハウス」で過ごしている。

それが山川の症状を悪化させた最大の原因だろう。

山川は治療のかいがあって、命をつなぎとめることができた。山川によると、彼の他にも六人の移植待ち患者がいたようだ。

万波にはそれが信じられなかった。

「こんなヤミ移植をする医師に命を預けるとは……」

しかし、それが現実だとすぐに悟った。一ヵ月の間に、イスラマバードで移植を受けた患者が三人申し合わせたように、宇和島病院にやってきた。長峰から同じ説明を受け、三人とも山川と同じように重篤な感染症にかかっていた。

移植斡旋ブローカーの長峰のやり口は共通している。すぐにでも移植ができるような口ぶりで、先に移植費用を渡航移植希望者に支払わせてしまうことだ。

金を受け取ると、長峰は次から次に渡航移植先を変更した。山川にもパラオでの移植の話が告げられていた。

外務省はパラオの医療情報についてこう記している。

「国内に医師は三十名弱しかおらず、慢性的な医師不足が深刻な問題になっています。入院施設を有する総合病院も国内に一カ所あるのみ、科によっては専門医不在で医療レベルは十分とは言えません。専門医受診を要する患者は台湾、フィリピン、グアム、ハワイなど国外の病院を受診するのが普通です。血液バンクもなく、必要な輸血用血液はボランティアを募って確保しなくてはならず、輸血の安全性も確立されていません」

長峰は実際にパラオに患者を送り、移植させようとしていた。インドから医師団、看護師団がパラオに入り、医療機器も持ち込まれるというふれこみだった。患者八人が成田空港に集まったようだ。パラオ共和国の人口は約二万人。いったい八人ものドナー、八つの腎臓をどこから入手するつもりだったのか。

しかし架空話で当然この計画は頓挫する。

〈本日何度もパラオに電話しましたが、大統領と話ができませんでした。関係者がすべてナショナル病院事

務長の葬式のため、バタバタしているようです。私は直接大統領と厚生大臣に話し合いに行くことに致しました〉

こんなメールを八人に送りつけている。それでも患者は長峰を頼っている。患者を愚かと片づけるわけにはいかない。透析から逃れたいという思いは、それだけ強いのだ。

ベトナム、フィリピン、インドなどが候補に挙がり、五年も待たされ、最後にパキスタンで移植を受けた患者もいた。

インドに三回、ベトナム、カンボジアにも訪れているが、そのたびに無駄足に終わっている。そして、山川が臓器移植を受けた頃、日本を離れ、山川と同じように「ゲストハウス」に滞在し、移植を受けた患者がいた。この患者も感染症を引き起こし、宇和島徳洲会病院へ助けを求めてきた。

山川とほぼ同時期にイスラマバードで移植を受けた患者三人は、いずれも免疫抑制剤の大量投与が疑われる。

免疫力は極端に落ちるが、移植した腎臓の拒絶反応は抑え込むことができる。手術後は一日も早く日本に帰国させたいという思惑が見え隠れする。レシピエントはまるで配達地域に振り分けられるベルトコンベア上の宅配荷物のようだ。

四人のレシピエントに共通しているのは、手術した民家に入ったと同時に麻酔を打たれたのか、いつ手術が行われ、どんな手術だったのかほとんど何の説明を受けていなかった。彼らは自分が宿泊した「ゲストハウス」も、手術を受けた場所もイスラマバードのどこにあるのかそれさえも知らなかった。

何故こんなことがまかり通るのか。理由ははっきりしている。脳死、心停止によるドナーからの臓器提供が極めて少ないからだ。四人は二千万円から五千万円の移植費用を長峰から巻き上げられていた。こんな悲惨な現実を放置しておくのなら、修復腎移植を一日も早く保険適用の医療にして患者を救うべきではないのか、万波はそう思った。

パキスタンで移植を受けた患者が、イスラマバードから戻り、羽田空港近くのカプセルホテルに宿泊した。トイレで血尿を排泄しているところを他の宿泊客に目撃された。その宿泊客がホテルの客室係に通報、救急車が要請された。

救急車で東邦大学の関連病院に搬送された。その患者も長峰から宇和島徳洲会病院へ行くように指示されていた。

「宇和島徳洲会病院で診てもらえるのなら、そちらで治療してもらってください」

救急車で搬送されたにもかかわらず、患者らに訴えられた相川教授が所属している東邦大学医学部の関連施設には受け入れてはもらえずに、患者は翌日、宇和島徳洲会病院へ入院した。

検査で、海外で広がりを見せていた悪性度の強いMRSAと、さらに三種類の病原菌にも感染していることがわかった。患者の容態は決して楽観できない状態で、半年も入院する羽目になった。

国内での臓器提供を増やす以外に、こんな命がけの渡航移植の流れを止めることはできないだろう。医療は死よりも生を直視してきた。移植によって、それまでは死に直結していた病気まで救えるようになった。

そこに臓器ブローカーがつけ込む。渡航移植を望む患者にとって、臓器ブローカーの誘い文句は、暗黒の海に灯る集魚灯のようなものだ。その光を見た者は、抗うこともできず吸い寄せられていってしまう。

一人でも二人でも、修復腎移植でこうした患者を救えたはずだ。パキスタンで違法な移植手術を受け、感染症にかかり、重体になって帰国した患者を治療していると、言いようのない怒りが込み上げてくる。

18　W移植

いつも通り午前七時過ぎには自宅を出た。万波誠医師は自宅の駐車場に止めてあるホンダシビックに乗り込んだ。購入したのは十年以上も前だ。いたるところが凹みサビついているが、エンジンは一発でかかった。エアコンのスイッチを入れたが、車内の温度はなかなか上がらない。

家を出る時はズボンにセーター、その上からジャンパーを羽織っただけだ。夏でも冬でも靴下は履かない。素足でスリッパサンダルを履いた格好で通している。

宇和島徳洲会病院は海岸沿いの道路に面している。七階建てのビルの裏手に医師や職員の専用駐車場がある。シビックから降りると、海からの風はビルによって遮断されるが、気温は低い。どんよりとした厚い雲からは今にも雪が染み出てきそうだ。万波は職員専用の出入口から病院内に入った。

万波は徳洲会病院の泌尿器科部長で、一階に診察室があり、その近くに医師控室もある。控室に入り、白衣に着替える。前日から宇和島ステーションホテルに宿泊していた瀬戸内グループの医師もすぐに集まってくるだろう。

弟の万波廉介、西光雄医師、光畑直喜医師も移植手術に協力してもらっている。手術がある時には、今でも瀬戸内グループによって行われる。

万波誠は八十歳を目前に控え、瀬戸内グループの医師たちも七十代だが、現役を退くつもりはない。引退を考えたことなど一度もない。それは明日かもしれないし、数年先かもわからない。体力が許す限り、万波は現役で患者の診療にあたるつもりだ。

控室はいつも雑然としている。ドアを開けて中に入ると、スプリングが軋むソファが置かれ、センターテーブルの上には新聞が広げられたままで、衝立を隔てたその先には机が並ぶ。

ソファに座り新聞を読んでいると、瀬戸内グループの連中が次々に控室に入ってくる。ほとんど毎週のように水曜日の午後は移植手術にあてられる。弟の廉介は、岡山から瀬戸中央道を使って瀬戸内海を渡り、宇和島までやってくる。光畑医師は、呉港からフェリーを使って松山港に移動し、そこから松山自動車道を使う。西医師も、香川から高松自動車道と松山自動車道を乗り継いで宇和島まで車を走らせる。

午前中にドナー、レシピエントの状態についてカンファレンスを行うのが常だ。

「患者さんの様子はどうだ」

控室に入るなり西医師が聞いた。

「ドナーもレシピエントも安定している」万波医師が答えた。

「レシピエントの家族はどうしてますか」

今度は光畑医師がレシピエントの家族を気遣った。レシピエントの家族は、妻と三人の子供が三日前から宇和島オリエンタルホテルに宿泊し、毎日のように見舞いに訪れている。

「家族は心配でいても立ってもおられんだろう」廉介医師が言った。

レシピエントは橋本英紀で、すでに肝臓の移植を受けていた。肝硬変と診断され、六年前に妻の万紀子から提供された肝臓を、都内のK大学附属病院で移植している。肝臓移植そのものは成功した。しかし、術後のドレーン洗浄が災いしたのか、細菌に感染してしまった。さらに症状は悪化し、敗血症を引き起こした。

敗血症から急性腎不全を発症し、透析治療を受けなければ危険な状態に陥った。透析によって橋本は一命を取り留めた。急性腎不全なら一ヵ月から二ヵ月ほど透析治療を受ければ腎機能は回復する。しかし、三ヵ月以上経過しても橋本の腎機能は回復しなかった。

一日置きに透析を受ける生活となった。これでは何のために肝臓移植を受けたのかまったく意味がない。二人には育てなければならない子供が三人いた。橋本は失職し、妻がパートタイムで働き、生活を支えた。それだけでは生活は成り立たない。透析を受けたままでは、橋本が元の職場に戻り営業マンとして以前のように活躍することはないだろう。しかし、一家の生活を維持するためには橋本が透析を離脱し、働いて収入を上げるしか道がなかった。

夫の健康を取り戻すために、妻は肝臓を提供した。妻も以前の生活が戻ってくると信じて、夫に肝臓を提供したのだ。妻の万紀子は腎臓も提供するので、夫に移植してほしいとK大学病院に相談を持ちかけた。主治医から万紀子は叱責された。

「ダメに決まっているでしょう。あなたは何を考えているの」

取りつく島もなかった。

「肝移植だけでも大きな手術。この上さらに腎移植をして、万が一何かあったら、どうするんですか」

移植医のほとんどが加盟する日本移植学会のガイドラインに、同一ドナーからの二度にわたる臓器提供を具体的に禁止する記述はない。生体腎移植ドナーについては「医学的なメリットはないため、医療の基本の立場からは、健常である生体腎移植ドナーに侵襲を及ぼすような医療行為は望ましくない、これを避けるべきである」と記載されている。

さらにドナーの適応基準に関しても詳細に記述され、「基準に合致しない時の対応」についても述べられている。

「基準を逸脱する生体腎移植ドナー候補者から強い腎提供希望があったとしても、腎提供後にドナーに不利益な腎障害などの出現する可能性が極めて高いことを十分に説明し、腎移植が行われないように努力する必要がある」

主治医からはさらに予想もしていなかった言葉が万紀子に投げつけられた。

「そんな手術をしてご主人の容態がおかしくなれば、世間が移植を悪く言うでしょう。腎移植後に、肝臓の値が悪くなったりしたら、私たちがせっかく積み上げてきた生体肝移植の実績が批判されてしまう。自分たちのことばっかり考えないで、あなたたちも私たち移植チームの一員としての自覚を持ってほしい。これが我々の方針です」

橋本英紀、万紀子夫婦は、妻から夫への腎臓移植を行ってくれる病院を探したが、その他の大病院、大学病院は、手術結果が思わしくなかった時のことを考え、社会的批判、非難をおそれて、橋本夫婦の話さえ聞こうとはしなかった。

困り果てた夫婦が最後に辿り着いたのが宇和島徳洲会病院の万波医師だった。

万波は妻万紀子の肝臓が再生し、肝機能にも問題がないことを確認すると、妻の腎臓を摘出し、夫へ移植する決断をした。

妻から夫にすでに肝臓が移植され、今度は腎臓移植だ。徳洲会の倫理判定委員会にかければ「不適」の判断を下す可能性がある。しかし万波は、夫婦間の通常の生体腎移植として手術は可能であり、倫理委員会にかける必要はないという判断を下した。

同一ドナーから同一レシピエントに、肝臓、そして今度は腎臓という、いってみればダブル移植が午後から行われる予定になっている。

今回の腎臓移植を実行に移せば、以前の修復腎移植のように蜂の巣をつついたような騒ぎになる可能性もある。万波医師は瀬戸内グループの三人の表情をそれとなくうかがってみた。三人ともいつもと何ら変わるところはない。それでも不安になって万波は確かめた。

「今回も以前と同じように、いやあの時以上に大騒ぎになると思うがいいのか」

「あの時は確かに大変だったが、こうして今も医者をやっている。大騒ぎになったら、その時はその時で考えればよかろう」

西からは拍子抜けするような返事が戻ってきた。

「救える患者がいるのに患者を見放して、それで医者だって顔をしても仕方なかろう」

光畑にもまったく迷いがないようだ。

控室の電話が突然鳴った。受話器を取ったのは廉介医師だった。廉介医師は二度ほど頷き受話器を置いた。

「兄貴に会いたいと、社会保険中京病院の大島先生が受付に来ているらしい。約束がないなら今日の面会は無理だと受付が説明したが、今日の手術の件でどうしても話したいことがあると、こっちに来ているらしい」

「どうして今日の手術の情報が大島先生に流れたんだ。知りようがないだろう」

西が訝る表情を浮かべた。

「K大学病院から移植学会に情報が流れたんだろう。それしか考えられない」

光畑が自分の推測を吐き捨てるように語った。

大島がわざわざ宇和島まで来たのは、橋本の移植手術を阻止するためではないのか。それ以外には考えられない。

橋本英紀の主治医は、K大学医学部の教授でもあり、日本移植学会の理事の一人だ。橋本は一ヵ月以上もK大学病院には行っていない。その間宇和島徳洲会病院に入院している。妻の万紀子から夫の腎臓移植のための待機入院が告げられたのかもしれない。そうでもしなければ大島医師が橋本英紀の移植手術を知るはずがない。

しばらくすると控室のドアがノックされた。静かにドアが開いた。

「大島先生がお会いしたいと……」

と案内して来た受付の言葉を制するように、大島が部屋の中に強引に入ってきて言った。

「今日の手術についてどうしてもご相談したいことがあって、無理を承知でやってきました」

大島の年齢も七十代半ばで、瀬戸内グループの医師とほぼ同じ年齢だ。大島はよほど慌ててやって来たのか呼吸が荒い。

「手術の話を聞き、中部国際空港から始発便でやってきました。皆さんがそろっていらっしゃるということは、手術はまだ始まっていませんね」

「午後から予定していますが……」万波医師が答えた。

「その手術ですが、折り入って私の方からお願いがあります」

万波医師は瀬戸内グループの医師らと顔を見合わせた。

ずいぶん昔のことで記憶は鮮明ではないが、万波は大島と会っていた。厚労省に呼ばれたことがあり、その時ではなかったかと思う。大島は市立宇和島病院での移植について知っていて「いい成績ですね」と声をかけられた。大島が移植学会副理事長に就任している頃には、移植に関係する厚労省の会議に出席してほしいと何度も手紙をもらっていたが、万波が会議に出席することは一度もなかった。目の前の患者のことで手いっぱいで、会議に出席する余裕は万波にはなかった。

強い言葉で万波を非難している大島の映像がテレビに流れた。気性の激しい医師かと思っていたが、実際の大島からはそうした印象は受けない。患者の話に耳を傾ける医師ではないかと思った。四十年以上も医師をしていれば、それくらいのことはすぐにわかる。

しかし、いくらダブル移植を思い止まるように説得されても、万波にはその意思はまったくなかった。

「どうぞ」

スプリングが軋むソファに大島が腰を下ろした。その隣に廉介が座り、新聞が雑然と置かれたセンターテーブルを挟んで、反対側のソファに万波を挟んで西、光畑の二人が座った。

「その頼みっていうのは何ですかな」

万波が聞いた。

「橋本さんご夫婦の移植の件です」

やはりダブル移植のニュースがK大学附属病院から移植学会へ流れているのだろう。

万波は大島を見据えて、次の言葉を待った。

「橋本さんの移植に立ち会わせてもらうわけにはいかないでしょうか」

万波には意外だった。大島はダブル移植を制止するために宇和島病院にやってきたのだと思った。それは西、光畑、廉介も同じだろう。彼らも顔を見合わせながら、訝る表情を浮かべている。しかし、大島の真の目的はわからないが、手術に立ち会いたいと言った。

「それくらいなら別に構わんが」

万波は即答した。

呆気に取られているのは、西、光畑でもなく大島自身だった。

「手術は午後からだ」

万波が答えると、話はそれだけで終わってしまった。万波は大島に立ち合いの目的を聞くこともなかった。大島も橋本夫婦の状態を聞いてくることもしなかった。

「昼飯はどうなっとるんかな」

廉介は隣に大島がいるにもかかわらず、いつもの調子で聞いてきた。

そこに宇和島病院の職員が、昼食用のコンビニ弁当を運んできた。いつも六人分の弁当を持ってくるように万波は指示を出している。

センターテーブルの上に、プラスチック容器に入った弁当が並んだ。

「好きなものをどうぞ」

西が勧めた。

それぞれが好きな弁当を手に取り、いつも通り食事を始めた。

食事が終わると、しばらく新聞を読んだり、テレビを見ていたりしたが、二時少し前になると、誰が先ということもなく、手術室に向かった。

万波の後ろを大島がついてくる。

「手術着はそこにありますから、取ってください」

西が更衣室に積まれている手術着を指さした。着替えると、手術室前の洗い場で、消毒用ソープで全員が手を洗い始めた。大島はメスを握るわけではないが、長年の習慣なのだろう。彼も手を洗っている。

宇和島徳洲会病院の手術室は二つ並んでいる。いつも左側の部屋がドナーの摘出、右が移植に用いられる。

手を洗い終えると、左側の部屋に廉介と西、右側の部屋に万波と光畑が入った。

移植用の手術室に入った大島が、部屋を見回し麻酔医、看護師を確認している。万波に大島が聞いた。

「これだけのスタッフで移植されるのでしょうか」

「そうだが」

大島は手術スタッフの少なさが気になったのだろう。

「いつもこのスタッフでやっとる」

そう答えて、「さあ、やるか」とスタッフに声をかけた。

それから手術が終了するまで約四時間。大島は摘出と移植の手術室を何度も往復していた。

手術が終わり、再び医師控室に戻った。午後六時を少し回っていた。

光畑が時計を見た。

「帰るぞ。この時間なら七時のフェリーに間に合う」

光畑は松山港から呉港までフェリーを使う。自宅は呉市だ。西は坂出まで戻る。廉介は岡山へ向かう。これもいつも通りだ。

万波は、手術を終えたばかりの橋本夫婦が休んでいるICUに、すぐに戻っていった。移植後の患者の尿袋に尿が排泄されるのを確認するまでは、そこを離れようとはしない。

その日、大島がどうしたのか、宇和島のホテルに宿泊したのか、東京に戻ったのか、万波は知らない。結局、会話らしい会話は何もなかった。

橋本夫婦の移植は成功した。

実際、何の目的で大島が宇和島までやってきたのか、万波にはわからなかった。修復腎移植を「人体実験」だと叫んだ時の大島とはまるで別人のように見えた。あの時からすでに十五年もの歳月が流れている。穏やかになったというよりも、互いに年齢を重ねている。

移植医を引退し、大島は国立長寿医療研究センターのトップを務めている。どんなことをする役職なのか、万波には想像もつかない。その後、宇和島には二日ほど滞在して、橋本の妻と東京で会うことを約束して戻ったらしい。

――万波と瀬戸内グループの行ってきた修復腎移植は人体実験だったのだろうか。

提供される臓器がない以上、ガンにかかった腎臓でも使って移植するしか方法はなかった。実験などではなく、移植を望む患者への治療行為でしかないと、万波は思う。

バッシング記事が流れた時、ある記者から問われた。

「もしもガンが持ち込まれたら、どのように責任を取るつもりなのか」

万波は沈黙して答えなかったが、医療過誤でもない限り、すべての医療行為に対して医師は責任の取りようがないのだ。

透析が限界にきている。複数回移植を受け、今後も提供される臓器の見込みはない。透析には戻りたくないと拒絶すれば、間違いなく死が訪れる。そうした患者に修復腎を移植してきた。

移植医療そのものが人体実験の積み重ねで発展してきた事実は否定できない。患者の期待に応えることもできず、裏切る結果に終わり、後ろを振り返れば夥しい死体が横たわっている。その繰り返しで移植だけではなく、すべての医療が発達してきた。

万波の移植が一千例に達した時、患者たちが集まりパーティーを開いた。患者の一人が演台に立ち、万波への謝辞を述べた。

「私がこうして今日生きていられるのも万波先生のおかげです。私にとっては神のような存在なんです……」

万波はたまらず演台に立つ患者のスピーチを止めてしまった。

「助けようと思っても助けられなかった患者はなんぼでもおるんだ。だからそんな言い方は止めてくれんか」

患者はその場をうまく取り繕ってスピーチを続けてくれた。

パーティーは続いていたが、万波はトイレに行くと言って会場から姿を消した。それ以上会場にはいられるような気分ではなかった。

回復する見込みの高い患者への執刀は気が楽だ。自分でも自信と確信を持ってメスを握れる。しかし、成功の確率が五分五分だったらどうか。いや、手術は失敗に終わる可能性が高く、成功の確率が三割以下だったら、医師はどうすべきなのか。

厚労省、医師会、移植学会のガイドラインに従って、不適応、手術はできませんと答え、手術を回避すれば、トラブルに巻き込まれることもない。当然責任を追及される事態にはならない。それが果たして、医師として正しい選択なのだろうか。

透析を継続しても、おそらく数年後には死が訪れる。そうした患者から移植を切望され、応えるには修復腎移植しかなかった。万波は不確定な未知の医療に踏み込んだ。

ガイドラインに従うか、あるいは未知の医療に挑むのか、どんな医師でも選択を迫られる場面に追い込まれる。患者と患者家族に寄り添おうとすれば、後者を選択するしかなく、万波は迷うことなく後者を選んできた。

移植手術は不可逆で元には戻せない。責任を追及されたところで、死者をよみがえらせることもできない。

移植によって一人でも患者の生命が失われてしまえば、生存率を一〇〇％にすることは不可能だ。責任を果たす手段があるとすれば、重責を背負い、絶対にあり得ない数字に向かって移植医療を続けるしかないのだ。

大島は宇和島徳洲会病院へ行ってよかったと思った。大島は厳しい言葉で万波を批判したが、それに対して万波は何も語ることはなく、口数の少ない医師だった。

すでに移植学会からは退き、大島はメスも置いていた。しかし、移植学会からの情報は入る。K大学附属病院で肝臓移植を受けた患者が、宇和島徳洲会病院で今度は腎臓の移植を受けるらしいと大島は耳にした。ドナーは妻で、肝臓、次は腎臓を夫に提供するようだ。

K大学附属病院は、当然腎臓の移植は不適応と断っていた。移植学会のガイドラインには、一人のドナーから二つの臓器を摘出するのは不可とする記述はない。というよりそんな移植は想定していないのだ。それを万波は引き受けている。

移植学会では、一人のドナーから肝臓、腎臓を移植するダブル移植を問題にすべきという意見もあった。修復腎移植でマスコミが騒ぎ、バッシング報道が続いていた頃、四国には足を踏み入れることはないだろうと大島は思っていた。しかし、今回は万波に会って、直接話をしてみたいと思ったのだ。

移植手術の日がわかると、大島は中部国際空港にタクシーを走らせ、始発便で松山に向かった。手術前に宇和島市へ着き、移植手術を見せてほしいと頼むと、万波はすぐに了解してくれた。

万波はどちらが利き手なのかがわからないほど、両手を器用に使いこなし、手術を進めていく。他の三人の医師もベテランで、手術は何の滞りもない。看護師たちも移植チームなのか、すべての看護師の動きに無駄がなく、秒針のような正確さだ。

手術が終わると、レシピエントに付きっきりで様子を見ているのは万波だけで、他の医師は次々に引き上げていった。

大島は二日間宇和島市に宿泊し、その間に橋本万紀子と東京で会う約束を取り付けてから、名古屋に戻った。

手術から二ヵ月が過ぎた頃、大島は橋本夫婦と東京で会った。二人から宇和島徳洲会病院で移植を受けられるようになるまで、どれほどの病院を訪ねたかを聞かされた。

「病院というのは患者を受け入れ、医師は治療してくれるものとばかり思っていました」

万紀子の話は痛烈だった。どこの病院を訪れても、判で押したような対応だったようだ。

「K大学附属病院の紹介状を持ってきてください」

主治医は、妻から夫への腎臓移植を引き受けてくれる病院を探しているのがわかると、紹介状を書くのを拒否した。

いくつもの病院をあたり、移植を諦めかけていた時、徳洲会の万波医師の存在を知り、万紀子が実情を訴えた。

「紹介状はいらんから、一度来てみなさい」

万波の言葉に夫婦二人で宇和島市まで足を運んだ。それがダブル移植へと繋がった。

「結局、K大学附属病院も、診察することさえ拒んだ病院も、自分たちのことが最優先で、患者は二の次だというのがよくわかりました」

橋本英紀は率直な思いを大島に吐露した。

「万波先生は、私たちのすぐ横にいて、どうしたらいいのかを一緒に考えてくれました」

万紀子は万波に全幅の信頼を寄せていた。

「医療って、誰のためにあるものなのですか。患者の命を救い、病気を治すためにあるのと違うのですか」

橋本英紀の言葉も苛烈だった。

「万波先生は、大学病院、大病院の医師とは違っていました。『同一ドナーから肝臓、腎臓の摘出は絶体にダメ』とは言わずに検査をした上で、問題はないと断言してくれました。私たちにとっては恩人なんです」

万紀子も万波医師は「患者と向き合う医師だ」と言った。

大島は、橋本夫婦から移植の話が自分に持ち込まれた時のことを想像してみた。やはり断るだろう。医療が患者に奉仕するためにあるのは否定しがたい。しかし、患者のことを思うがゆえに、医療が暴走した例はいくらでもある。大島自身にも苦い経験があった。

八歳の慢性腎不全患者を救うために、無脳症児から腎臓を摘出して移植した。

そうした暴走を戒め、防ぐために、医療は常に社会と対話を重ねる必要がある。そして社会との合意事項がガイドラインなのだ。

ガイドラインに従えば、時には患者を見捨てるような局面に遭遇することもある。大島は自分の体験を通して、ガイドラインに従う道を選択した。患者や患者家族にとっては、望まれる医師の姿ではない。決して善医ではないだろう。

万波と大島は同じ移植の道を歩んできたが、どちらの選択が正しいのか。それは誰にもわからない。時間が解決してくれるのかもしれない。しかし、どんなに時が流れても、この問題には決着がつかないような気もする。

それは万波医師も同じではないだろうか。

宇和島徳洲会病院を訪ねたのにはもう一つ理由があった。「人体実験」と万波を批判した。その言葉は、自分に向けた言葉でもあったことを万波に伝えたいと思った。しかし、万波とはほとんど会話らしい会話をすることもなかった。

大島は、移植を受けた患者から結婚式に招待される機会が多かった。レシピエントが社会の一線で活躍し、華やかなパーティーに何度も招待されてきた。しかし、時折見る夢に、そうしたレシピエントが出てくるのは皆無だ。夢に現れるレシピエントは救うことのできなかった患者ばかりだ。そんな夢にうなされた夜は、どんなに疲れていてもそれ以上眠ることはできなかった。

万波は患者の夢を見ることがあるのだろうか。どんな夢を見るのだろうか。今度会う機会があれば聞いてみたいと思った。

エピローグ

万波誠医師が亡くなったのは、二〇二二年十月十四日、八十一歳だった。

手掛けた腎移植は千八百例を超えていた。

東京女子医科大学病院腎臓病総合医療センター泌尿器科と関連三病院で、一九八七年から二〇一七年までに二千五百九十例の腎移植が行われ、日本ではトップクラスになる。その半数以上の腎移植を、万波誠医師と瀬戸内グループの医師らが担ってきたことになる。同じ移植医が手掛けた手術数としては、日本どころか世界でもトップクラスになるだろう。

二〇二二年三月に宇和島徳洲会病院を退職した。

腰痛を抱えていた。大阪市内の病院で脊柱管狭窄症の手術を受けたのは八月だった。体調を整え、九月からは兵庫県にある病院で移植を再スタートする予定だった。しかし、手術をした後、創感染症に苦しんだ。

自宅で静養したいと入院先から戻ってきていた。

自宅のベッドで療養している最中に、「メス」という声がしたので、次女が夢現《ゆめうつつ》の父親にボールペンを手渡すと、手術の動作をした。

万波はほとんど寝たきりの状態だったが、突然ベッドから起き出した。

「どこへ行くの?」次女が尋ねると、

「これから自分との闘いに行く」

そう言って、看病にあたっていた次女に倒れかかった。病院に救急搬送されたが、帰らぬ人となった。MRSA感染症から髄膜炎を引き起こしていた。

二〇〇五年九月に、愛媛県宇和島市で臓器売買による腎臓移植手術が宇和島徳洲会病院で行われた。日本初の臓器売買事件に発展した。

万波は警察の求めに応じて預金通帳まで見せたが、通帳の記帳を見て、刑事の万波への心証が一変した。預金額の少なさに、風評などよりも万波の証言が正しいと警察も判断した。

万波の死後、長女が遺品を整理した。患者が書いたと思われる借用書が何枚も出てきた。

借用書は患者が自ら書いたもので、万波医師が求めたものではない。透析に入れば、仕事を失う人も多数出てくる。おそらく万波本人は返済を求めたこともなければ、借用書が残されているのも忘れていただろう。金には無頓着だった。

岡山県備前市にある万波医師の実家の蔵には、日本刀が何本も保管されていた。それを欲しがっていた同僚の医師に一本与えた。その医師は風呂敷にくるまれた日本刀を所持しているところを銃刀法違反で逮捕されてしまった。

「蔵に刀なんぞごろごろしとるで、ほしいというから一本持ってきてやった」

おそらく蔵には日本刀だけではなく、高価な備前焼なども眠っているのだろう。万波医師は骨董品にも金にもまったく興味がなかった。

子供の頃、電車がほしいとねだる万波誠に、祖父母が本物の電車を買い与えようとしたという話まである家庭で育ってきたのだ。

二〇〇六年の臓器売買事件では警察で事情聴取を受け、診療報酬以外の金をもらったかを聞かれている。

「そんなもんもらうもんか」

刑事に万波医師は即答している。

患者らが主催した「送る会」では、古くから付き合いのある患者が「万波先生は、土曜も日曜日もなく病院にきていて、病院が先生の家のようだった」と思い出を語った。

患者のことだけを考えて、最後の瞬間まで現役を貫いた医師だった。

長女が若かった頃だ。一度だけ風呂場で嗚咽する万波を見ている。その理由を長女は聞くこともなかったし、万波も語ることはなかった。嗚咽の理由は、今となっては永遠に謎だ。

二〇二三年二月、渡航移植の斡旋組織の一つだった難病患者支援の会の実質的な代表を務めていた菊池仁達が、ベラルーシでの移植二件について臓器斡旋容疑で逮捕された。

菊池はコロナのパンデミックによって入国ができなくなるまでは、中国天津にある第一中央医院東方臓器移植センターに、約百七十人の患者を案内し、腎臓移植を受けさせてきた。そのうち百人近くは移植に成功し、透析治療から離脱した。二十人が移植した腎臓が生着せずに、その後も透析を受けたり、死亡したりしている。五十人は、高齢あるいはパフォーマンスステータス（全身状態）が悪く、移植不適応と診断された。中国に代わる渡航移植先としてベラルーシが浮上、そこでの移植が臓器斡旋にあたるとして、逮捕、送検された。一審判決は二〇二三年十一月二十八日に言い渡された。百万円の罰金、懲役八ヵ月の実刑判決だった。菊池は直ちに控訴手続きを開始した。

菊池は東京地方裁判所の法廷で、二〇〇九年、中国人移植医三人が東京女子医大で寺岡慧教授らと交流を持ち、意見の交換を行っていた事実を明らかにした。

中国では、死刑囚、ウイグル人から臓器を摘出し、外国人に移植し、人権上極めて問題だと世界各国から批判を浴びていた。菊池が招いた中国人移植医三人と、当時移植学会理事長だった寺岡医師は移植について意見の交換をしていた。

万波誠に診療報酬以外の金を受け取っていないかと問い質した寺岡は、その一方で中国人移植医と交流を持っていた。その事実を知った警視庁は、二〇二三年二月十七日、寺岡医師に対して任意でだが、事情聴取を行った。

菊池は控訴審で、すべての事実を明かして自分の無実を証明すると準備を進めている。

あとがき

万波誠医師と瀬戸内グループの医師らが行った修復腎移植へのバッシング報道が、毎日のように新聞やテレビに流れていた。その最中に、私は高橋稔世（故人）に二十年ぶりに会った。彼女は『真紅のバラを37本』という本を書きベストセラーになっていた。

長男と夫が同時にガンになり、長男が五歳十一ヵ月で短い生涯を終えると、その二ヵ月後、夫も他界した。本はその二人の看護の記録だった。

私は女性週刊誌編集部から、彼女と静岡県浜松市にあるホスピスの院長との対談をまとめてほしいと依頼された。編集部で彼女と打ち合わせをして、数日後に浜松に向かった。結局、対談は相手側の了解が得られず実現しなかった。

それから彼女との交流は途切れたままだった。彼女のその後の消息を知ったのはインターネット上にアップされたニュースだった。夫と長男を失った後、彼女はアメリカに留学し、ターミナルケアについて学んだ。帰国後、故郷の山口県で画期的な老人ホームを運営しているというものだった。

食事は決まったメニューではなくバイキング形式で、入所者が自由に選べるという、今まではなかったホームを設立していた。私は取材してみたいと思い彼女に連絡を取った。

しかし、すでに老人ホームの運営から離れ、新たなチャレンジを模索していた。

「生きるってどういうことなのか、それを考える子供向けの本を書きたいのよ」

児童書を書きたいと、熱い口調で語った。その時に、彼女の口から万波誠の名前があがった。

「ガンの腎臓を移植したあの医師ですか」

思わず私は聞き返した。

「そう。彼が長男のガンを最初に見つけてくれたの」

唐突に出た万波誠の名前に、私はどう答えたらいいのか戸惑った。

「新聞やテレビで報道されているような医師ではないのよ」

「そうなんですか」

気のない返事を返した。

「取材してみる気はない……」

すぐには答えられなかった。万波誠医師は、週刊誌でも取り上げられていたが、万波医師を擁護するものは皆無だった。病巣を取り除いているとはいえ、ガンにかかった腎臓を移植するのはいくらなんでも無謀だと思った。答えあぐねているのがわかると、彼女が言った。

「実は義理の兄にあたるのよ」

高橋穏世は万波誠の妻篤子の妹だった。

「一度取材してみてくれない」

私は彼女の紹介で、万波誠の長女と会うことになった。

「父は報道されたように、〝変人〟と思われても仕方ないところもあるのを承知しておいてください」

手紙で本人に取材依頼をすることにした。

長女は近いうちに宇和島を訪ねる予定だった。

「この日に私は実家にいるので、A3の封筒に手紙を入れて送ってください。父は手紙など開封しようとしませんから」

そうとうな奇人だと思った。私が送った封筒を長女が開封し、手紙を父親に読んで聞かせてくれた。そのおかげで万波誠医師を取材できるようになった。

それでもガンにかかった腎臓の移植については訝る思いがついてまわった。

万波医師は、修復腎移植についてイラストを描きながら説明してくれた。それは医学的知識のない私にもわかりやすかった。そして、同じような説明を患者に何度もしてきたのだろうと思った。

修復腎移植を受けた患者からも直接話を聞いた。報道されている万波医師とは異なる姿が見えてきた。

修復腎移植の合理性については、当初から支持を表明した難波紘二広島大学名誉教授の論文などが、私の背中を押してくれた。

これまでに高橋幸春のペンネームで『透析患者を救う！　修復腎移植――万波誠医師・瀬戸内グループ医師団の業績と日本移植学会の闇』（彩流社）、『だれが修復腎移植をつぶすのか――日本移植学会の深い闇』（東洋経済新報社）、『日本の腎移植はどう変わったか』（えにし書房）の三冊を書き、修復腎移植をテーマに麻野涼の名前でミステリー小説『死の臓器』（文芸社）を出した。どれも医学的バックボーンは難波教授に依っている。彼が発表した著作がなければ、これらの作品が活字になることはなかっただろう。

そして今回の『移植医　万波誠の真実』も同様で、修復腎移植については難波教授の論文に依拠して書き進めた。

最初は実名ではなく、すべての登場人物は仮名だったが、しかし、どの医師も特定可能で仮名にする意味は希薄だった。そこで主な医師には原稿を読んでもらい、実名表記を了承してもらった。

これまでに多くの移植患者から話を聞いた。数人の患者を一人のキャラクターとして描いているケースもあれば、実名表記の患者もいる。しかし、腎臓移植に人生を賭した医師とその患者たちにまつわるストーリーは創作（フィクション）だ。

ただ、何度も書いているように、修復腎移植に関連するデータは事実を記している。

移植医療の真実にどれだけ迫ることができたのか自信はないが、移植医療に対する医師の情熱と、それに期待を寄せた患者たちの切実な思いが読者に伝わればと思っている。

万波誠医師が亡くなって一年が経過した。

万波の訃報に大島伸一医師は、心境をこう語っている。

「（修復腎移植は）個別の患者さんへの対応と、システムの移植医療をいかに健全に進めてゆくかという狭間で生じた問題だと思います。私は教授になりたいと思って論文を書いたわけではありませんが、論文を書き続けたことが私の生き方を決めることになりました。それが医学界における価値だったのですね。

万波さんは新しいことを行いながら、それをせずいわゆる権威らしきものをすべて拒否してきました。

私が万波さんになっていた可能性は十分にあったなあと思っています。万波さんと今度の問題で一度だけ会いましたが、その時お互いまるで旧知のように『どこかで歯車が狂ってしまったようですね』と話し合ったことを思い出しました。万波さんのご冥福を心からお祈りします」


修復腎移植は先進医療として認められたが、一例も経験することなく他界した。また徳洲会には、せっかく認可を勝ち取ったにもかかわらず、修復腎移植を再開させようとする動きは見られない。多くの患者が修復腎移植を待ち望みながら、中には命を落とした患者もいる。

万波誠にとっては、それがいちばん無念ではなかったのか。渡航移植斡旋容疑で逮捕された菊池仁達被告の裁判を傍聴しながら、私はそう思った。

参考資料

難波紘二発行メールマガジン『鹿鳴荘便り』

難波紘二『覚悟としての死生学』（文春新書、2004年）

『ミクロスコピア』（ミクロスコピア出版会、2007年夏号、2007年秋号、2008年春号、2009年冬号）

『Doctor's Network №32　病腎移植を考える』（徳洲会、2007年8月号）

『Doctor's Network №35　病腎移植を考える』（徳洲会、2007年12月号）

徳州新聞

『医学のあゆみ』（医歯薬出版、2008年3月8日、15日、22日号）

『広島県医師会速報』（2007年4月25日号、5月15日号）

『日本医事新報　№4324』

近藤俊文『日本の腎臓病患者に夜明けを——透析ガラパゴス島からの脱出』（創風社出版、2015年）

近藤俊文『カルテの余白——院長室から見た医療の風景』（岩波書店、2007年）

大島伸一『医療は不確実　ホンネで語る医論・異論』（じほう、2002年）

大島伸一『医者のへそ患者のつむじ』（日本医療企画、1997年）

野村正良『命よみがえる　腎移植記者の闘病記』（愛媛新聞社、1990年）

『命の贈りもの——松山コロキウム 腎移植から多臓器移植へ「臓器移植新時代への展望」』（えひめ移植者の会、1995年）

『命の贈りもの Part3　ダブル移植の語り部』（えひめ移植者の会、2020年）

林秀信『修復腎移植の闘いと未来』（生活文化出版、2010年）

青山淳平『腎臓移植最前線——いのちと向き合う男たち』（光人社、2007年）

春木繁一『腎移植をめぐる母と子、父——精神科医が語る生体腎移植の家族』（日本医学館、2003年）

立花隆、NHK取材班『NHKスペシャル 脳死』（日本放送出版協会、1991年）

NHK脳死プロジェクト編『脳死移植』（日本放送出版協会、1992年）

相川厚『日本の臓器移植——現役腎移植医のジハード』（河出書房新社、2009年）

白石拓『医師の正義』（宝島社、2008年）

村口敏也『否定された腎移植』（創風社出版、2007年）

津川龍三『腎移植とともに——泌尿器科医奮闘記』（金沢医科大学出版局、1999年）

太田和夫『臓器移植はなぜ必要か』（講談社、1989年）

で、とどのつまり、日本の慢性腎不全患者をどうするの？
——麻野氏のご要請にこたえて

近藤俊文

今年一月、一つのニュースが飛び交ったが、瞬時のことで、あまり世間の目を引いたということではなかったようだ。

ニュースというのは、二〇二三年中に脳死者から提供された臓器の移植手術実績が上位の三大学病院で、人員や病床などが不足し、臓器の受け入れを断念する例が六十件超あり、東京大では少なくとも三十五件、前年の四倍に急増した、というものである。京都大と東北大でも事情は同様で、提供件数が大きく伸びたために、限られた移植施設に要請が集中したためであると解説された。提供件数の増加が、受け入れ体制の脆弱さを浮き彫りにした、と指摘されたのである。

そこで二〇一九年からの新聞報道を見直してみると、脳死臓器提供増加のトレンドがたしかに読み取れるようである（近藤俊文「ドナー提供に対応しきれない大学病院の動向」二〇二四年二月十三日第二回臓器提供推進協議会TV会議資料）。

それは喜ばしいこととしても、一つ大いに気になることがあった。新聞論調では、心・肺・肝移植にしか目が向かっていない。一番数の多い腎臓移植は端からお呼びでないのである。慢性腎不全は透析でいいのではないかと、言わんばかりである。

二〇二一年の暮れ、いわゆる瀬戸内グループが宇和島徳州会病院での腎移植を終了したとき、岡山県某市の首長から招聘されて、万波先生はそのオファーを受けられたと聞いて、私も内心安堵していた。

ところがその話は立ち消えになったのである。

地元の透析病院からの圧力に首長が屈したため、と聞かされたのだが、それは私の杞憂が現実になったことでもあった。

世界の医学常識では腎移植は今やフツーの日常的医療である。

ただ、先進国とされ、世界に冠たる医療保険制度を有する（と、すくなくとも日本人はそう信じている）、その日本一国が例外なのである。

なぜなのか？

私は、前世紀の一九八〇年代はじめから四十年の長きにわたってこの難問に悩まされ続けてきて、いまだに腑に落ちる回答が見つからない。頭が勝手にああでもない、こうでもないと考えてしまうのである。

二〇一五年に私は『日本の腎臓病患者に夜明けを——透析列島からの脱出』という本を自費出版した。この本で前述の難問に一応の回答らしいものを提供できると考えたからである。

具体的には、現今の生命倫理学の基礎にある「人間の尊厳」の根拠はどこに置かれているのか、日本の歴史にそのような倫理観念がかつてあったのか、そしてまたいま人々の中にそれが確信として「ある」のか、あるとしてその根拠はどこに置かれているのか、などについて考察したつもりでいた。

さかのぼって二〇〇六年十一月、青天の霹靂のように病腎事件が勃発した。

つねづね尊敬していた旧知の難波紘二広島大学名誉教授、日本でのリンパ球新分類を手がけられたことで世界的に知られている医学者である、が応援に駆けつけて下さった。

私は事実上医療界から引退していたが、荒れ狂う狂騒のなかで、なんとか現状を打破する必要を痛感して、難波先生に提案した。私が移植医療一般について概説書を書き（それが『夜明けを』である）、先生が廃棄されてきた疾病腎の再利用（それは移植の世界史の中では最初に試みられていたが、日本では病腎移植と非難され、後に修復腎移植と改称された）の学問的妥当性について理論的に書く、というものであった。

その修復腎移植であるが、長年のすったもんだの末に、徳田虎雄先生のご協力もあって、なんとかスタートしたように見えたのだが、それは幻に過ぎなかった。外国では高く評価された修復腎移植に賛同された瀬戸内グループ以外の移植医を寡聞、不肖にしていまだに私は知らない。

私は昭和三十三（一九五八）年に医学部を出ている。人工透析と移植という日本の慢性腎不全の本格的治療が模索され始めたのは一九六〇年代はじめであろう。大学院を出たあと、アメリカ留学先から一九六七年に宇和島に帰った私は、さっそく現実問題として慢性腎不全医療に対峙させられることになる。

幸いにも、私は日本の慢性腎不全医療（透析と腎移植）を開拓された太田和夫先生のご意見を聞く機会を何度か得ていた。

先生ご自身からは、新左翼グループが執拗に移植医療の妨害を繰り返して、移植学会会場へ押しかけてくることを聞かされていたが、横浜倉庫の小紫氏が采配を振るう社団法人日本腎臓移植普及会（最終的にはこれが日本臓器移植ネットワークＪＯＴに変貌する〔『夜明けを』一五〇頁〕）との軋轢について聞かされることはなかった。それについては、『腎移植最前線』の著者青山淳平氏からの情報で私は知った。

太田先生と小紫氏との対立の終結は衝撃的だった。

太田先生は右翼の街宣車の攻撃の中で、大学を去られたと報道された。小紫氏側に大学の情報を流したのが、新左翼出と目されている同僚教授の某氏だとのうわさが関係者のあいだに広がっていた。

その某氏が病腎事件の厚労省による徳州会病院調査の主要メンバーとして、登場するのである。

しかも、万波先生が患者からいくら謝礼を取ったかを執拗に聞いたと言われている。

あの高貴で「無私の人」万波氏に対してである。

もちろん、当事者ではない私はこのことをあとで聞かされて唖然としたのだが、なるほどそういうことだったのかと、妙に納得もしたのである。

異色のライター高橋幸春（麻野涼）さんが、新著の跋文を書けといわれる。

それで、私の知識もアップデートする必要を感じて、ネットを覗いてまたまたショックに見舞われた。

新装なった、そう私は単純に考えていた、公益社団法人日本臓器移植ネットワークＪＯＴのＨＰの最後にはSuported by Nippon Foundation（※編集部註・日本財団後援）と銘打たれていた。つまり、笹川さんが小紫さんにとって替わっただけではないか。

透析日本列島からの脱出なんぞ、夢のまた夢ということなのか。

透析患者数はこの十年弱でも五万人増えている。単純に医療費の負担増を計算して、二千億円を超える金額だ。屋台骨の腐った日本経済が耐えられる数字なのかと余計な心配もしたくなる。

近藤 俊文（こんどう・としふみ）
一九三二年生。京都大学医学部卒、内科系大学院修。
宇和島市立病院名誉院長。医師として、アルドステロンのバイオ・ステレオ・アッセイ、デュビン・ジョンソン症候群の疫学・遺伝学・生化学、ＡＴＬの臨床疫学、腎移植普及などを行い、公益財団法人宇和島伊達文化保存会理事として、宇和島伊達家文書の復刻・翻刻を行う。
著書・翻刻に『天才の誕生——あるいは南方熊楠の人間学』『カルテの余白』（共に岩波書店）、『日本の腎臓病患者に夜明けを』（創風出版）、『伊達村壽公傳』『伊達宗紀公傳』『伊達宗城公傳』『宇和島伊達家叢書３—９集伊達宗城公「御日記」』（いずれも創泉堂出版）などがある。

【著者紹介】

麻野 涼（あさの りょう）

1975年、早稲田大学卒業後、ブラジルへ移住。日系邦字紙パウリスタ新聞（現ブラジル日報）勤務を経て、1978年帰国。以後、フリーライター。高橋幸春名でノンフィクションを執筆。1991年に『蒼氓の大地』（講談社）で第13回講談社ノンフィクション賞受賞。

『悔恨の島ミンダナオ』（講談社）、『絶望の移民史』（毎日新聞社）、『日系人の歴史を知ろう』（岩波書店）、『日本の腎移植はどう変わったか』（えにし書房）、『〔ハーフ〕物語』（えにし書房）など。2000年に初の小説『天皇の船』（文藝春秋）を麻野涼のペンネームで上梓。以後、麻野涼名で『国籍不明（上・下）』（講談社）、『闇の墓碑銘』（徳間書店）、『満州「被差別部落」移民』（彩流社）などを上梓。

2013年2月刊の『死の臓器』（文芸社文庫）は高橋幸春名の『透析患者を救う！ 修復腎移植』（彩流社）と同テーマの小説版。2018年11月には臓器売買をテーマにした小説『叫ぶ臓器』（文芸社文庫）を上梓。

移植医《いしょくい》 万波誠《まんなみまこと》の真実《しんじつ》

閉《と》ざされた修復腎《しゅうふくじん》移植《いしょく》への道《みち》

2024年 4月5日 初版第1刷発行

■著者　麻野 涼
■発行者　塚田敬幸

■発行所　えにし書房株式会社
〒102-0074 千代田区九段南 1-5-6 りそな九段ビル 5F
TEL 03-4520-6930　FAX 03-4520-6931
ウェブサイト　http://www.enishishobo.co.jp
E-mail　info@enishishobo.co.jp

■印刷／製本　株式会社 厚徳社
■装幀　大町駿介
■カバー写真撮影　東小薗文隆
■DTP　板垣由佳

 ISBN978-4-86722-128-0 C0036

周縁と機縁のえにし書房

日本の腎移植はどう変わったか

60年代から修復腎移植再開まで　　高橋幸春 著

四六判 並製／1,800円+税／ISBN978-4-908073-64-9 C0036

腎不全がほぼ死を意味した時代を経て、冷遇されながらも腎移植の道を切り開いてきた、元日本移植学会副理事の大島伸一を中心とした医師らの時代から、日本の腎移植と移植を巡る社会の変容を、長期にわたる綿密な取材で丁寧にたどり、多くの問題点を浮かび上がらせる傑作ルポ。

〔ハーフ〕物語　偏見と排除を越えて　高橋幸春 著

四六判 並製／2,000円+税／ISBN978-4-86722-114-3 C0036

元AKB48の秋元才加、津田ハルマン、沢知恵、GREEN KIDSほか約20人の「ハーフ」の生の声を通じて「隠れ移民大国」日本の実態を伝える本格ルポ。終戦直後に生まれ、混血児の保護施設エリザベスサンダースホームで育った人たちから、今日のデカセギ日系人やその2世、ニューカマーの第2世代など、2つ以上の国にルーツを持ち、日本で暮らす「ハーフ」それぞれの赤裸々な証言から、日本社会の現在を浮かび上がらせる。

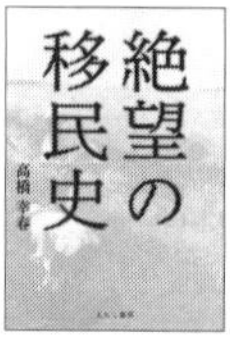

〈電子版〉絶望の移民史　高橋幸春 著　1,800円+税

国策によって大陸へ送りだされた移民史上ただひとつの被差別部落。彼らを待ちうけていたのは、あらゆる悲劇が集約された極限の辛苦、集団自決という運命だった。講談社ノンフィクション賞受賞の著者が真正面から「部落問題」に挑んだルポルタージュ。

〈電子版〉あの南天の木はまだあるか

麻野 涼 著　2,000円+税

差別のない豊穣と自由の大陸、満州へ――。国策によって大陸へ送り出された移民史上ただひとつの被差別部落。偽りの希望の果ての集団自決……。貧困と差別を生き抜いた主人公がたどり着いた真実と希望。史実を元にした感動長編。

〈電子版〉国籍不明　麻野 涼 著　1,800円+税

朝鮮戦争で国連軍の捕虜となった北朝鮮軍兵士。捕虜交換協定が成立しても、北への帰還も、韓国残留をも拒否し、中立国に亡命した捕虜がいた。北朝鮮工作員、日本人ジャーナリスト、韓国・安企部が日本、ソウル、南米で凄絶な死闘を展開、その末に暴かれた真実とは……。